KB007530

예술과 ——— 거짓말

예술과 *Art and Lies* 거짓말

지넷 윈터슨·김선형 옮김

mujintree
뮤진트리

▪ 일러두기

– 이 책은 Jeanette Winterson의 《Art & Lies》(Vintage, 2014)를 우리말로 옮긴
  것이다.
– 본문 하단에 각주로 단 설명은 옮긴이의 것이다.
– 책 제목은 《 》로, 잡지·논문·영화 제목은 〈 〉로 표기했다.

차례

사랑을 담아 페기 레이놀즈에게

예술작품의 본질은
(흔히 오해하듯)
현실세계의 일부가 되는 것이 아니고,
현실세계의 복제품이 되는 것도 아니며,
그 자체로 하나의 세계,
독립적이고 완전하고 자치적인 세계가
되는 것이다.
또한 예술작품을 온전히 소유하기 위해서는
그 세계 안으로 들어가
그 세계의 법규에 순응하고,
현실이라는 다른 세계에서
당신이 가졌던 믿음, 목표,
그리고 특정한 조건들을
당분간 묵살해야 한다.

– 1901년 브래들리 교수의 옥스퍼드 대학 시론詩論 강의

Handel

헨델

멀리서는 빛만 보인다. 힘차게 트럼펫을 불면서 질주하는, 수평선을 따라 은은히 빛나는 천사. 음표가 종을 친다. 음표가 기다란 황금색 실로 불빛을 끌면서 지나가는 열차의 아름다움을 종소리로 표현한다. 바퀴마다 반짝이게 하고, 통근의 리듬에 맞춰 열렸다 닫혔다, 열렸다 닫혔다 반복하는 문들을 섬광처럼 비추며 찬란하게 빛난다.

오버코트와 브리프케이스, 브로치와 한숨들에서, 그 빛은 아직 연마하지 않은 원석들에 걸려 있다. 남자는 바쁘다. 자신의 옷을 불타오르게 하고 얼굴을 환하게 밝히는 빛을, 성령의 뜨거운 은총으로 자신의 어깨에 쏟아지는 빛을 볼 시간이 없다. 남자의 책은 유리판이다.

그 책을 처음 발견한 사람은 내가 아니다. 책 여백에는 메모가 쓰여 있고, 페이지에는 얼룩이 져 있었으며, 말린 장미 꽃잎 한 장이 186쪽과 187쪽의 갈피에 끼워져 있었다. 나는 조심스럽게 꽃잎의 냄새를 맡았다. 라 모르톨라[1]. 바티칸의 지도가 한 장 있고, 장검의 칼날 아래 전화번호가 끼적거려 있었다. 뜯지 않은 편지도 한 통 있었다. 깃털을 북마크 대신 썼던 모양이다. 아니면 책을 깃털을 보관하는 용도로 썼는지도 모르겠다. 웬 못생긴 남자의 드로잉도 한 점 있었다. 얼굴은 과녁처럼 생겼고, 코는 과녁의 정곡 같다. 맞은편 페이지에는 여자의 연필 크로키가 그려져 있는데, 골격에 살이 팽팽하게 붙은 아름다운 얼굴이었다.

두꺼운 페이지는 종이라기보다는 냅킨에 가까웠고, 냅킨보다는 시트에 가까웠는데, 오랜 시간에 걸쳐 누렇게 변색되어 있었다. 페이지가 잘려나간 부위는 너덜너덜했지만 페이지들이 다 잘린 건 아니었다. 과거가 있는 책이었으나 미완성이었다. 과연 누가 완성하지 않은 걸까? 독자일까, 아니면 작가일까?

책에는 표지가 없다. 더 맵시 좋은 책들이 겁쟁이처럼 케이

---

1) La Mortola, 장미꽃의 한 종류.

스 속에 들어앉아 있는 사이, 이 책은 해진 책등을 해를 향해 치켜들고 있었다. 희박하고 몇 시간 들지 않는 겨울 햇빛을 향해. 붉은 원반이 되어 호산나를 부르며 저무는 해를 향해.

밀랍을 먹인 끈을 풀자 책이 겹겹으로 포개진 빛을 받으며 내 손 안으로 떨어졌다. 내 손은 빛의 무게로 흔들렸다. 묵직한 노란 사각형들이 손바닥을 흠뻑 적시고 바지 자락으로 흘러넘쳤다. 빛이 내 옷을 흠뻑 적셨다. 사도使徒가 된 기분이었다. 더럽고 피곤한 열차에 몸을 실은 더럽고 피곤한 승객이 아니라, 성자가 된 기분이었다. 물론 눈속임이었다. 볼록렌즈를 통해 증폭된 희미한 햇살의 헛된 장난이었다. 그러나 내 심장은 도약했다. 빛이 고여 흔들리는 웅덩이가 되던 순간 내 심장은 펄쩍 뛰었다. 책에 손을 얹었다. 따뜻했다. 양지에 놓여 있던 것이 틀림없었다. 나는 소리 내어 웃었다. 물리학 몇 줄이 기적으로 화했다. 아니, 기적이 몇 줄의 물리학으로 화했다고 해야 할까?

돌아서니 검은 차창에 비친 나 자신의 그림자가 보였다….

기원전 300년. 프톨레마이오스는 알렉산드리아에 거대한 도서관을 지었다.

현기증 나는 40만 권의 영광스러운 책들.

빅토리아 시대 사람들이 소년들에게 굴뚝 청소를 시켰던

것처럼, 알렉산드리아 사람들은 소년들에게 도서관을 기어오르는 일을 시켰다. 이름 없는 두 발 달린 동물들이 통통 부어오른 손가락과 발가락으로 먼지처럼 가볍게 가파른 직벽의 움푹한 틈새와 튀어나온 돌출부를 오르내렸다.

처음에는 널찍한 물길들을 중심으로 빙 둘러 세워놓은 책장들 사이를 사다리로 수월하게 건너갈 수 있었다. 하지만 도서관이 확장되면서 목재가 수축했고, 결국 사다리들이 어마어마한 지식의 압력을 이기지 못하고 박살나고 말았다. 사다리의 가로장들이 무서운 기세로 날아가 책장 끝에 꽂히는 바람에, 책장 가장자리에 있던 책들은 900년 동안 그대로 꿰인 채 꽂혀 있었다.

어떤 조치를 취해야 했을까? 필경사와 학자들, 철학자와 왕들, 여행자와 군주들이 있었지만, 아무도 스무 번째 선반 위로부터는 책 한 권도 꺼낼 수가 없었다. 얼마 지나지 않아 조금이라도 재미있는 책들은 죄다 스물한 번째 책장 위쪽에 꽂혀 있다는 사실이 진리가 되었다.

벽에 꽂힌 가로장들은 수 마일에 걸쳐 어지럽게 이어진 책장들을 오를 수 있는 위태롭고 정신 나간 등반길이었다. 누가 그것을 오를 수 있을까? 감히 누가 그런 용기를 낼 수 있을까?

알렉산드리아의 소년 노예들은 한 사람도 빠짐없이 체중을 쟀다. 팔다리가 실처럼 가는 것으로는 충분치 않았다. 그 불행한 소수는 증기처럼 기화하는 두뇌의 소유자여야만 했다. 수많은 지식을 통과시키면서도 아무것도 간직하지 않는 매개체로 남아야 했다.

실험 초반에는 어떤 책이 필요하면 소년 노예가 올라가서 가져왔다. 그 일은 길면 이 주일까지도 걸렸고, 굶주림과 피로로 소년이 떨어져 죽는 일도 매우 흔했다.

도서관 전역의 다양한 층에 걸쳐 소년들의 몸을 연결해 인간 사슬을 만들어 하루 이틀 내로 책을 꺼내 내릴 수 있다면 좀 더 똑똑한 체계가 될 것 같았다.

그에 따라 책들 사이에 둥지를 틀고 도서관 전체에 걸쳐 점점 더 높은 고도에 인상을 쓰고 쭈그려 앉아 있는 소년들의 모습이 점점 더 많이 보였다.

소小플리니우스[2]의 동시대 사람 하나는 그들에 대해 다음과 같은 글을 남겼다.

---

2) Gaius Plinius Caecilius Secundus(61?~113?), 고대 로마의 문인이자 정치가. 군인이자 정치가였던 숙부 플리니우스(Gaius Plinius Secundus, 23~79)와 구별하기 위해 '소小플리니우스'라고 부른다.

그 도서관에 대한 명성은 상인들의 돛과 바람을 통해 바다를 건너 전해졌다. 하지만 어느 누구도 흩어져 있으나 가치 있는 책들에 대해, 나누고 정리했던 자들에 대해, 이집트 사람들의 비밀과 숨겨진 헌신에 대해, 우리의 연구자들이 의심 없이 예상했던 보상에 대해서는 선원들에게 전하지 않았다. 오히려 궁전만 한 도서관과 앞마당, 가파른 지붕, 그리고 하늘의 바닥과 평평하게 닿아 마치 신이 그 자신만의 장소에 태양의 빛을 가져다 놓을 수 있을 것 같다는 이야기들만 전해졌다. 이 도서관 안에는 작은 상자들이 지붕까지 쌓여있고 그 안에 모든 학문이 들어있는데, 너무 높아서 연구자들의 손이 다 닿지는 않는다고.

모든 체제는 그 안에 또 다른 체제를 품게 된다. 곧 소년들은 거대한 책장에 터널을 뚫고 희한한 아파트 군락을 만들어 살게 되었다. 침대도 책이고 의자도 책이었다. 식사도 책을 뜯어먹었고 속 재료도 테두리도 봉합재도 바닥재도 입구와 출구도 모두 책이었다. 책들은 읽는 것만 빼고 가능한 모든 곳에 활용되었다.

"어차피 나한테 책은 변기에서 일어나면서 뒤 닦을 때 쓰는 깔끔한 손수건 상자에 불과하니까, 걸어다니는 도서관이라고 부르는 순간 그 신사분의 미덕에 먹칠을 하는 셈이 되겠죠." 돌 스니어피스[3]가 말한다.

"물론이지. 지당한 말이야." 그녀의 동행 미스 맹글이 말한다. 미스 맹글은 성 바오로 대성당의 종 바로 밑에서 하도 오래 살아서 이젠 아무 소리도 듣지 못한다. 사교적이면서도 현명하게 보이고 싶다는 평범한 욕구 때문에, 남들이 무슨 말을 하든 "물론이지. 지당한 말이야"로 일관한다. 이런 식으로 미스 맹글은 어마어마하게 많은 친구들을 거느렸고, 그네들은 한없이 너그럽게 비밀 이야기를 들어주는 친구가 깜깜 귀머거리라는 사실을 전혀 알지 못했다.

"그 신사분의 페이지를 한 장 한 장 넘기고, 손가락으로 그의 여백을 훑어내리고, 그 매끄러운 등을 해독하고, 무릎 꿇은 채 아래쪽에 있는 책 제목을 만끽하고, 그가 혼자만의 비밀로 간직하고 있는 그 긴 책을 뒤집어 세우고 싶다고 말하면 뭐라고 하시겠어요?"

"물론이지. 지당한 말이야." 미스 맹글이 말했다.

---

3) Doll Sneerpiece, Doll은 고유명사로 책 속의 책에 등장하는 인물 이름이지만, 가끔 소문자 doll, 즉 '인형'이라는 보통명사로 환치되기도 한다.

"부인은 정말 마음이 넓고 훌륭한 친구예요." 돌이 말했다. "제 옷이 얇은 송아지 가죽으로 만든 고급 피지皮紙고 제 살갗이 양피지라면, 그 남자는 나를 양손에 받쳐들고 입술을 갖다 대겠지요. 하지만 내가 초라한 실크와 레이스 옷에 향수를 뿌린 몸으로 지나쳐가면 뭐라고 하겠어요? '부인, 부인, 아직도 회개하지 않으셨습니까?' 그러겠죠."

"아, 회개! 회개! 회개야 수천 번 하죠. 책으로 태어나 바로 오늘 아침, 지금 당장, 선생님의 책꽂이에 편안하게 꽂혀 있지 못한 걸 회개해요. 그러기만 했다면 선생님은 커피 한 주전자를 끓여놓고 저를 안아들어 선생님의 작은 테이블에 쫙 눕혀놓았을 텐데요."

갑자기 돌 스니어피스가 청산유수로 흘러나오던 말을 뚝 멈춘다. 그녀가 말하고 있는 그 남자가 방금 창가를 지나친 것이다.

"그이의 모자예요." 돌 스니어피스가 외쳤다. "그리고 그 밑에는 내가 사랑하는 그이의 머리." 돌은 황급히 달려가 상체를 창틀 밖으로 내놓았고, 덕분에 젖가슴이 보디스[4]에 안녕을 고하고 쏙 빠져나왔다.

---

4) 장식이 달린 여성용 조끼.

"루지에로!" 그녀가 외쳤다. "루지에로!" 늘 입는 맞춤 코트, 늘씬한 등, 눈에 확 띄는 다리, 루지에로가 분명했다.

"물론이지. 지당한 말이야." 미스 맹글이 말했다.

나는 그녀의 외침을 대면하고 책을 닫았다. 내 취향에는 너무 색정적이고 이국적이었다. 내 취향은 항상 금욕적인 편이다. 약간 춥고 배고픈 게 더 좋다. 나 자신을 위해서는 쓸 수 있는 것보다 덜 쓰고, 남을 위해서는 써야 하는 것보다 더 쓰는 편을 선호한다. 이른 새벽부터 어둠 속에서 서리로 뒤덮인 길을 추위에 파랗게 질려 1마일씩 뛰면서도, 딱히 피학적 취향을 가졌다고 생각하지는 않는다. 금욕적 습관과 사색적 천성을 지닌 나는 절제도 격정도 모르는 이 세상과는 어울리지 않는 사람이다. 감정 없는 방종이라는 치명적 조합은 역겨울 뿐이다. 탐욕스러운데 죽었다니 참 이상하다.

나는 성욕을 욕망에 닿을락 말락 하는 지점에 붙들어두는 편을 선호한다. 감각이 항상 날카롭게 벼려진 상태를 유지하는 것이 좋다. 갈망의 서슬을 시퍼렇게 갈아두고 싶다. 야만적인 짐승이 되기가 얼마나 쉬운데 그게 유행이라니.

이것이 육신을 과학에 맡겨버린 결과인가? 새로운 알약이, 새로운 약제가, 새로운 자동차가, 새로운 휴대용 홈 무비스테이션이, 유전자 이식이, 아니면 500개에 달하는 TV 채널들 중에서 마음대로 고를 수 있는 완벽한 선택의 자유가 만사를 괜찮게 해줄 거라고 믿은 결과인가? 최신형 레이저 스캔으로도 잡지 못하는, 심장을 잠식하는 이 아픔이 그런 식으로 달래질 거라고 믿어버려서? 병원은 불행의 원인을 알지 못하는 남자와 여자들로 넘쳐난다.

"이 약을 먹어요." 의사는 말한다. "그러면 금세 기분이 좋아질 겁니다." 기분은 당연히 좋아진다. 왜냐하면 조금씩, 조금씩, 아예 감정이라는 것을 느끼지 않게 되니까.

신학교의 젊은 의학도였던 나는 대부분 학생들과 마찬가지로 사창가를 이용하려 해보았다. 우리는 금욕을 맹세하고 실천했지만 서품을 받기 전에는 상관없었다. 다들 일요일 점심에 정기적으로 다녀오곤 했는데, 칵테일 체리를 얹어 내오는 갈색 크림 캐러멜을 축하하는 의미로 우리는 그날을 성녀 아가타 축일이라고 불렀다. 훗날 외과 의사가 되고 나서야, 왜 아가타만 성녀의 반열에 올랐는지 궁금해졌다. 자발적으로 내 앞에 누워 유방을 잘라달라고 하는 여자들이 이렇게 많은데. 아무래도 순교자가 되려면 열정적 신앙을 위해 고난을 겪어야 하나보다. 그 여자들의 고통은 믿음과 무관했다.

믿음은 우리가 지니고 있었다. 우리가 장갑과 마스크를 끼고 성스러운 수술 칼을 들어 의식을 집행했다. 여자들은 한 점 원망도 없이, 참으로 수동적으로, 젖꼭지를 잘라 소각기에 던지는 나에게 고마워했다.

이제 우리는 그런 수술을 하지 않는다. 치료법이 바뀐 후로는 그때 그 수술을 그렇게 많이 한 것을 후회한다. 어떤 치료법이 좋다고 말해주면 환자는 우리가 의사라서 그냥 믿어준다. 자기만의 소신이 없기 때문에 믿는 거다. 진부한 얘기지만 신에 대한 믿음은 쇠락했고, 과학, 특히 의학에 대한 믿음은 강해졌다. 그러나 보통 사람들은 신에 대해 무지했듯 과학에 대해서도 아무것도 모른다. 요즘 보통 사람들은 과학을 이해할 수 없어도 다들 그냥 받아들인다. 신이 없다고 내세우는 증거 중에 신은 이해가 안 된다는 주장이 있는데도. 과학은 이해가 되지 않아도 다들 용인한다.

"이봐, 헨델, 라텍스를 끼워."[5] 수술실의 슬로건이 사창가의 농담이었다. 우리는 우리 자신을 보호해야 했다. 우리 앞에 놓인 몸을 조심해서 다뤄야 했다. 보호는 늘 일정한 상실을 수반한다. 잠깐 기다려, 몸을 잘 살펴, 꽁꽁 싸매고, 찢어

---

5) 수술용 장갑도 콘돔도 모두 라텍스 재질인 것에 빗대어 의학도들이 하는 농담.

진 데는 없는지 살펴보고, 피를 조심하고, 체액을 나눠선 안 돼, 이제 제발 손을 깨끗이 씻어. 세상에서 가장 위험한 짓은 다른 인간과 함께 눕는 거니까.

　나는 여자를 바라보는 걸 좋아한다. 내가 의사가 된 이유 중 하나다. 당연히 사제로서 신체 접촉은 제한되어 있다. 나는 여자를 바라보는 것이 좋다. 내 앞에서 수줍게 옷을 벗는 모습이 감동적이다. 나는 손을 늘 따뜻하게 유지하려 애쓴다. 나는 공감할 줄 안다. 진심으로 마음을 쓴다. 여성이 유달리 젊거나 유달리 아름다우면, 내가 아는 한 최선을 다해 부드럽게 대한다. 나는 매우 청결하다. 샌들우드와 올리브 향이 나는 코롱을 쓰며, 내 날카롭고 금욕적인 얼굴이 환자를 안심시키고 심지어 유혹적이라는 걸 안다. 나도 유혹을 느끼나? 아마도 그럴 것이다. 하지만 의사로서 사제로서 결코 서약을 어기지는 않을 것이다. 그것으로 충분하지 않은가?

　어떤 여자가 수많은 무신론자 동료 의사들을 제치고 나를 선택할 때, 우리 사이에는 즉시 어떤 공감대가 형성된다. 지금까지 나는 잘해왔다. 아마도 내면에 신을 품은 남자가 속에 아침으로 먹은 음식밖에 든 것이 없는 남자보다는 좀 낫기 때문이리라. 학구적인 의사, 긴 손가락, 음악적인 목소리.

나는 첫 진찰을 기억한다. 환자는 나와 동갑이었다. 서른한 살. 그녀는 불안해했고 나는 차분했다. 그녀는 두려워했고 나는 자신이 있었다. 나는 그녀에게 바닥까지 다 내려오지 않는 흰색의 얇은 스크린 뒤에서 옷을 벗으라고 말했다. 나는 구두를 벗고 양쪽 발을 차례로 들어 스타킹을 벗는 그녀를 지켜보았다. 두 발 다 맨발이 되었다. 넓적하고 강인한 발, 가는 발목. 다리는 면도가 되어 있었다. 나는 시선을 돌려 창밖을 바라보았다.

"준비 다 됐어요." 여자가 말했다.

"그러면 이리로 나오시겠습니까?" 여자는 그 시절 우리가 제공하던 바보 같은 종이 가운 차림으로 나왔다. 이후 환자들에게 실크 가운을 처음 제공한 사람이 바로 나다. 촘촘한 실크 원단에 주머니에는 내 이니셜을 새겼다. 여자들은 그런 소소한 격식을 중시한다.

"진찰할 때 간호사가 동석하는 게 편하실까요?"

아니, 그럴 리 없다. 그런 경우는 거의 없다. 안 그래도 과하게 침습당하는 몸을 훔쳐보는 눈이 하나 더 생길 뿐인데. 게다가 여자들은 다른 여자들의 시선을 싫어한다는 이야기를 들었다.

꼼꼼하게 검진하고 손으로 젖가슴을 쥐었다. 작고, 조밀하고, 무겁고, 촉감이 단단했다. 핏기 없이 파리하고 젖꼭지에 털이 한 올 나 있었다. 나는 청결한 손가락으로 탐색하듯 쓸었다. 여자는 몸을 떨었다.

나도 떨었다면 좋았을 것을. 팽팽한 활시위처럼 당겨진 아일랜드 여인의 미모가 덥석 두려워졌다. 나는 그녀의 젖꼭지를 엄지로 누르고 있었다. 내가 미소를 지으며 말했다.

"걱정할 일 아닙니다. 가서 옷 입으세요."

그녀가 나를 바라보았다. 나는 그녀의 젖가슴을 쥐고 있었다.

"가서 옷 입으세요."

유방 엑스레이 검사를 받도록 그녀를 보냈다. 그 시절에는 '환자 본인을 위해서'라는 명목으로 여성 환자들을 검사했다. 환자가 싫다고 하면 무책임한 것이라는 느낌을 받게 해주었다. 좋은 의사. 까다로운 환자. 50세 이하의 여성들에게는 유방 엑스레이 검사 결과가 정확하지 않다는 사실을 최고의 의사들이 인정한 것이 고작 1993년의 일이다. 심지어 작은 악성 세포가 있는 경우 그것을 몸속으로 깊이 퍼뜨리는 데 일조한다. 플레이트가 유방을 짓누르는 방식이 문제였다. 그동안 우리가 엄청난 손해를 끼쳤지만 입증은 불가능하리라.

그녀는 유방을 잃지 않았다. 젖가슴을 여전히 간직한 그 여자를 가끔 진찰하는 동안, 신학교와 음탕한 사제들과 사지가 절단된 채 은쟁반에 올라앉은 성녀 아가타가 뒤섞인 끔찍한 악몽 속에서 그 젖가슴들이 둥둥 떠서 내게로 마구 밀려오는 모습을 보는 일이 지나치게 잦아졌다….

"정신 차려, 헨델, 밀어넣으라고, 응? 쑤셔넣으란 말이야!"

집도의가 석판 위에 누운 마취 환자 위로 주사기를 미친 듯이 휘두르며 말했다. 우리는 첫 절개를 하기 전에 근육이완제를 주사해야 했다. 나는 주사 놓는 걸 싫어한다.

일반적인 마취제를 맞은 환자는 웬만한 소리는 다 들을 수 있다. 찢고, 가위질하고, 절단하는 소리, 피가 철벅거리고 뚝뚝 떨어지는 수술 소리를. 우리 외과의들은 수술하면서 오페라를 듣는 걸 좋아했는데, 그것도 반드시 〈나비 부인〉이나 〈라 보엠〉이라야 했다. 갈라터진 가성으로 미미의 노래를 따라 부르는 걸 좋아했다.

"미미가 죽을 때면 슬퍼진단 말이야." 집도의가 흉막을 절개하며 말했다.

해가 열차 지붕 위로 떨어져 회색 금속을 붉은 핏빛으로 물들였다. 열차는 연료를 절감하기 위해 저속으로 운행하고 있었다. 남자는 머리를 모로 꼬고 갈라진 햇빛이 방울방울

차창으로 흘러들어오는 광경을 바라보았다. 회색이었던 열차가 빛의 칼집에 싸였다. 해가 빛의 포장지로 죽은 회색 총알 열차에 품격을 부여하고, 목적지 이외의 또 다른 의미를 주었다. 남자는 예언자 에스겔과 천사의 수레를 생각했다. "천사 아래 돌아가는 바퀴들 사이로 들어가라. 네 손을 살아 있는 석탄으로 채우고 도시 전역에 흩뿌려라."

이제 우리의 도시에 대해 뭔가 말해야겠지? 우리의 도시, 그리고 떠나가는 기나긴 열차들에 대해.

첫 도시는 의례적이다. 종교·왕조·법률의 의례. 그곳에는 황금분할[6]의 완벽한 균형으로 지어진 궁전들이 있다. 가파른 첨탑, 페넌트, 풍향계, 가설과 권력의 상향운동. 이곳은 구도시이고 가장 극심하게 파괴되었다. 교회들은 텅 비었고 폐허가 된 곳도 여럿이다. 영국 국교제가 폐지되자, 정부로서는 아무 열정도 느끼지 못하는 허물어진 아름다움을 못 본 척하는 것이 영리한 선택이 되었다. 구도시는 신앙, 허영, 멋진 현금 다발로 지어졌다. 이제 우리에겐 그런 것이 하나도

---

6) 프레임을 가로 세로 각각 2개의 선으로 9분할하는 시각적 구성의 원칙.

없으니 마음이 가난한 자는 겸손을 배워야 할밖에.

우리는 여전히 짓는다. 빛을 꺼리는 낮은 창문이 달린 초라한 집들을 짓는다. 건축가는 창문 내는 기술로 판단해야 하지 않을까. 창문은 장엄하고, 허랑방탕하고, 다채롭고, 대담하게 내야 하는 게 아닐까. 천만에, 창문들은 클립보드처럼 규칙적이고 컴퓨터 화면처럼 따분하다. 이제 우리에게는 건축가가 없다. 시뮬레이션을 좋아하는 사람들이 별로 없다. 스마트 모델이라고 하는데, 이건 학위가 있고 다리가 쭉쭉 뻗은 아가씨들과는 아무 상관이 없는 말이다. 예나 지금이나 밤이 늦으면 스마트한 아가씨들은 기피 대상이고 남자들은 더 멍청한 여자들을 찾아가지만. 아니, 스마트 모델은 그런 것이 아니라 3차원의 스크린에서 건물을 구성하는 방식이다. 버추얼 모델 덕분에 나는 토목공이 삽을 꺼내기도 전에 돌아다니면서 건물 안을 볼 수 있다.

"평면도와 전면 엘리베이터의 드로잉을 갖다줘, 알았지?" 나는 얼룩덜룩한 교정기를 낀 젊고 명석한 건축가에게 부탁한다. 나는 우리가 짓는 새 사립 암 전문 병원의 세부 설계를 책임지고 있다.

"드로잉요?" 내가 빈 요강이라도 갖다달라고 부탁한 듯한 말투다. "여기 임시 비디오를 한번 보세요. 헤드폰 채널에서 데이터라인을 드릴 테니까, 그 콘셉트에 확 꽂히시면 그때 우리가 편집 채널을 통해 시뮬레이션을 몇 개 올려보면 되죠."

뭐라고?

나중에 그 젊은 건축가를 다시 보았다. 미제 트렌치코트를 입고 트릴비[7]를 쓴 차림으로 이중문을 밀고 나가는 모습을.

"일은 어떻게 돼가?" 그의 친구가 물었다.

그가 대답했다. "악어 같은 영감탱이 때문에 난항을 좀 겪고 있어. 그뿐이야."

악어 같은 영감탱이. 아마 나를 말하는 거겠지. 내가 레비아탄처럼 보이나? 홉스처럼 보이나? 아니길 바란다. 철학자의 턱을 가졌다는 말이 칭찬일 수도 있겠지만, 웬만하면 데카르트를 닮았다고 해주면 좋겠다. 데카르트가 가톨릭이기 때문이라고 생각할지도 모르겠다. 하지만 그렇지 않다. 그게 아니라, 그가 화덕에 들어가 최고의 사유를 했기 때문이다. 나는 예전부터 홉스에게는 별로 인내심을 발휘하지 못했다. a)무신론자, b)군주론자, c)유명론자, d)유물론자, 이중 하나

---

7) 챙이 좁은 중절모.

에 해당하는 사람과는 일할 수 있지만, 이 네 가지를 한 몸에 구현하는 사람과는 결코 함께 일할 수 없다.

아무튼 이 도시에서는 개새끼 같은 홉스의 그림자가 한창 횡행하고 있다. 이제 우리는 모두 무신론자이고 유물론자이고 유명론자이다. 이상한 일이지만, 심지어 군주론자가 되어가는 것 같기도 하다. 최악의 왕정주의 감수성을 이끌어내려면 왕을 폐위하는 것보다 더 효율적인 방법이 없다. 골동품 가게들은 빛 바래가는 유니언잭과 대관식 머그잔들로 넘쳐난다. 돈이 좀 있는 사람들은 윈저 성城에서 싸구려 장신구들을 산다. 이미 늦었다, 시계를 되돌릴 수는 없다. 뭐 클리셰는 이렇게 말하지만 누가 알랴. 편견의 문제로 치면 우리는 날이면 날마다 시계를 되돌리고 있는 것을. 아니, 종교가 미신이고 행위라고는 오로지 이기적 행위뿐인 음침한 홉스의 세계에서 사랑은 죽었다. 얼룩덜룩한 교정기를 낀 그 젊은 남자는 오페라에 가고 미사에 참석하고 나보다 훌륭한 책을 들고 조용히 앉아 있는 나를 바보라고 생각한다. 그런 것이 무슨 소용이 있지? 신을 사랑하고, 우리 집의 검붉은 흙을 손으로 파내고, 소유욕이 아니라 인식의 열정을 느끼는 것이 무슨 소용이 있지? 형이상학이 아름다움을 시장에 내다 판 마당에, 아름다운 것이 곧 선한 것이라고 믿는 것이 무슨 소용이 있지?

물론 우리에게도 로맨스가 있다. 로맨스가 얼마나 유용한지는 척 보면 안다. 신문들마저 로맨스를 좋아한다. 당연히 그래야겠지만. 로맨스를 창조하는 데 한몫한 장본인들이니까. 날이면 날마다 심장과 정신에 독약을 들이붓는 온 세상의 질병들을 저들이 정량 공급하고 있으니까. 효과가 워낙 지독한 독약이라서 우리 안에 그나마 남아 있는 인간성을 구원하려면 강력한 해독제가 필요하다. 나는 기계가 아니기에 동족의 불행을 흡수하고 소화하는 능력에 한계가 있다. 눈물이 마르면 권태가 그 자리를 차지하고, 그 권태에서 끔찍한 무감각이 자라난다. 그래서 고통을 봐도 느끼지 못하게 된다.

이제 아무것도 우리에게 충격을 줄 수 없다는 걸 다 알고 있지 않나? 30년 전만 해도 전부 거리로 몰려나가 시위를 하게 만들었을 사진들이 눈앞을 깜박깜박 지나치는데도 아무도 제대로 보지 않는다, 안 그런가? 뉴스 앵커의 보도는 생생하고, 원색적이고, 심지어 포르노그래피에 가깝게 변했다. 그가 우리로 하여금 느끼게 해야 하는데, 우리는 끝없이 펀치를 맞고 또 맞은 몸뚱어리처럼 타격을 받아도 어떤 피해를 입었는지 알아채지 못한다.

르포르타주는 폭력이다. 영혼에 가하는 폭력. 당신과 내가 고통 중에 얼굴을 맞대고 만나면 우리의 마음속에서 불타오르를 정서적 공감에 가하는 폭력이다. 저녁 뉴스를 보러 집으로 가는 길에 우리는 얼마나 많은 낙오자들을 밟고 넘어가고 옆으로 치우는지 모른다. 당신은 소말리아·보스니아·에티오피아·러시아·중국을 보고, 인도의 지진과 미국의 홍수를 보고 "끔찍해"라고 말하지만, 할 수 있는 일이 없어서, 할 수 있는 일이 아무것도 없어서 퀴즈쇼나 영화를 본다. 무력감이 지나가면 두렵고 불편한 마음이 찾아온다. 무기력이 휩쓸고 지나간 자리에는 두렵고 불편한 기분이 찝찝하게 남는다. 날마다 건너는 다리 위에서 구걸하는 거지에게 무감정한 오만만 남는다. 두 다리도 멀쩡한데 마분지 상자 안에서 자면 되는 거 아니야?

그러면서 우리는 여전히 감정을 느끼기를 원한다.

그렇다면 무엇이 남는가? 로맨스다. 위조된 사랑은 누구에게나 공짜다. 내 품에 안겨, 그러면 슬픔으로 가득 찬 세상은 쪼그라들어 작은 반짝이 공이 될 거야. 먼 곳의 위험과 가까운 곳의 무감각을 치유할 때 가장 선호되는 해독제가 바로 로맨스다. 무감각. 그리스어로는 아 파토스A Pathos. 감정의 결여. 그러나 우리 모두 알다시피, 딱 맞는 남자, 딱 맞는 여자를 찾으면 감정을 느끼게 되리라. 동료들은 나에게 바로 그런 치유제가 필요하다고 말한다. 분홍빛 거품에 목까지 푹 잠겨 있으면 아무것도 나를 아프게 하지 못한다. 안전하게 감정을 느낄 수 있다. 내가 느끼는 단 하나의 감정은 사랑하는 당신.

역에 서서 열차를 기다리고 있는데, 한 여자가 비닐로 포장한 시든 장미 한 송이를 들고 나에게 다가왔다.

"행운의 날을 위해 장미꽃을 사세요."

"그게 언제일까요?"

"사랑에 빠지는 날이지요. 다가오는 로맨스가 보이는군요. 키 큰 금발의 여자분이에요."

"로맨스는 관심 없습니다."

그러자 여자는 내가 성전에서 신을 모독하는 말이라도 한 듯한 표정을 했는데, 어쩌면 우리는 그때 정말로 일종의 성전에 있었는지도 모르겠다. 정신을 차려보면 어느새 머리 위를 파닥거리며 날아다니는 휴대용 감상주의의 성전.

여자는 내게서 멀어져가 시들어빠진 장미들을 다른 사람들에게 강매했고, 개중에는 흔쾌히 꽃을 사는 사람도 있었다. 그런 사람들을 탓할 생각은 없다. 게걸스럽게 감정에 탐닉하는 죽은 세상. 그래도 틀림없이 다른 길이 있을 텐데.

가끔 가혹하다는 소리마저 듣는 내 엄정한 성격은 옛 기사들이 용과 싸울 때 입던 마법의 벨트와 비슷하다. 실제로는 별 쓸모가 없지만, 소중히 여기는 가치들이 무엇인지 상기시켜준다. 나에게 값진 것은 제 부두에 정박하지 못하고 부유하는 세계의 가짜 관심과 값싼 애정이 아니다. 나 역시 감정을 느끼고자 간절히 갈망하나, 내가 바라는 감정은 진실하고 심오하다. 동료들은 내가 냉정하게 거리를 둔다고 말하지만, 애초에 감정을 모르는 사람이라면 감정이 아닌 것과 타협하고 만족했을 것이다.

나의 생각은 325호의 바이런 같은 포효 속에 묻혀 사라진다. 만성 연료 부족으로 브레이크가 걸린 5000만 달러의 탄환 열차는 시속 50마일이라는 인상적인 속도로 달린다. 그래도 낭만적인 파토스가 있다, 그렇게 생각하지 않는가?

남자는 열차가 꾸준히 해를 향해 달려가고 있다는 걸 알았다. 두 팔과 얼굴이 불타올랐다. 그는 자신이 두려워하던 존재가 되어가고 있었다. 붉은 빛, 몸에 도포되는 열기가 두렵고, 관자놀이에 닿는 뜨거운 집게가 두려웠다. 그를 끄집어내는 뜨겁고 단단한 손들, 안전하게 들어앉아 있을 수 있던 어두운 객차에서 끌어내는 손들이 두려웠다.

짤랑이는 양철 쟁반 소리와 어머니의 다리를 벌리는 산과 의사의 금속 집게 소리가 들렸다. 도망칠 길은 없었다. 귓가를 쿵쿵 울리며 뛰는 혈관의 맥박 소리와 저 하늘의 피처럼 붉은 태양뿐.

그는 기절했다.

갓 태어난 아기는 반투명하다. 의사가 창문에 비춰 보고 작은 간에 얼룩지는 빛을 관찰한다. 아기는 아름답고, 한순간 의사는 자기가 렌즈를 통해 미지의 세계 속을 들여다보고 있음을 깨닫는다. 그러나 햇빛이 너무 환해서 커튼을 닫을 수밖에 없었다.

어느 날 밤, 나는 진통이 왔다는 어느 산모 때문에 콜을 받고 달려갔다. 내 분야가 아니었다. 나는 산과용 발걸이와 면도칼, 집게 그리고 콘돔처럼 얇은 장갑을 썩 좋아하지 않는다. 하지만 가야 했다. 내가 도와주는 자선단체와의 약속을 지켜야 했다. 늦은 시각이었다. 오페라를 보고 오는 길이라 흰색 타이를 맨 바보 같은 차림이었다.

겨울이었다. 대기정화법[8]이 끝나는 곳에서 슬럼이 시작된다. 슬럼가 사람들은 태울 수 있는 것은 모조리 태운다. 천쪼가리, 타이어, 시체. 화장터는 아주 적막하다. 타워브리지를 타고 강을 건넜다. 포장이 잘된 교각은 안개에 가려 보이지 않는 배를 통과시켜주려고 커다란 아가리를 쩍 벌리고 있다. 짤랑거리는 종소리와 거대한 사슬에 매달린 다리가 서서히 철컹거리는 소리가 들렸다. 북 소리, 북 소리, 죽은 사람처럼 움직여 타워로 행진하는 발소리가 들리는 착각을 했다. 두꺼운 돌에 박힌 가느다란 창살이 눈에 선했다. 얼굴도 보았던가?

홍수처럼 불은 회색 강물이 저 아래 인적 없는 부둣가에서 철썩이며 흘러갔다. 길은 훤히 알고 있었다. 방학 때면 어머니가 자주 나를 데리고 런던탑에 갔었다. 조상 중에 거기서 처형된 분이 있는데 나처럼 가톨릭이었다.

길은 잘 알았지만, 시내가 다 그렇듯 전부 끝도 없이 보수공사 중이었다. 보수공사가 아니면 시위를 대비해 막아두었다. 폭탄이 터질 경우를 대비해 막아두었다. 공공의 선善을 위해 막아두었다. 요즘엔 공공의 선을 위한 일들이 어찌나 많은지, 다 같이 성인聖人이 되지 못한 게 이상할 정도다.

---

8) 대기오염을 방지하고, 이미 오염된 대기를 맑게 정화하려는 목적으로 제정한 법률의 총칭. 1956년 영국의 '대기정화법'이 그 효시이며, 1970년대에 이르러서는 미국에서 '연방대기정화법'이 제정됨으로써 종래의 사후 피해 방지에서 벗어나 생태학적 보호의 견지에서 사전에 적정하게 관리하는 환경법으로 전환되었다.

하늘이 내려준 능력 따위는 없어서 도로 지도를 까먹고 말았다. 결국 지쳐서 바람에 파닥거리는 오렌지색 리본과 아무렇게나 버려진 삼각뿔들을 또 맞닥뜨리고 절망한 나머지 일방통행로를 역주행하고 말았다. 땅콩집들이 다닥다닥 달라붙어 마치 곤봉들처럼 즐비하게 곤추서 있었다. 어둠, 안개, 추레한 가난. 한 노파가 바퀴가 높은 유모차를 밀고 있었다. 노파를 피하려고 핸들을 틀다가 벽돌 벽에 충돌하고 말았다. 별일 아니었다, 차종이 겨우 다임러였으니까.

별일 아니었다. 텔레비전 불빛으로 번득이는 커튼 없는 유리창 속에서 드디어 내가 찾던 방을 발견했으니까. 전기료가 비싸지만 아직은 TV 스크린을 깜박깜박 깜박이게 하는 빛으로 홍차를 끓일 수 있다.

"나중에 어른이 되면 말이다, 헨델, 꼭 세상에 좋은 일을 해야 한다." 나는 어머니의 부드러운 손을 잡고 구두 굽을 따라 뛰었다. 하루 한 번, 산책을 하는 3시에만 어머니를 만났다. 어머니는 높은 기둥처럼 우뚝 선 은빛 여우였다. 아버지는 칭칭 감은 트위드 천으로 지은 기념비였다. 나는 이 세상에 여린 속살이라는 것이 있는지도 몰랐다.

산모는 아무것도 덮지 않고 침대에 누워 있었다. 원래 입고 있던 면 원피스는 발기발기 찢긴 상태였다. 함께 있는 남자가 찢긴 옷 조각으로 여자의 머리를 닦아주고 있었다. 방 안에 불빛이라고는 은은히 타오르는 등유 램프의 불꽃뿐이 었다. 주로 자동차 정비소에서 쓰는 램프이다.

뜨거운 물을 달라고 했다. 없었다.

깨끗한 천을 달라고 했다. 없었다.

'여기가 무슨 소설 속 세상이라고 생각하는 겁니까? 디킨 스 소설 속에 나오는 세상?'이라고 고래고래 소리라도 치고 싶은 심정이었다. 그들은 그들대로 내가 입고 있는 정장을 빤히 쳐다보고 있었다. 아니, 나는 이게 무슨 소설 속 상황이 라고 생각하나? 디킨스 소설 속?

나는 재킷을 벗고 풀 먹인 타이를 풀고, 정장 조끼와 빳빳 한 셔츠를 벗었다. 셔츠를 깔끔하게 여섯 개의 사각형으로 자르고, 남자에게 돈을 쥐여주며 이웃에 가서 뜨거운 물을 좀 받아오라고 시켰다. 남자가 나갔고, 방 안이 조용해졌고, 여자는 나를 바라보았다.

"아기가 끼었어요."

"그래요."

나는 무릎을 꿇고 앉아 여자의 위풍당당한 배를 촉진했다. 왜 다리를 벌리지 않지? 다리를 벌리지 않는 이유는 안다. 하지만 나는 의사인데, 어째서 다리를 벌리지 않는 걸까? 피부가 소파 가죽처럼 탱탱하게 당겨져 있다. 부드럽고, 완벽하고, 주름진 곳도 뭉친 곳도 없었다. 그녀의 몸뚱어리는 낭창한 가죽일 뿐이었다. 담배쌈지처럼 둥글고, 담배쌈지처럼 갈색이었다.

여자가 다리를 벌렸고, 나는 그 사이에 무릎을 꿇고 앉았다. 기분이 나빴다. 지금껏 한 번도 여자의, 여자의… 뭐라고 불러야 하지? 질(?)을 본 적이 없었기 때문이다. 끝없는 단면도, 폭발하는 모양새의 다이어그램, 쭈그러들고 햇볕에 마른 질. 비버? 아니야, 비버나 조개나 여우와는 하나도 닮지 않았어. 섬세한 입술처럼 접힌 저 살과 수도승의 두건처럼 뭔가를 감추고 있는…. 구슬·씨앗·도토리·진주·단추·완두콩… 같은 걸 감추고 있는….

"제발 빨리 좀 해주세요."

아기의 머리를 잡으려면 몸속에 손을 넣어야 하는데 손이 청결하지 않았다. 감염을 시키면 어떡하지? 저 여자가 나를 감염시키면 어떡하지?

아기가 다시 몸을 돌리려 하자 여자는 고통스러운 비명을 지르기 시작한다. 병원에 데리고 가면 여자에게서 아기를 빼앗아갈 것이다. 여자는 틀림없이 불법체류자일 테니까.

마룻바닥에 보드카 한 병이 있었다. 진이 아니라 다행이다. 그건 너무 디킨스스럽잖아.

미심쩍은 표정으로 보드카 병을 집어들었다. 병 바닥에 보드카가 1인치 정도 남아 있었다.

"통증 때문에 제가 마시려던 거예요."

나는 보드카를 손에 붓고 비벼 씻었다.

"유대인이세요?" 여자가 물었다.

"내가 산과 의사가 아닌 것이 다행이라고 생각하세요. 그랬다면 벌써 배를 가르고도 남았을 겁니다."

그 말에 여자는 입을 다물었고 비명도 그쳤다. 피가 탱탱하게 들어찬 뜨끈한 몸속에 내가 손을 쑤셔넣는 동안 아무 소리도 내지 않았다. 조용하고 품위 있고 넓었다. 엎드린 채 땀을 뻘뻘 흘리며 고개를 숙이고 허리를 꺾고 있는 쪽은 나였다. 머리카락이 앞으로 쏟아져 여자의 허벅지에 닿았다.

여자는 아기를 낳기 시작했다. 선물이었다. 그 춥고 황폐한 방, 춥고 황폐한 거리에 주어진 생명의 선물이었다. 아기는 준비를 마쳤다. 산도를 미끄러져 내려와 바람 부는 세상으로 나왔다. 나는 부드럽게, 부드럽게, 마치 내 아이처럼 그 아기를 세상으로 끌고 나왔다. 여자아이였다. 마치 내 아기 같았다. 묶여 있던 탯줄을 끊자 아기는 자유롭게 풀려나 독자적인 존재가 되었고, 얇은 피 칠갑을 한 채 어머니의 배에 엎드려 누웠다.

남자는 미지근한 물이 담긴 대야와 보드카 두 병을 가지고
돌아왔다. 내가 한 병을 따서 대야에 마지막 한 방울까지 다
부어버리자, 남자는 경악을 넘어 공포에 질린 얼굴을 했다.

"저 사람 유대인이래." 산모가 말했다.

나는 여자의 허벅지와 길게 갈라진 질 주변을 조심스럽게
씻어주었다. 남은 셔츠 조각으로 물기를 닦아주고, 차에서
담요를 가져와 산모와 아이를 덮어주었다. 아기도 씻겨줄 생
각이었지만 그때 '이 냄새는 아기가 아는 모든 것이야, 이 냄
새가 아기가 가진 전부야, 이제 그만 가자, 헨델.' 이런 생각
이 들었다.

나는 재킷을 걸치고 내 물건들을 챙긴 뒤, 이삼 일 후에
다시 들르겠다고 약속하고 그 방을 나섰다. 돈도 조금 주고
왔다.

달이 떴고 추위가 안개를 얼려 판판한 갈색 석판으로 만
들어버렸다. 나는 유턴을 해서 불도 켜지지 않은 가로등 아
래 질척한 거리를 따라 달려갔다.

두 번째 도시는 정치적이다. 슬럼·아파트,·맨션의 정치학. 적절한 균형이 유지되어야 한다. 맨션이 너무 많아도 슬럼이 너무 적어도 안 된다. 중간에서 아파트가 균형을 잡아준다. 부자들은 아파트에 사는 신세가 되는 것이 두려워 벌벌 떨고, 빈민들은 자기만의 아파트를 한 채 갖는 것이 소원이다. 정치적 도시는 공포를 먹고 번영한다. 결코 아파트를 소유하지 못할지 모른다는 공포. 기껏해야 아파트밖에 소유하지 못할지 모른다는 공포.

노숙은 불법이다. 나의 도시에 노숙자는 없다. 길거리에서 숙식을 해결하는 범법자들이 점점 늘어나고 있기는 하지만 말이다. 버려진 계급을 범죄자의 계급으로 바꾼 건 매우 영악한 일이었다. 사람들은 낙오자와 패배자들에게는 가끔 연민을 품지만, 범죄자들에게 연민을 품지 않으니까. 그래서 사회의 안정에 크게 도움이 되었다.

집 앞에 주차한 뒤 짙고 끈적끈적한 안개 속을 헤치며 할머니들의 커튼을 생각했다. 안개가 갈라지는 지점에서 미적거리는 불빛이 여전히 도시 위에 누워 도시를 더럽히며 노출한다. 도시는 괴로워 몸을 뒤채고, 전당포에 저당 잡힌 아름다움은 되찾을 길이 없다.

하얀 침대에 몸을 던지고 괴로운 잠 속으로 빠져들었다. 내 몸이 투명해져 햇빛이 내 간을 북처럼 두드리고 척추를 노란 옥타브들로 조율해 양손으로 연주할 수 있게 만드는 꿈을 꾸었다.

며칠 후, 나는 예정대로 그 집에 다시 들렀다. 건물을 불법으로 점거해 사는 사람들이 길 건너편에서 보안 경찰이 쭈그려앉아 그 건물 입구에 붙일 철문을 용접하는 모습을 지켜보고 있었다. 나는 보안 경찰에게 다가가 여기에 살던 사람들은 어떻게 되었느냐고 물었다. 경찰은 어깨를 으쓱하더니 하던 일을 계속했다. 보안 경찰들이 다 그렇듯, 그도 이미 오래전에 말하는 능력을 잃어버린 것 같았다. 그는 용접용 산소 아세틸렌 불꽃으로 문이 닫혀 있는 파란 밴을 말없이 가리켰다.

밴의 운전석에 남자 두 명이 앉아 있었다. 대시보드에 발을 올린 채 푹 꺼진 시트에 푹 꺼진 몸뚱어리를 축 늘어뜨리고 있었다. 그들은 라디오 볼륨을 최고로 높여 놓고, 눈도 깜빡이지 않고 더러운 차창 너머를 바라보았다. 둘 다 스물다섯 남짓으로 보였다. 마치 죽은 사람들 같았다. 차창을 똑똑 두드리자, 한 사람이 천천히, 천천히 고개를 돌려, 마치 내가 대수롭지 않은 인간인 것처럼 내려다보았다. 의사 면허증을 휙 치켜들어 보여주니 차창이 천천히, 천천히, 내려왔다.

"좀 도와주실 수 있을까요? 저 집에 살던 사람들을 찾고 있는데요."

"나하고는 아무 상관 없는데요."

"그 사람들이 어디 있는지 아십니까?"

"아니요."

그가 창문을 올리자 옆자리의 동료가 입술도 달싹이지 않고 뭐라고 말했고, 창문은 재빨리 다시 내려갔다.

"혹시 페스트 박멸국에서 나왔습니까? 그 사람들 '엘프 아자드'였어요?"

"뭐라고요?"

"씨발, 천연두 감염자였느냐고요!"

"아니요, 하지만 산모가 아기를 낳았습니다."

나는 감상주의자가 아니다. 매주 삶과 죽음이 내 손을 스쳐 지나가다보니 진중하고 내성적인 성향이 생겼다. 죽음과 내밀한 관계를 맺게 되면서, 성향이 좀 더 조야한 동료들은 소위 '죽음의 무도'를 추게 되었다. 끔찍한 운명을 날마다 접하면서 영성의 위로를 받지 못하고 지독히도 우연히 떨어지는 무참한 필연적 숙명에 휘둘리다보니 그로테스크한 것을 사랑하는 취향이 생긴 것이다. 두려운 고통을 언제까지나 캐리커처로 묘사할 수밖에 없는 현대의 인간들은 어쩐지 중세적이다. 음산한 장난과 썩은 것에서 쾌감을 얻는 취향은 저명하신 우리 동료 의사 나리들의 현저한 특징이다. 그들을 보면 현대 과학의 긍지 높은 기적이 아니라, 라인 강가의 음습한 마을에 죽음의 머리를 새기는 두려움 가득한 14세기의 얼굴이 보인다.

그러면 나는 어떠냐고? 나는, 마침내 모든 것이 고요해지고 매끈해졌을 때 생명 없는 육신 위로 자주 허리를 굽히곤 하는 나는 어떨까. 사람이 죽으면 치졸하고 비열하고 피상적인 것들의 자취가 얼굴에서 사라지기 시작한다. 주름도 심플하고 품위 있어진다. 추상적인 선들, 지독히도 무심한 선들만 남는다. 이런 도드라진 특징 덕분에 죽음에서 위안을 받는 것이 가능하다. 잠깐 멈춤. 이 무상한 품위가 해체되고 나면, 그 뒤에 남는 것은 공포도 두려움도 아니고 심오한 연민이다. 죽은 그리스도의 몸을 굽어보는 동정녀 마리아의 '피에타.' 슬픔의 마돈나. 어머니가 자식에게 품는 연민.

그 윗방의 스페인 처녀는 동정이 아니었고 솔직히 나는 아기들한테 별로 감동을 받는 편이 아니다. 병원에서 집게로 줄줄이 끄집어내는 살점들, 산모와 아기 병동, 미래를 생산하는 공장과 농장, 그런 데서는 별 감흥을 받지 못한다. 게다가 그 누구보다 감정이 바싹 메마른 인간들이 자기의 폐쇄된 심장에 위안을 얻으려고 아기들을 보고 우쭈쭈 얼러대는 모습을 너무나 자주 본다. 막상 그 아기들이 성장하면 착취하고 무시할 인간들이 말이다.

그러나 그 산모가 가슴에 아이를 안았을 때, 그때는 황량한 공간에 한순간 싹이 트고 피해를 입고 다친 것이 멀쩡하게 회복되는 기분이었다. 음침했던 방이 온화해지고 금간 유리창에 별빛이 가득해졌다. 아기는 별을 볼 수 없었지만 별빛이 그 작은 몸에 내려앉아 빛의 담요를 덮어주었다.

흉측한 철문이 거의 다 제작된 터라, 어떻게든 우겨서 벌레처럼 꿈틀거리는 층계를 올라가 그 버려진 방을 살펴봐야 했다. 등유 램프와 커튼은 사라지고 없었고, 뒤틀린 매트리스는 출산의 핏자국으로 얼룩져 있었다. 내 셔츠 쪼가리 말고는 아무것도 남아 있지 않았다. 나는 셔츠 쪼가리를 주워 주머니에 쑤셔넣었다.

바깥에서는 보안 경찰의 용접기가 뿜어내는 우아한 노란 분수가 인도의 번들거리는 물웅덩이에 빛을 비추고 있었다. 빛이 보안 경찰의 금속 장화에 반짝이 조각들을 튀겼다. 그의 발에 후광이 서렸다.

다시 그에게 물었지만 그는 "사람들은 날마다 사라져요"
라는 말밖에 하지 않았다.

그가 출입구 문틀에 철문을 용접해 붙였다.

사람들은 날마다 사라져요…. 세 번째 도시는 보이지 않는
다. 추방당한 자들의 도시, 더이상 존재하지 않는 사람들의
집이다.

도시의 이 구역은 생각보다 훨씬 더 크다. 지역사회를 확
보하는 불법 점거 주민들과 이민자들, 암시장 거래자라든가
탈세자, 콜걸과 광인을 목표물로 삼기는 쉽다. 공식적 불허
목록들이 법을 준수하는 광장마다 게시되어 있다. 우리는 누
가 숨는지, 왜 숨는지 알고 있다. 우리는 무결하게 야외를 확
보하는 타입이다. 우리는 밤일을 하러 들어가지 않는다.

사람들은 날마다 사라지지만, 당신과 나는 아니다, 안 그
런가? 우리는 견고하고 자신만만하고 안전하고 강인하고,
마음껏 속내를 말할 수 있다.

정말 그런가? 나는 내 마음을 말할 수 있을까? 아니면 빌
린 언어 속에 갇혀 사유의 사생아들에게 포로로 붙들린 채
벙어리가 되어버린 걸까? 나의 어떤 부분이 내 것일까?

나는 중세 시대에 정이 간다. 아무래도 그림자를 좋아하는 위인이라, 영광의 르네상스가 발하는 휘황한 빛을 좀 당혹스러워하는 모양이다. 체계와 위계질서를 사랑하던 중세 사람들이 지녔던 '친절한 경도Kyndly Enclyning'라는 오랜 이론에서 가장 온전하고 인간적인 노동의 형태가 보여서 그런지도 모르겠다. 친절한 경도 이론은 플라톤에서 시작해 다채로운 지류支流들을 통해 흐르고, 보에티우스, 초서, 중세 사상의 조류를 면면이 거쳐, 셰익스피어와 베이컨에 이르러서도 생생히 살아 있던 사상이다. 홀대받지만 지금도 명백한 이 진실은 만물이 격렬하게 자기 자리를 찾아 '움직이지만' 기실 알고 보면 또한 차분히 제자리에 '존재'한다는 것이다. 바꿔 말하면, 만물에는 올바른 집이 있고 어울리는 지역이 있기에, 강제로 막지 않으면 일종의 귀소본능으로 움직인다는 뜻이다. 그러나 올바른 마음이 없다면, 손으로 짓지 않은 나만의 '올바른 집'을 어떻게 찾을까? 나는 매일 진료하면서 정신 나간 남자와 여자들을 만난다. 그 사람들은 자기가 정말로 어떤 사람인지, 진짜 중요한 게 무엇인지 감조차 없다. '어떻게 살아야 하나요?'라는 질문에는 처방전을 써서 건네줄 수가 없다.

은퇴하거나 해고당한 회사원에게는 암이 흔하게 발병한

다. 건강을 잃고 죽을까 두려워 찾아온 사람들한테서 내가 처음 듣는 말은 "예전의 내가 아닙니다"이다. 하지만 이야기를 더 나누다보면 그 사람이 예전의 그라는 걸, 언제나 그래왔다는 걸 알게 된다. 그렇다, 그는 부유하고 점잖은 사람이지만, 미성숙하고 자기인식이 없고 너비도 깊이도 없는 사람이라는 것을 알게 된다. 그동안 일, 사회적 위상, 사랑하는 아내, 젊은 애인, 격려를 아끼지 않는 친구들을 방패 삼아 그런 결핍으로부터 자기를 보호해왔을 뿐이다. 이야기를 더 나누다보면 자기는 한 번도 일을 좋아한 적이 없고 가족들이 밉다고 털어놓거나, 오로지 일만을 위해 살아왔는데 일이 없어지니 다시 어린아이로 돌아간 것 같다고, 아침에 일어나서 뭘 해야 할지 모르겠다고 토로할 때가 많다.

그중에서도 가장 슬픈 건 자기희생이 여성이 가져야 할 최고의 미덕이라고 교육받은 여자들이다. 그 여자들은 희생을 했다. 자발적이었던 경우도 많다. 그리고 여전히 오지 않는 축복을 기다린다. 그녀들은 기다리지만 암은 기다려주지 않는다.

당혹스럽고 민망하다. 개인숭배를 어느 때보다 힘차게 설파하고 그 숭배의 힘이 수많은 집단질병을 낳는 사회에서, 사람은 '자아'를 돌봐야 한다고 말해야 한다니. 하지만 '자아'는 만족하고자 발버둥치는 일탈적 욕망의 무작위적 집합이 아니다. 여자들에게 권장하듯 일탈적 욕망을 억압하는 방식으로는 절대로 사회적 통합이 이루어질 리 없다. 우리네 망가진 사회는 개인의 승리가 아니라 개인의 삭제에 근거한다. 그는 사라지고 그녀도 사라진다. 그들에게 당신은 누구냐고 물으면 지갑이나 자식을 내밀 것이다. "무슨 일을 하십니까?"가 기본적으로 으레 하는 질문이다. 행위가 존재를 대체하고, 무직이라는 굴욕은 남편·아내·은행가·배우, 심지어 도둑을 스케치한 얇은 분필 선을 싹 지워버린다. 내 분주한 삶은 위로를 준다. 나만의 생각과 독대하면 그런 것은 아예 없다는 사실을 깨닫게 될 테니까. 그런데 나 자신의 감정과 독대하게 되면? 유치한 분노와 사랑이라는 이름으로 통하는 감상感傷을 넘어서면 그리 대단한 것이 있기는 할까?

허물없이 대하고 비공식적으로 진찰하는 친구가 한 명 있다. 내 담당 환자는 아니다. 그 친구가 두 번째로 심장마비를 겪고는 "헨델, 내 삶에 대해 생각해보고 싶어"라고 말했다. 그래서 파스칼의 《팡세》를 줬더니, 기뻐하며 서류가방에 넣었다. "나에게 꼭 필요한 책이야." 친구는 말했다. 택시를 잡으러 황급히 달려나가던 친구는 돌아서서 나를 보고 말했다. "헨델, 자네와 나눈 이런저런 얘기들이 정말 큰 도움이 됐어.

명상하는 삶이 중요하다는 자네 얘기가 옳다는 걸 알게 됐어. 시간을 내서 꼭 해보도록 할게."

창가에 서서 분주한 거리로 사라지는 친구의 모습을 바라보았다. 예전에는 그 도로 양편에 뚜렷한 특징이 있는 작은 가게들이 즐비했다. 각 가게들의 정체성과 목표가 확실했다. 가게마다 단골손님이 있었고, 늘 찾아주는 손님들에게 책임감도 느꼈다. 지금은 도로 측면을 터서 확장해, 도로가 걸어서 건너기 위험할 정도로 넓어졌다. 차량이 포효하는 대로변에서 통유리로 된 다국적 상점들이 똑같은 시장에서 나온 똑같은 상품을 포장만 바꿔서 가격 전쟁의 교전 수칙에 따라 팔고 있다.

나는 어떻게 살아야 할까?

이 질문이 얇은 창유리를 뚫고 나를 압박한다. 이 질문이 인파가 빽빽한 거리에서 나를 미행한다. 아침에 메일을 확인할 때마다, 컴퓨터 화면의 익명성 속에서 새빨간 잉크로 쓰인 그 질문을 읽게 된다. 그 질문이 안온한 메일들을 활활 불태운다.

"잘 지내나, 헨델?"

(어떻게 살아야 할까?)

"요즘 뭐 하고 살아?"

(어떻게 살아야 할까?)

"합병 얘기는 들었어?"

(어떻게 살아야 할까?)

그 질문이 문기둥에 치덕치덕 처발라져 있다. 그 질문이 흙먼지에 실려온다. 그 질문이 라일락 꽃병 속에 숨어 있다. 그 무례한 질문이 잠자는 신에게 던져진다. 그 질문이 아침에 수수께끼를 내고 정오에 암시를 던진다. 그 질문은 내 꿈을 몰아내고 정신이 번쩍 들도록 깨웠고, 식은 땀방울에 맺혀 실체로 살아났다. "대답을 해"라고 사막의 목소리가 속삭였다. 도시가 아직 도래하지 않은 그 적막한 곳에서.

보이지 않는 도시, 있는 그대로의 모습으로 보이는 능력을 잃어버린 도시에서, 사라진 영혼들은 유령의 길을 지나쳐 가서 아무런 인상도 남기지 않고, 아무런 자취도 남기지 않고, 다 똑같은 옷을 입고 똑같이 생각하고 똑같이 말하고 똑같이 행동하는 동질적인 사람들이 된다.

나의 정신?

나의 올바른 정신?

나의 진정한 집?

긴 열차들이 떠난다. 차창에 네모난 빛. 검은 열차에 노란 빛. 노란 비늘이 덮인 파충류 열차. 노랑과 검정 노랑과 검정 노랑과 검정, 하고 열차가 단조롭게 읊조린다.

빛이 열차의 경계를 에둘러 번개무늬를 수놓는다. 단조로운 금속에 반짝이는 장식을 더하는 빛, 연한 무늬가 엄정한 선에 대비되어 효과를 자아낸다.

조명이 빅토리아 양식의 장식으로 고정되었다면 눈이 시원해지기는커녕 오히려 피로해졌으리라. 매혹의 비결은 움직임이다. 아름답고, 놀랍고, 새로운 빛의 유희. 낡은 태양에서 새로운 빛이 탈출했다.

태양만큼 나이 든 빛.

그 효과 속에서 빛은 합창곡이 되었다. 동시에 얻은 힘이 넘치는 화음, 빛의 심도深度, 한 음표가 아니라 여러 음표들, 어우러져 함께 노래하는 빛의 음표들. 인간의 가청 영역을 벗어나는 고음역에서 천궁의 음악이 고유의 주파수 대역으로 빛을 진동한다. 보이고 들리는 빛. 석판에 글을 쓰는 빛. 닿는 곳마다 영광을 주는 빛. 그 자체로 기쁨인 경건한 빛.

열차가 이미 지구를 허리띠처럼 에워싸고 질주하는 빛 아래를 기어간다. 과학적인 기차와 예술적 광휘.

나, 헨델, 의사, 가톨릭, 여성을 숭배하는 자, 음악을 사랑하는 자, 동정童貞, 사상가, 바보, 나의 도시를 떠나 다시는 돌아오지 않을 작정이다.

　친구들이 내린 결론에 따르면, 내가 이런 짓을 벌이는 건 소위 프랑스 말로 '라 상시빌리테La Sensibilité'의 과잉 때문이란다. 감정 과잉은 남자한테는 달갑지 않고 의사에게는 도움이 되지 않는다. 가톨릭은 감정 표현을 권장하지만 조건이 있다. 표현하는 감정이 가톨릭이어야 한다.

　어제 나는 매물로 나온 고해소를 보았다. 18세기에 제작된 아일랜드 산産 이동 고해소였다. 색이 짙고 무거운 오크로 제작한 상자로, 절반이 문이고 전면에 커튼이 쳐져 있었다. 내부에는 헤아릴 수 없을 정도로 많은 신부들의 엉덩이로 반들반들하게 닳은 따뜻한 목제 벤치가 놓여 있고, 양쪽에는 작은 격자무늬 창살이 속삭임으로 전해지는 번뇌와 불타는 육신들에게 딱 적당한 높이로 나 있었다.

　"신부님, 제가 죄를 지었습니다."

　"육신의 죄입니까, 양심의 죄입니까?"

　"육신의 죄입니다."

　"말해보세요."

그날 오후 나는 매음굴에 갔었다. 같이 간 여섯 명 모두 신학교 학생이었다. 친구들은 추파를 던지며 여자들과 놀았지만, 나는 위층으로 올라가라는 쪽지를 받았고, 올라가보니 어떤 여자가 나를 기다리고 있었다.

나는 그 여자의 방에 들어갔다. 흰색이었다. 흰 벽, 이집트에서 수입한 흰 러그, 돌로 문질러 하얗게 빤 시트와 귀가 먼 하얀 고양이. 여자는 유명한 고급 창부로 로마 신봉자이며 옛날에 내가 잘 알고 지내던 남자의 친구였지만, 그건 소년 시절의 얘기다. 여자는 돈이 많았고, 여전히 사랑스러웠으며, 철저히 타락했다. 나는 그 여자에게 정신없이 홀렸지만 말을 섞어본 건 그때가 처음이었다. 방에서 백합[9] 향이 났다. 외양간 같은 아래층에서는 불알을 까고 싶어 안달 난 남자애들의 소리가 들렸다.

"바지를 벗어보렴." 여자가 말했다. 벽에는 상아가 걸려 있었다. 나는 체모가 거의 없었다. 거울을 보니 짧은 셔츠 아래로 내 그것이 훤히 보였는데, 아무리 봐도 인삼뿌리 따위를 연상시켰다. 내 등 뒤에서 야릇한 표정으로 감정하듯 지켜보는 여자의 얼굴이 보였다. 나는 여자가 어디에 그렇게

---

9) Madonna Lily, 처녀의 상징이다.

흥미를 갖는지 알 것 같다는 생각을 했다.

여자는 말 거래상이 순혈 종마를 살피듯 내 엉덩이를 손으로 쓸었다. 은빛 거울을 통해서 하얀 방의 여자가 보였다. 거울의 환영, 역전된 규칙의 역전된 이미지였다. 나는 그 여자를 위해 거기 있었다.

"그 여자에게 삽입을 했습니까?"

"아닙니다, 신부님."

"계속 얘기해보세요."

여자는 내 뒤에 서 있었고, 나는 거울 앞에 서 있었고, 여자는 손길로 나를 칭찬했다. 손바닥에 굳은살이 박인 강마른 갈색 손이었다. 여자가 그런 손을 갖고 있을 줄은 생각도 못했다. 여자는 나를 장작 다발처럼 다루었다. 내 사지, 아니 오지伍肢는 야위고 딱딱했다. 이윽고 여자가 나를 돌려세우고 허리를 굽혔다.

"사정을 했습니까?"

"예, 신부님."

"여자의 어느 부위에 사정했습니까?"

"마루에 있는 그릇에요."

"계속 얘기해보세요."

"여자는 그리스 영웅들로 장식된 도자기를 가지고 있었습니다. 무릎을 꿇으라고 해서 저는 발정난 당나귀처럼 네 발로 엎드렸습니다. 여자가 발뒤꿈치로 제 살을 파고들었고 저는 오디세우스 위에 사정했습니다. 여자는 그 그릇을 학자의 그릇이라 부른다고 했습니다⋯."

돌 스니어피스는 학자 말고 신사들을 좋아하지만, 그래도 헤픈 여자라고 부르면 억울해할 것이다. 돌의 어머니는 죽음을 앞두고 어린 돌의 작은 손을 잡고 이런 충고를 남겼다. "절대로 재산을 팔지 마라." 돌은 이 말을 마음에 새기고 상품이 될 만한 자신의 부분들에 이 교훈을 적용했다.

돌은 판매용이 아니라 대여용이었고, 대여비가 몹시 비쌌다. 돌은 풍요로웠다. 둥근 젖가슴이 풍요로웠고, 휘어진 허리가 풍요로웠다. 복숭아 같은 엉덩이가 풍요로웠다. 무엇보다 삼각지의 보드라운 털이 풍요로웠다. 돌은 그곳을 '나의 유클리드'라고 부르며, 대수代數에 푹 빠져 정신없는 사람들에게 기하학적 증거를 제시했다.

돌이 사랑하는 루지에로는 새가 날기를 좋아하듯 책벌레였고, 고고한 정신의 소유자였으며, 순결했다. 돌 스니어피스가 수학적 자격을 과시하면 루지에로는 예술의 상아탑으로 도망쳤다. 오디세우스처럼 제 몸을 책상에 꽁꽁 붙들어매고 돌의 사이렌 노래에 귀를 막았다. 오페라를 사랑하는 루지에로에게는 어려운 일이었다.

루지에로는 한 번도⋯ 한 번도⋯ 여자의⋯ 그걸 뭐라고 불러야 하지? 잉크병? 아무튼 그걸 본 적이 없었다.

루지에로는 펜을 만지작거리며 붉은 잉크로 가득 찬 돌 스니어피스를 생각했다.

알렉산드리아의 위대한 도서관에 소장되었을 가능성이 있는 자필원고 원본 목록을 재구성하는 것이 루지에로 필생의 연구였다. 그는 학자였고, 다른 학자들과 달리 자신의 연구가 아무리 난해해도 인류에게 정당한 평가를 받을 값어치가 있다고 믿었다. 그는 그 보상이 연금이기를 바랐다. 서평가가 아닌 한, 책을 읽으면서 돈을 버는 건 불가능했다. 루지에로는 그런 밑바닥으로 전락할 마음이 전혀 없었다.

돌 스니어피스는 밑바닥으로 전락해본 적이 많아서 추락 자체를 우아한 기예로 승화시켰고, 정확히 자신의 어떤 노동이 가치가 있는지를 잘 알았다. 엉덩이를 계산된 방식으로 휘어 치켜올리면 빗변에 공격이 들어와도 팔뚝으로 침대를 짚고 신경 쓰지 않고 책을 읽을 수 있다는 것을 잘 알았다. 돌은 이런 식으로 정신을 고양시키는 사포의 작품을 즐기게 되었다. 돌이 소장한 그 작품의 그리스어 원문 판본은 메디치 가家에서 직접 훔쳤다고 주장하는 애꾸눈 골동품 거래상에게서 사들인 것이었다. 알렉산드리아를 거쳐 메디치 가로 흘러들어왔다고 했다. 루지에로가 그 책을 살펴보고 싶다고 청했을 때, 돌은 자기 사타구니의 갈라진 틈새를 손가락으로 가리키며 거기에 보관되어 있다고 말했다.

허구라고? 물론이다. 화려하고 과장되고 찢어진 전면만 보면 '어느 창녀의 철저하고 정직한 회고록'이라는 제목으로 자서전 행세를 하고 있지만 말이다.

철저하다고? 정직하다고? 나는 의심한다. 하지만 왜 꼭 의심을 해야 할까? 객관성을 자랑스럽게 내세우는 과학조차도 증언과 기억에 의존하는데. 과학적 이론은 선행하는 결과들을 통해 구축되어야 한다. 과학자들은 타인의 기록과 자신의 과거 기록을 반드시 고려해야 한다. 과학은 과거의 설명과 과거의 탐구와 기지의 모든 사실들에 대항해 이론을 시험하는 모색의 기술로 귀납과 연역을 해야 한다.

그러나 사실이 모두 알려진 것은 아니고, 알려졌다고 해서 반드시 사실도 아니다.

더 큰 문제가 있다. 과학자가 아무리 정교해도 실험과 분리되어 사고할 수는 없다. 관찰자가 관찰대상과 거리를 둔다는 건 불가능하다. 과학적 진실 중 다수가 훗날 관찰자의 허구로 밝혀졌다. 이제는 그렇지 않다고 전제한다면 비합리적이다.

중립적 관찰자는 사실상 연구주제와 낭만적 관계를 맺고 있다. 문제의 일부는 실험(경험)과 실험(경험)기록 사이에 일정한 시간이 흘러야만 한다는 사실에 있다. 아마도 한없이 짧은 시간이겠지만, 사랑하는 사람의 응시가 없다 해도, 지극히 작은 공간을 억지로 파헤쳐 파고들 수 있는 판타지들이 얼마나 많은가?

불과 1초 전에 일어난 일이라도 '정확하게' 말한다는 것이 얼마나 어려운 일인지 나는 안다. 누가 함께 있었을 경우, 그들의 진술과 내 진술이 상충할 수도 아닐 수도 있다. 게다가 사진이 있다면? 카메라는 언제나 거짓말을 하는데.

이 모든 의혹에서 가장 민망한 사실은 다음과 같다. 현재라는 이 찰나의 순간에 일어나고 있는 기억하기의 행위는 기억되는 사실이 다른 시간에 실제로 일어났음을 입증하지 못한다. 반면 나는 그것이 실제로 일어났다고 확신할 가능성이 있다. 특히 다른 사람들이 똑같은 확신을 가질 경우 더욱 그렇다. 그 사람들의 숫자는 많을수록 좋다. 하지만 혼자 있을 때 일어난 일이라면, 경험·정서·사건이 오롯이 내 것, 나만의 것이라면, 충실한 기억을 포함해 그 모든 일화를 내가 꾸며내지 않았다고 어떻게 '확실하게' 말할 수 있단 말인가?

그러니 지금 당신 앞에 놓인 이 기록이 허구일 수도 있겠다.

내 과거 말고, 객관성 말고, 과학의 청결한 흰 가운 말고, 나는 무엇에 의지할 수 있을까? 내가 허구라는 걸 인정해버릴까? 오직 공간과 빛으로만 만들어진 인간, 별들 사이에 핀으로 찍은 점 같은, 행성의 핀으로 찍은 점? Le silence éternel de ces espaces infinis m'effraie(그 무한한 공간들의 영원한 침묵이 나를 오싹하게 한다). 시간의 갈고리에 걸린 인간.

가없이 광막한 공간과 구속된 내 삶의 불균형을 무엇으로 조정할 수 있을까? 구속되긴 했지만 도덕성의 구속은 아니다. 내가 두려워하는 건 도덕성이 아니다. 왜소함, 무의미함, 나는 이런 것들이 진정 두렵다. 살아보지 못한 삶. 위를 덮은 물과 아래로 흐르는 물살로부터 딱딱한 껍데기를 안전하게 둘러쓴 삶. 집에 들어앉아 말라붙은 삶. 건전하고. 든든하고. 참된 삶?

열차가 해안에 다다랐다. 바다의 빛이 바닥을 따라 촉수를 뻗어 기어왔다. 기나긴 빛의 파도가 견고한 좌석들과 딱딱한 테이블들을 원자로 화하게 했다. 열차 자체가 일렁거렸다.

밝은 수족관에 갇힌 남자는 자기만의 생각을 타고 부유했다. 생각들이 만화처럼 과장된 거품 모양으로 머릿속에서 보글보글 올라왔다. 남자는 그 생각들을 붙잡아 호호 불어 터뜨렸다. 겹겹이 겹친 빛의 층을 헤치고 깊이 잠수해 난파된 자신의 과거로 내려갔다. 워낙 자주 잠수하다보니 수압과 세월에도 변함없이 남아 있는, 버려진 유령선의 선단 전체를 발견했다.

값어치 있는 물건들을 얼마나 발굴해 들고 올라올 수 있을까?

남자는 작은 문을 억지로 열었다. 그가 쓰던 장난감들과 좁은 침대가 있었다. 그곳에는 한 번도 빛이 든 적이 없어 보였다. 어린 시절을 떠올리면 어두웠다. 3시와 4시 사이 오후의 짧은 시간을 제외하면. 붉은빛으로 칠해진 2년을 제외하면.

그의 머리 위에서 물이 체스판처럼 어둠과 빛의 사각형들로 물들어 흔들렸다.

지극히 작은 공간에 얼마나 많은 판타지들이 들어갈까?

태양이 바다를 다이아몬드들로 바꾸었다. 내 뒤에서 고속도로를 달리는 모터바이크들의 울부짖고, 울부짖고, 울부짖는 엔진 소리가 들린다. 플라이휠과 아스팔트의 유한한 세계

헨델

는 유리병에 갇힌 꿀벌 소리에 불과하다.

더러운 바다가 변화하고 있다. 이제는 회색도 아니고, 파란색도 아니고, 녹색도 아니다. 흰색, 곡선으로 휘어진 내 눈에 형태를 맞추는 물마루와 물이랑의 흰색일 뿐이다.

고백하는데, 난 바다가 죽도록 무섭다. 선원의 바다와 통상通商의 바다가 있고, 유정油井의 바다와 물고기의 바다가 있다. 달의 영향을 받아 육지를 시험하는 바다. 흥하고 망하는 항만의 바다와 지도를 예쁘게 만들기 위해 존재하는 바다가 있다. 그러나 기능적 바다는 최종의 바다가 아니다. 그 자체로 존재하는 또 다른 바다가 있다. 바다가 수행하는 일들의 포괄적 목록은 바다 자체가 아니다. 바다는 수면을 보석으로 장식하고 얇은 금박 띠 아래 물고기들을 은빛으로 물들였다. 바다를 잘 아는 사람들은 이제 바다를 전혀 모른다고 순순히 인정하리라. 아무도 그 밑바닥에 닿지 못했다. 밑바닥이라는 것이 있다는 사실조차 추론으로 알 수 있을 뿐이다. 관찰로는 알지 못한다.

그리고 나 자신? 나를 관찰해보라. 내 표면의 활용도만으로도 얻을 만한 것이 꽤 있고, 좀 더 깊이 파고 들어가면 좀 더 캐낼 수 있겠지만, 내 밑바닥이라면? 바로 거기가 나 혼자 존재하는 장소다. 관찰자이자 관찰대상으로서.

나는 하강한다. 진실을 말하려 애쓰지만, 의식이라 불리는 원초적 다이빙 벨은 수족관의 싸구려 온도계보다 더 오류가 많은 장치다. 나에게는 밑바닥이 아예 없을지도 모른다. 나는 스스로의 바람과 기대보다 훨씬 얄팍한 인간일지도 모른다. 아니면 지금은 한계에 속박되어 있으나 사실은 무한한 존재일지도 모른다. '내 현실세계'라고 애정을 담아 불러본다. 내 현실세계는 어쩌면 내 깜냥에 맞는 물에 나를 붙잡아두는 데 꼭 필요한 케이블인지도 모른다.

나, 헨델은 질문을 던지지만 대답할 수 없다. 나는 영웅이 아니며, 게임보다 더 빨리 움직일 수 있기를 바라는 체스판의 나이트에 불과하다. 내 삶을 일련의 영악한 수들로 국한시켜둘 때는 기분이 좋았다. 자칫 행복할 만큼. 사색의 시간은 남겨두지 않았다. 거울에 비친 나 자신을 보고 싶지 않았다. 탄탄하게 연결된 일련의 사건들이 해체되기 시작했다. 나는 예전과 다름없이 바빴으므로, 해체와 분리는 물리적인 것이 아니라 정서적이고 영적이었다. 나는 그 틈새로 푹푹 빠지기 시작했다. 든든했던 징검다리의 간격이 점점 더, 점점 더 멀어졌다. 집게 하나로 수면에서 버티고 있던 헨델, 신앙이 삶의 안전벨트가 아니라는 걸 깨달은 헨델. 도저히 더 붙잡고 있지 못하게 되자 나는 손을 놓았다. 몹시 무서웠지만 어느 정도 마음이 놓이기도 했다. 미지의 조류 속으로 손을 놓고 추락한 나는 혼자 낯선 바다를 여행하는 여행자가 되었다.

열차는 호스로 뿌려대는 빛에 흠뻑 젖었다. 빛이 천장을 시끄럽게 두드렸다. 빛이 노란 환풍기 날개 테두리 사이로 물안개처럼 흩뿌려졌다. 빛이 철문을 비웃으며 닫힌 차창을 깨뜨려 무수한 수정구水晶球로 만들어버렸다.

따분하고 똑바른 역의 따분하고 똑바른 선들이 굽이치며 굴절된 빛에 짓눌려 휘어졌다. 역이 뒤틀렸다. 작고 세속적이고 네모난 매표소는 박살이 났다. 남자는 매표소로 헤엄쳐 갔다. 자기가 미나리아재비 꽃이 만발한 들판에 있다고 생각했다. 빛은 무릎까지 올라와 계속 차올랐다. 표를 사려고 했지만, 확고했던 동전이 손가락의 열에 녹아버렸다. 남자는 황금빛 종이에 글을 써서 황금빛 매표소 직원에게 주었다. 남자는 빛을 가르며 터벅터벅 걸어 황금빛 열차에 탑승했다.

Picasso

피카소

피카소, 이젤, 붓, 가방, 기차를 기다렸다.

컵처럼 생긴 조명들로 불을 밝힌 어두운 역사驛舍의 플랫폼에서는 경비원이 보이지 않는 우리에 갇혀 서성이고 있었다. 경비원은 열두 발자국 앞으로 갔다가 열두 발자국 뒤로 갔다. 경비원은 눈을 들지 않고 워키토키에 대고 말했다. 워키토키를 윗입술에 꼭 붙인 모습이 마치 면도하는 사람 같았다. 차라리 면도를 하는 게 나았다. 피카소는 경비원을 찬찬히 뜯어보았다. 보폭, 중얼거리는 혼잣말, 단정치 못한 얼굴, 몸에 맞지 않는 옷. 어디로 보나 평범한 미친놈보다 나을 것이 없건만, 월급을 받고 철도와 관련된 질문에 대답할 능력은 있었다.

피카소는 질문을 던져보기로 했다.

"9시 15분 열차는 몇 시에 들어올까요?"

경비원은 노골적인 경멸을 드러내며 그녀를 쳐다보았다. 그것이 그의 의무였다. 그녀는 승객이고 그는 경비원이었다. 자기 쪽에서 움직인 주제에 경비원은 '정지'라고 표시하듯 권위적으로 손을 들었다. 피카소는 그가 스물네 발자국을 걸어 다시 자기 쪽으로 올 때까지 참을성 있게 기다렸다. 그리고 같은 질문을 또 한 번 했다. 경비원은 윗입술에 붙인 워키토키를 극적으로 내리더니 안내 데스크 쪽을 가리켰다.

"그래요." 피카소가 말했다. "안내 데스크에서는 9시 15분 열차가 9시 20분에 들어온다고 하더군요. 그런데 지금 9시 30분이에요."

경비원은 신성모독을 목도한 사제처럼 피카소를 바라보았다. 그의 답변은 영적이고 모호했다.

"열차가 도착하면 몇 시에 들어오는지 알게 될 겁니다."

그는 다시 시작했다. 서성거리고, 중얼거리고, 서성거리고.

피카소는 구내매점으로 갔다. '이제 신선한 커피를 팝니다'라고 쓰여 있었다.

'그럼 그동안엔 대체 뭘 팔았던 거야?'

피카소의 아버지가 예전에 말했다. "그림 그리는 여자는 우는 남자와 비슷해. 둘 다 잘 못하지." 피카소의 아버지는 소위 미술 후원자를 자처할 자격이 있었다. 수년에 걸쳐 무려 55점의 그림을 주문 제작하게 했으니까. 전부 자기 초상화였다.

"나에게 예술 이야기는 하지 마라." 아버지와 예술 이야기를 할 마음도 없는 피카소에게 아버지가 단호히 말했다. "난 예술에 대해 잘 아니까."

잭 경은 피카소를 미술학교에 보내줄 수 없다고 했다. 그리고 그녀의 열여덟 살 생일에 베이지색 고무장갑과 베이지색 긴 에이프런을 선물로 주었다.

"겨자 공장에서 시작하면 되겠구나." 아버지가 말했다.

피카소는 그렇게 했다. 물감이 없어서 겨자로 그림을 그렸다. 밤에 마지막 교대조가 집에 가면 피카소는 자신의 일을 시작했다. 묵직한 네온 조명을 끄고 작은 동그라미 같은 그녀의 야심을 조사하는 탐조등 한두 개를 임시로 설치했다.

그녀는 야심가였지만, 그림을 그리고 싶다는 욕망과 그림을 그릴 수 있는 능력을 혼동하지는 않았다. 자기만의 혹독한 탐조등 불빛 아래에서 여한 없이 자신의 능력을 회의하고 점검했다. 배울 수는 있었다. 배울 수 있는 것을 다 배우고 현대판 랜시어[10]가 될 수도 있었다. 재능과 응용으로 로열 아카데미까지는 어떻게 밀어붙일 수 있지만, 천재성으로 따지면 그 이상은 안 될 말이었다. 근사치로는 스스로 만족할 수 없다는 걸 그녀는 알고 있었다. 화가가 되거나 아니거나 둘 중 하나였다. 순수예술이나 대중예술, 이류예술, 장식예술 같은 관념들은 도저히 참고 봐줄 수가 없었다. 예술이거나 예술이 아니거나 둘 중 하나였다. 예술이 아닌 것을 하느니 차라리 다른 것, 다른 사람이 되어 자기만의 장검에 엎어져 죽는 편이 나았다. 검은 괘짝들과 비닐로 싼 화물깔판과 식초통들을 배경으로 피카소는 그림을 그렸다. 공장의 시계는 공장의 시간으로 똑딱거리며 돌아갔다. 피카소는 거의 잠을 자지 않았다. 그녀의 밤은 성체 밀병에 기원하는 사람처럼 새하얀 빛의 원 속에서 흘러갔고, 바깥은 흡혈귀처럼 어두웠다.

그녀는 그림들을 보러 갔다. 제대로 보일 때까지, 대상을 그 자체로, 있는 그대로 볼 수 있을 때까지 보고 또 보았다.

---

10) Edwin Landseer(1802~1873), 영국의 화가이자 조각가. 빅토리아 시대의 가장 뛰어난 동물화가로 꼽힌다.

몇 달이 걸릴 때도 있었다. 그녀의 생각, 그녀의 두려움, 그녀의 한계가 그림과 그녀 사이에 자꾸 끼어들었다. 어떤 그림이 마음에 들 경우, 마음에 든 것이 자신의 어떤 부분, 그 그림과 일치하는 자신의 어떤 부분임을 깨닫는 경우도 많았다. 이해할 수 없는 그림들은 낯을 가리고 거리를 두었다. 처음에는 자신이 이미 다 안다고 생각하고 진실이어야 한다고 믿는 것들에 도전장을 내미는 선과 색채와 구도가 싫었다. 그건 비범한 이벤트에 대한 평범한 반응이었다. 하지만 그림들을 들여다볼수록 그것들이 시간에 고정된 사물이 아니라 비범하고 항구적인 이벤트라는 걸 알 수 있었다. 그 난해한 낡은 교과서들 속에는 '신성함'에 대한 말이 있었다.

그녀가 궁극의 이해에 다다른 날이 있었다. 그날에 비길 만한 날이 있다면 읽기를 배우던 어린 시절의 하루뿐이다. 읽고 또 읽다, 급기야 글자의 형태 때문에 눈이 아팠다. 글자는 못생기고, 조야하고, 오만하고, 하찮아 보였다. 양지바른 바깥으로 나가고 싶었다. 피카소는 게임에 능했다. 그녀는 자기 몸의 모양을 잘 알았다. 그녀의 몸은 형태와 의미를 지니고 있었다. 야성적인 경이로움에 몸을 맡긴 채 펄쩍 뛰고 달리고 그네를 탈 때면 그녀는 마치 한여름의 새끼 고양이 같았다. 하지만 다시 돌아와 책상 앞에 앉으면 그녀는 그저 겨울의 얼굴을 한 서투른 아이에 불과했다.

페이지를 노려보았다. 그녀에겐 아무 의미도 없었다.

페이지를 노려보았다. 그녀에겐 아무 의미도 없었다.

페이지를 노려보았다. 그리고 아무 생각 없이 읽었다. 혹독하게 닫혀 있던 글자들이 노래를 부르며 살아났다. 노래를 부르며 그녀의 존재 속으로 들어왔다. 읽을 수 있게 되었다.

그 후로는 손에서 책을 놓을 수가 없었다. 기민한 딸이 혹여 지진아가 아닐까 걱정하던 어머니는 이제 딸이 두꺼운 안경을 써 미모를 망치지 않을까 걱정하기 시작했다. 어머니는 직물로 피카소의 관심을 유도하려 했지만, 피카소는 깅엄[11]과 친츠[12]와 꽃무늬 천과 쪼가리 천들을 잘라 붓을 닦는 걸레로 썼다. 그림에 대한 글을 읽을 수 없으면 그림을 그렸다. 사랑하는 그림들을 세심하게 모사하며 진지한 모방을 통해 배웠다.

색채는 피카소의 부적이 되었다. 흑백의 하루가 지나면 총

---

11) 염색한 실과 표백한 실을 날실과 씨실로 사용하여 짠 면직물. 작은 격자무늬가 기본 무늬이다.
12) 평직 면포에 작은 무늬를 화려하게 날염한 직물. 주로 커튼이나 의자 커버 등에 쓰인다.

천연색의 꿈을 꾸었다. 밤이면 마젠타색 물감에 몸을 담갔고, 라임색 경석輕石으로 때를 밀었다. 검은 머리칼을 흔들면 베개에 진홍색이 튀어 흩뿌려졌다. 그녀는 클림트의 망토를 덮고 잠을 잤다.

그녀는 어머니의 레이스 블라인드를 뜯어내고 대신 무지 캔버스를 달아 그 위에 가끔씩 그림을 그렸다. "너무 조잡해." 어머니는 불평했다. 주일 예배에 참례하는 사람들이 '동정 수태'를 믿듯, 어머니는 '좋은 취향'을 믿었다. 그게 무엇인지 확실하게 알지도 못하면서 '중요'하다고 생각했다.

피카소의 아버지는 딸이 책을 얼마나 읽든 상관하지 않았다. 그가 싫어하는 건 그림이었다. 그는 그림이란 테스토스테론 과잉의 표식이라 생각하고, 딸은 자기처럼 균형이 잘 잡힌 사람이 되기를 바라는 사람이었다.

피카소는 세잔의 사과를 보고 세상의 벼랑 끝에 서서 추락하는 낙원을 바라보던 이브의 욕망을 절감했다.

"그애는 낙원에 살고 있어." 잭 경은 딸 생각을 할 때마다 말했다. 피카소가 집을 떠나 그림을 그리러 갈 생각이라고 말하자, 어머니는 "너는 낙원에 살고 있어"라고 말했다. "대체 이 집이 뭐가 문제니?"

과거는 내가 예전에 살던 집처럼 등 뒤에 있다. 멀리서 보면 창문이 맑고 환해 보이지만 가까이 가면 이상하게 그늘진 집. 어느 친구가 "네가 살던 집을 보여줘"라고 말하면 우리는 팔짱을 끼고 서둘러 그 거리로, 그 집으로, 그 시간으로 달려간다. 이제는 존재하지 않지만 틀림없이 존재하는 곳. 그래서 내가 다시 찾을 수 있는 곳.

나의 과거, 나의 집은 두 개의 계단으로 통한다. 하나는 내가 쓰는 계단이고 또 하나는 다른 사람들이 쓰는 계단이다. 나만의 계단은 유아 시절의 지하실에서 시작해 작고 휑한 방들, 테이블 하나만 있는 방들, 책 한 권만 있는 방들을 지나친다. 색깔에 흠씬 물들어 빨강으로 묵직해지고 크롬 옐로로 맹렬하게 타오르는 방들. 극지의 백색으로 칠해진 겨울의 방들, 벽난로에 꽃들이 빽빽이 꽂힌 여름의 방들.

공용 계단은 넓고 확고하다. 자신만만한 곡선을 그리며 1층부터 위로 뻗어 올라간다. 재활용 오크로 지은 계단이다. 이 수월한 공용 통로에 내 발자취는 하나도 없다. 어머니, 아버지, 남자 형제들, 삼촌과 숙모들이 오랜 세월에 걸쳐 층계를 놓았다. 말 그대로 놓았다. 그래서 미소 지으며 번쩍번쩍

광택을 발하는 판자들 아래 시간이 갇혀 있다. 그들은 한 발한 발 그 계단을 올랐고, 이 집에서 위로 올라가는 길은 그계단밖에 없다고 믿고 있다.

"너는 언제나 까다로운 아이였어." 어머니가 튼튼한 난간위로 허리를 굽히고 말했다. 우리가 낮 시간을 보내던, 지금은 없어진 어둑한 부엌을 들여다보느라 눈에 힘을 주었다. 어머니는 자기 자신을 보고 있었다. 친절하고, 과로에 시달리고, 참을성 있고, 아버지에게 홀대 받고, 과일은 바나나뿐이라는 사실을 이해 못 하는 말없는 아기에게 시달리는 젊은자신의 모습을.

"난 너를 위해 모든 걸 해줬어." 어머니는 이 말과 함께, 불쑥, 다시 무릎을 꿇고 엎드렸고, 다 큰 여자가 된 나는 끔찍하게 싫었던 그 높은 의자에 다시 앉아 반짝거리는 마룻바닥 위로 힘없는 다리를 달랑거리고 있었다.

"엄마가 너를 위해 얼마나 희생했는지 넌 절대 모를 거다." 이 말을 하며 어머니는 그 모든 희생들에 대해 다시 한번 말할 준비를 했다. 그리고 자신과 공모관계인 계단을 뛰어올라 제일 좋아하는 기억의 방인 가족 거실로 들어갔다.

바로 여기가 장엄한 신사 계급의 사디즘으로 일요일을 연출한 장소였다. 바로 여기, 음탕할 정도로 청결한 셔터가 달린 이 방, 드레스덴의 양치기 처녀들이 새침한 양떼 너머로 서로를 흘겨보는 이 방. 군복 차림의 아버지를 그린 유화 한 점이 걸려 있고, 아버지 정부情婦들의 그림은 하나도 없었다. 시계가 똑딱거리며 괴로움의 분分을 절망의 시時로 바꾸었다. 오빠와 나는 시간을 헤아리고 헤아리고, 또 헤아린다. 시계가 정시定時에 음탕한 손풍금 소리를 울리자, 군인이 퐁 하고 튀어나왔다. 군인의 부푼 페니스에 북이 얹혀 있었다. 오빠는 손을 주머니에 넣고 있었다.

"그리고 네가 그 아름다운 시계를 박살내버렸지." 어머니가 말했다.

내가 나만의 침실을 달라고 애원한 곳도 여기였다.

"좀 더 크면." 어머니는 이렇게 말하고 종이꽃을 불길에 던졌다. 내 나이 열다섯 살 때까지, 오빠는 밤이면 밤마다 퉁퉁 불어터진 제 사춘기의 시궁창으로 나를 이용했다. 그곳은 이제 봉인되었다. 나만의 좁은 계단은 그 문밖에서 멈추고 새로운 방향으로 시작되었다. 어머니의 계단은 멈추지 않고 거침없이 그 문을 지나친다. 거기에는 문이 없어, 어머니는 말한다, 그 너머에 방도 없어.

"오빠와 새언니한테 인사라도 좀 하러 가지 그러니?" 그리고 덧붙여 말한다. "너는 언제나 까다로웠어."

나는 이 방에서 저 방으로 지나가는 어머니를 따라가려 애썼다. 자기정당화의 힘으로 어머니가 보는 사물을 기억해내려 애썼다.

크리스마스 연례행사로 식구들이 모두 줄을 서서 집 안 가이드 투어를 할 때, 나는 따라가려 애쓰지만 자꾸만 뒤처진다. 함께했던 가족의 삶 맨 아래 계단에 모여, 아기였던 과거의 그들 모습과 부모였던 과거의 그들 모습 그리고 요리한 음식들과 화해한 언쟁들을 두고 몇 방울의 눈물을 흘릴 때면 끌려들어가기가 쉽다. 그럴 때면 가족들은 모든 사진에 나를 낙서처럼 그려넣고는, 내가 내 모습을 알아보지 못하면 벌컥 화를 낸다.

"애 참 예쁘지 않았니?"(또 어머니다) "물론 그때는 머리가 길었지."

오빠는 크리스마스 날 술에 취해 고래고래 악쓰는 걸 좋아하고, 술에 취하면 여동생을 불러 무릎에 앉으라고 난리다. "헛짓하지 말고 꺼져, 매튜 오빠." 나는 매 시즌 이렇게 대답하는데, 어쩌면 실수였는지도 모르겠다. 이 말만 하면 숙부·숙모·사촌·사돈들로 구성된 가족들이 모두 선봉에 선 아버지를 따라 아기 방으로 돌진하기 때문이다. 셰리주에 취해 감상적이 된 어머니는 옛날에는 아이들이 강아지들처럼 함께 놀다가 심지어 한 침대에서 잠들기도 했다고 말한다. 그리고 열두 달 만에 한 번씩 흘리는 눈물을 훔친다. "우리는 행복한 가족이었어." 어머니는 말한다. "피카소가 하는 말은 신경도 쓰지 마." 언제는 누가 신경이라도 썼나.

밤늦게 가족들이 각자 적절한 침대에서 잠이 들면, 피카소는 살금살금 기어나와 자신만의 비좁은 층계에서 발밑의 냉기를 느낀다. 차갑고, 가족들이 밟고 다니는 널찍한 나무 널판처럼 위로가 되지 않는다. 차갑고, 믿을 수 있는 거짓말처럼 위로가 되지 않는다. 견고하고, 정직하고, 사적인 냉기다. 그녀는 지절거리는 습한 말소리에서 떨어져 있다. 거짓말을 하라는 공모의 압박에서 벗어나 있다. 진실이 작은 조각들로 잘라져, 불타고, 불타고, 또 불타는 환상의 아궁이.

피카소는 계단을 올라갔다. 그녀는 오빠를 미워했다. 그녀는 계단을 올라갔다. 그녀는 어머니를 사랑했다. 그녀는 계단을 올라갔다. 공기가 부족해 숨도 쉬어지지 않을 정도로, 빛이 부족해 잘 보이지도 않을 정도로 공간을 꽉꽉 채운 시끄럽고 뚱뚱한 사람들은 누구였을까? 깨끗이 청소되고 최신 유행에 따라 실내장식만 바꾸면 되는 방들처럼 과거를 이용한 사람들은 누구였을까? 거짓말로 몸뚱어리가 썩어들어가던 사람들은 누구였을까? 바로 그녀의 가족이었다. 피카소는 계단을 올라갔다.

이제 그녀는 바깥에 나와 있다. 집의 슬레이트를 넘어 조용한 굴뚝 구멍과 치직거리는 위성 접시들을 지나쳐 왔다. 300년 이상 집 앞에 자라난 거대한 활엽수의 윗가지들을 지나쳐 왔다. 착한 언행과 상식을 지나쳐 나왔다.

이제 가축 방목장 위에 드리운 크레인과 같은 높이에 섰다. 남자들이 날마다 딱딱한 헬멧과 고글을 쓰고 말도 안 되는 그 높은 곳에서 용접을 했다. 공기에서 쉭쉭 소리가 나고, 금빛 불꽃이 은빛 강철에 침을 뱉고, 불타는 피부 냄새가 났다. 날마다 가축 방목장이 조금씩 작아지고 암 전문 병원이 조금씩 커졌다.

크레인은 기다렸다. 내일이면 노란색 팔을 굽혀내려 방목장의 파란 문을 뜯어낼 것이다. 문은 파란색이었지만, 오랜 세월 팔뚝에 스친 맨 위 가로장은 색이 달랐다. 방목장의 파란 문은 역사로 칠해져 있었다. 전쟁이나 정치의 역사가 아니라, 1710~1995년에 걸쳐 순혈종 우마牛馬, 맥주 가격, 그리고 간헐적인 실연의 역사가 덧칠되어 있었다. 그후로 방목장은 오랫동안 버려져 있었고, 문은 외로웠다. 내일은 외롭지 않을 것이다. 밖으로 뽑혀나와, 강철과 콘크리트와 덤프 트럭들을 지나, 탱크로리 뒤로 조심스럽게 나와, 농업박물관으로 향할 테니까. 그 밑의 격자는 재활용될 것이다.

도시는 모든 것을 재활용한다. 하지만 도시는 물질을 기억으로부터 분리하는 방법을 아직 찾아내지 못했다. 도로를 더 많이 내기 위해 집들을 철거하자, 사람들은 무리지어 배회하며 도시의 틈새를 뒤져 그들 과거의 일부를 찾으려 했다. 새로운 개발은 많은 사람들에게 실재하지 않는 것이나 마찬가지였다. 사람들은 개발 너머 잃어버린 테라스와 야트막한 연립주택들을 바라보았다. 그때 거기서 그들은 행복했었다.

강제 토지매입 명령이 떨어지기 전 이 근방에 살던 남자와 여자들은 일요일 오후에 산책 삼아 이곳으로 걸어와 유령이 되어버린 자신의 집을 가리키곤 한다. 왜 그러는지 이유는 아무도 모른다. 심리학자들은 의학적 비유를 들기도 한다. 사고나 절단 수술로 팔다리를 잃은 사람들은 있지도 않은 신체 부위에서 계속 통증을 느낀다. 사라진 팔이 아직도 몸에 붙어 있다고 우기기도 한다.

사람들은 인식 가능한 개인적 랜드마크 없이 살기가 어렵다는 것을 알게 되었다. 그것이 없으면 "봐, 여기서 그 일이 일어났어"라고 말할 수가 없다. 이제는 기억 말고는 과거에

접근할 길이 막혀버렸다. 기억하기가 점점 더 어려워지자, 사람들은 꾸며내기 시작했다.

피카소는 계단을 올라갔다. 이제 발밑에 단단한 것은 아무것도 없었다. 그녀는 오로지 상상력의 들보 위에서 균형을 잡고 있었다.

나는 지붕 위에 서 있었어. 머리카락이 가늘었지. 피부는 함부로 다뤄서 거칠었고. 오로지 눈빛만 형형했어. 난 하얀 구름 아래로 배가 지나가기를 기다리며 벼랑 끝에 서 있다고 생각했어. 배들이 다 지나가버렸을까봐, 요즘 사람들은 모두 비행기로 여행할까봐 두려웠어. 배들이 모두 사라졌을까봐, 이 높고 어지러운 곳이 내 마음속에 마지막으로 버티고 있는 방일까봐 두려웠어. 그때 돛대와 힘찬 돛이 보였어. 당신의 확고한 선체 측면, 화물로 가득 찬 당신의 선창. 창백한 세상에서 당신은 총천연색 갑판이었지. 붉은 립스틱, 초록색 눈, 머리칼에 득실거리는 꿀벌 떼. 당신은 향료를 실은 배였고 나는 바람에 실려오는 당신의 향기를 맡을 수 있었어.

당신의 스카프가 삼각기三角旗처럼 펄럭거렸어. 당신은 캔버스 재킷 차림이었고 나는 당신의 모습을 그릴 수 있을까 생각했어. 하지만 이미 당신은 무지개 빛깔이었고, 보랏빛 모자를 비뚤게 쓰고 있었지. 당신은 당신 이름이 넬슨이라고 말해 줬지만, 그건 훨씬 나중, 내 이름이 해밀턴이라는 걸 내가 깨달은 후의 일이었어. 그날 밤 나는 당신의 정부가 되어 당신의 밧줄에 묶여 일곱 바다를 항해하고 싶다는 걸 깨달았어. 망원경에 눈을 대고 당신을 보았지. 지금도 여전히 단 1분이 평생을 바꿀 수 있어.

"승리를 위해." 그날 밤 나는 말했어.

"승리를 위해." 내 스튜디오를 향해 다시 기나긴 오르막길을 오르며 말했어.

"승리를 위해." 이 말이 내 옷을 벗겼어. 이 말이 내가 가족 파티에 입고 갔던 말끔한 블레이저와 낮은 단화를 벗겼어. 거울 속 내 몸을 바라보았어. 나는 당신이 당당하게 과시한 것처럼 자신만만한 마음이 아니었어. 빛에 익숙지 않은 몸이었지.

나의 쇄골은 날카로운 질책이었어. 내 복부는 경작되지 않은 밭이었어. 음모 위로 잡초가 자라나 있었어. 나는 가시덤불 속의 수녀였어.

"승리를 위해." 나는 유화 붓을 들고 시작했어.

나는 강인한 검은 화살표로 내 불확실한 젖가슴을 칠하고 척추를 따라 은빛 전율을 훑어내렸어. 립스틱을 뽑아 휘어진 붉은 활이 되도록 입술을 그렸어. 당신이 내 표적이었어.

위험한 노란 셰브론[13] 무늬로 다리를 칠하고 발뒤꿈치를 수은[14]으로 흠뻑 적셨어. 빨리 움직일 필요가 있었으니까. 엉덩이를 황금빛 동그라미들로 빙빙 둘러 그리고 배꼽에 파란 다이아몬드를 달아주었어. 당신의 승리의 모자를 생각하며 머리카락을 보랏빛으로 물들였지.

암갈색과 녹청綠靑색, 진사辰砂[15]와 크롬으로 열중해 그림을 그리니, 빡빡한 튜브에서 풀려난 색깔들이 어느새 스튜디오 문틈으로 빠져나가 공용 계단을 오르내리며 흑백의 방들로 들어갔어. 어머니가 플란넬로 감싸인 잠에서 깨어나 20년 동안 보지 못했던 남자의 이름을 외쳐 불렀지. 어머니는 불륜에 물든 뺨을 하고 부부 침대에서 물러났어. 아버지는 보랏빛[16]에 젖어 잠을 잤고.

괄태충처럼 뚱뚱하고, 민달팽이처럼 느리고, 굼벵이처럼 분홍색인 매튜 오빠는 악몽을 꾸었어. 번잡한 거리를 걸으며

---

13) chevron, v자 형태가 이어진 무늬. 마루나 천의 패턴으로 쓰인다.
14) mercury, 날개 달린 신을 신은 그리스 신화 속 신神 헤르메스를 의미하기도 한다.
15) cinnabar, 안료로 쓰이는 적색 황화수은.
16) purple, 색정을 상징하는 색깔.

돈으로 살 만한 여자를 찾고 있었지. 마음에 드는 여자를 발견했어. 초콜릿 빛깔의 유두에 경주마 같은 허벅지를 지닌 여자였지. 오빠는 지갑을 툭 튀어나오게 과시하며 여자의 앞길을 막아섰어. 여자가 오빠의 얼굴을 만지더니 말했어. "안녕, 자기, 피카소의 언니 맞죠?" 매튜는 제 몸을 내려다보았고, 자기가 알몸에 질투의 녹색으로 물든 튀튀만 걸치고 있다는 걸 깨달았어. 미친 듯이 지갑을 찾았지만 사라지고 없었지.

숙부들·숙모들·사촌들·사돈들, 가족의 삶이 지니는 묵직한 하중과 휘발성의 하찮은 일들. 그날 밤에는 모두가 총천연색 꿈을 꿨어. 엷은 황갈색 카펫은 핏빛으로 바뀌었고, 그 많은 베이지색 침구들로도 한 장의 진홍빛 시트를 덮어버릴 수 없었지. 심지어 자기를 보호해줄 메달들을 가진 남동생 토미마저도 파란 두려움에 젖어 잠을 깼어.

아침에 비가 내리고 있었고, 빗방울이 그들의 크림색 살결에 오렌지색 점으로 떨어졌다. 모두 죄책감으로 얼룩져 있었다. 서로가 서로의 죄책감을 볼 수 있었다. 죄책감의 반점은 감염성 짙은 무늬였다. 그들 가족은 고독한 침묵 속에서 아침 식사를 했다. 불결하고 나병 환자처럼 얼룩덜룩한 모습을 하룻밤 만에 들켜버린 채.

그들은 가장 어두운 색 옷을 입고, 가장 심각한 표정을 지었으며, 교회의 감독관들처럼 속삭였다. 회색의 꼿꼿한 허영심으로 결탁했지만, 시선이 마주치면 더러운 얼룩이 보였다.

어머니가 떨리는 손으로 차를 따랐다. 집중, 집중, 한 잔, 두 잔, 안전하게, 안전하게. 어머니가 찻주전자를 떨어뜨렸다. 하얀 도자기 주전자가 하얀 테이블보 위에서 박살나 말린 자두색의 오각형 별 모양으로 홍차를 흘렸다.

"홍차가 왜 저런 색이지?" 아버지가 따져 물었다.

"색 같은 건 없어요, 여보. 색은 없고 그냥 홍차일 뿐이에요." 어머니는 하얀 손수건 귀퉁이로 테이블보를 문질렀다. 피에 적셔 닦는 거나 마찬가지였다. 가족들은 얼룩을 노려보았고 얼룩도 가족들의 눈길을 맞받아 노려보았다. 여름과 함께 뻔뻔해지고 비옥하게 부풀어 풍요로워진 성탄절 테이블보의 말린 자두빛 얼룩.

"위층으로 올라가요, 왜들 안 올라가고 있어요?" 어머니가 얼룩진 에이프런에 얼룩진 손을 쥐어짜듯 닦으며 애원했다.

그들은 위층으로 올라갔다. 둘씩 짝을 지어 일요일 거실의 편안한 방주로 올라갔다.

"비가 오네." 매튜 오빠가 긴 정원이 내려다보이는 긴 유리창 앞에 서서 말했다. 빗속에 서 있는 어머니의 머리카락에 오렌지색 화살표들이 뒤엉키는 모습이 보였다. 어머니는 테이블보를 널려고 애쓰고 있었다.

"어머니 다 젖겠네." 매튜가 딱히 누구에게랄 것 없이 중얼거렸다.

"비 좀 맞는다고 큰일나나." 아버지가 대꾸했다.

"오렌지색이잖아요." 매튜가 말했다.

"발전소 때문일 거야." 아버지가 대답했다.

피카소는 그림을 그렸다. 자신을 밤에서 끄집어내어 해의 둥근 원 속에 그려넣었다. 해가 스튜디오의 어둠을 흡수하고 빛의 스펀지를 남겼다. 빛이 바닥 네 귀퉁이를 환히 밝히고 천장 네 귀퉁이를 찬미의 옥타브로 비추었다. 피카소는 그림을 그리면서 8도의 빛으로 노래했다. 해에 등을 열어주어 척추를 건반 삼아 두드리게 했다. 창문을 열어 햇빛이 음계를 타듯 온몸을 훑게 했다. 해를 머리 뒤에 두어 후광으로 삼았다. 그녀는 찬란하게 빛났다. 해를 입에 물어 입술이 데었다. 해를 얄팍한 황금빛 원반처럼 이로 악물었다. 겨울이었지만 해는 뜨거웠다. 피카소는 마치 금박을 입힌 부처처럼 보였다.

피카소는 아무 생각 없이 거실로, 신문 속으로, 제일 좋은 옷과 죽은 공기 속으로 달려 들어갔다. 그녀의 머리에서 발끝까지 물감이 칠해져 있었다.

"자화상이에요." 그녀는 경악한 가족들의 얼굴 앞에 대고 말했다.

"의사를 불러라, 매튜." 아버지가 말했다.

의사는 청진기·장갑·자격증과 주사기를 챙겼다. 의사가 자동차를 타고 출발했다. 매끄럽고 강력한 자동차가 보라색 구름 밑에서 부르릉 소리를 냈다.

"이런, 맙소사, 매튜, 눈雪은 절대 보라색이 아니야. 네 여동생 어디 있니?"(안녕, 자기, 피카소의 언니 맞죠?)

피카소는 이젤·붓·물감·가방을 챙겼다. 캔버스들을 챙기고 리뷰들은 그냥 두었다. 바깥에 나와보니 해가 한 줄기 서광이 되어 구름이 잔뜩 낀 가족들의 은밀한 서식지를 비추고 있었다. 피카소는 위장을 한 채 서광을 타고 길로 내려섰다.

"테이블보를 다 버렸네." 어머니가 투덜거렸다.

피카소는 가죽 재킷에 벨벳 모자를 쓰고 긴 장화를 신고 있었다. 겨울에 대비해 자기 몸을 칠할 혜안이 있었기에 따뜻했다.

"중앙난방이 고장 났어." 매튜가 하얀 라디에이터를 발로 차면서 말했다.

바깥에 나와보니, 갓 내린 눈은 새하얗고 깨끗했다. 눈은 오랜 친구의 손길처럼 가볍게 내렸다. 고개를 젖혀보았지만 눈은 입술에 닿자 녹아내렸다. 그녀는 입안에 태양을 품고 있었다. 그녀는 미소를 짓고는 고요한 도시를 걸어서 가로질렀다.

가는 길에, 한참 걷고 났을 때, 어떤 남자가 눈 위에서 브레이크를 걸고 미끄러져 다가와 도움을 청했다.

"저는 의사입니다." 남자가 말했다.

"죄송해요. 저는 약을 안 먹어서요." 피카소가 말했다.

피카소는 계속 걸었다. 눈을 뒤집어 쓴 보라색 차를 탄 그의 보라색 얼굴을 지나쳐, 고요한 도시를 헤치고 역으로 갔다.

SAPPHO

사포

나는 섹슈얼리스트다. 빼도 박도 못할 죄인이다. 우주의 마지막 정류장. 내 이름을 말하면 당신은 섹스를 말하게 된다. 내 이름을 말하면 당신은 하얀 하늘 아래 하얀 모래와 내 사타구니의 하얀 족쇄를 말하게 된다. 어디 한번 당신을 그물로 옭아매볼까. 건어올려봐, 나신의 여자를 한번 보려면 건어올려봐. 한 번 훔쳐보는데 2펜스. 나를 따먹어보시겠다? 아, 안 될 말씀, 이 쇼에서 섹스는 내가 하거든. 내가 뿔 달린 신이고, 내가 삽입하는 페니스고, 내가 이 멀미나는 배의 돛대이고, 주 돛이거든. 미텔레네 섬[17]에서 로마를 거쳐 라 벨

---

17) 레스보스 섬.

프랑스를 경유해 메리 잉글랜드까지 향하는 판타지 크루즈에 다들 승선하시라. 여행하는 데 시간이 얼마나 걸리느냐고? 음탕한 재미로 점철된 2500년 정도밖에 안 걸리는데, 비용은 모조리 내가 부담해.

지금 내가 하는 말이 이해가 돼? 안 돼? 그럼 실마리를 하나 줄게. '아주 유명한 남자들'이 나에 대해 글을 썼어. 그중에는 알렉산더 포프(영국인, 1688~1744, 직업: 시인)도 있고 샤를 보들레르(프랑스인, 1821~1867, 직업: 시인)도 있지. 여자가 그 이상 뭘 더 바라겠어?

하고 싶은 질문이 수도 없이 많지만, 그중에서도 이 질문을 하고 싶어. 당신들 내 시詩들을 다 어떻게 한 거야? 자필 원고의 페이지를 넘기면 손가락에 종이가 바스러져. 종이가 쭈글쭈글 타서 부스러지면서 종이에 내 손바닥이 노랗게 물든다고. 꼭 니코틴 중독자 같은 꼴이 돼. 이제는 내 글씨도 못 알아보겠어. 시행詩行들이 토요일 밤의 창녀보다도 원래 모습을 알아볼 수 없을 정도로 망가진 마당이니, 당신네들 중에 내 시의 행간을 읽겠다는 사람이 그렇게 많은 것도 놀라운 일이 아니지.[18]

나도 창녀 짓을 해야만 했어. 엎드려서 '아주 유명한 남자들'의 거시기를 빨아줘야 했지. 그러니까 직업상의 비밀 하나쯤 말할 만한 입장이 되겠지. 그 사람들 것도 맛은 하나도 다르지 않아. 나는 미식가는 아니지만 양동이에 담긴 밀가루에 머리를 처박아보면 세몰리나[19] 맛 정도는 구분할 수 있어. 창녀한테 물을 뽑게 만들 수는 있지만 마시게 할 수는 없는 법이지. 내 조언을 구하고 싶어? 절대 삼키지 마. 하찮은 희망의 싹 따위는 싱크대에 뱉어버리고 그것이 꼬물꼬물 꿈틀대며 하수구로 들어가게 물을 내려버려. 아니, 나는 냉정한 게 아니라, 내 위벽으로 할 더 나은 일들이 많다고 생각할 뿐이야. 또 다른 질문도 있고. 그 남자가 마지막으로 당신 아래를 빨아준 게 언제지?

나한테 싼 남자들은 셀 수 없이 많아. 큰 남자, 작은 남자, 덩치 큰 남자, 뚱뚱한 남자. 소방호스 같은 것이 달린 남자, 끽해야 쿠키 반죽 짤주머니 꼭지만도 못한 것이 달린 남자. 여기 다들 있어. 그들은 역사책들을 여기저기 쿡쿡 찔러보

18) 무려 아홉 권에 달했고 편수로는 수천 편에 달했다고 전해지는 사포의 작품들은 유명한 알렉산드리아 도서관의 약탈을 비롯해 기독교와 여러 교황들의 지독한 박해를 거치며 불타거나 유실되었다. 온전히 남아 있는 두 편의 시는 모두 남성 작가의 비평에 인용된 것이다. 현존하는 단 하나의 사필史筆원고는 놀랍게도 1900년 이집트에서 출토된 미라를 싼 파피루스에서 조각난 텍스트의 형태로 발견되었다.
19) 이탈리아 파스타를 만드는 밀가루. 일반 밀가루보다 더 거칠고 오톨도톨하다.

고, 나에 대해 당신한테 별별 이야기를 다 늘어놓지.

나는 섬에서 태어났어. 대리석 해변과 유리 바다가 보인다고? 둘 다 거짓말이야. 축축한 수맥이 흐르는 하얀 백사장은 발에 닿는 느낌이 따뜻해. 선체의 잔영을 부드럽게 비추는 바다는 머지않아 배를 산산조각으로 박살낼 거야. 보이는 건 실체와 달라. 나는 모래와 바다의 기만을 사랑해.

'기만자.' '여자들을 유혹하는 악명 높은 유혹자.' '독.' '신.' '열 번째 뮤즈.'[20] 사물에 이름을 붙이는 것이 시인의 일이지. 사물이 일어나 시인에게 이름을 붙이는 건 신성모독이고, 찬사는 비난보다 나을 게 없어. 내가 직접 한 말들은 그들의 말들 속에서 길을 잃고 사라진 지 오래야.

이런 진술을 한번 살펴보자고. "여자는 시인이 될 수 없다." 새뮤얼 존슨 박사(영국인, 1709~1784, 직업: 언어수리공 겸 떠버리)가 한 말이지. 그럼 난 뭘 포기해야 하는 거야? 내 시 아니면 내 여성성? 걱정 마. 어차피 난 하나를 지키기 위해 다른 하나를 버리고 말 테니까. 선택은 내가 내리는 것이 아니었거든. 다른 사람들이 나 대신 결정을 내려줬지.

---

20) 모두 남성 작가들이 사포를 표현한 말이다. 특히 '열 번째 뮤즈'는 플라톤의 표현이다.

옛날에 나는 위대한 시인이었지만 나쁜 여자였어. 플라톤 (그리스인, BC 427~347, 직업: 철학자)을 봐. 그리고 1세기에는 오비디우스가 나타나서 적절한 비극적 로맨스[21]로 내 평판을 깨끗이 청소해주려 애썼지. 역사상 그 어떤 여자라도 마음만 먹으면 가졌을 내가, 해변에서 파는 엽서에 장난으로 그려넣을 만큼 큰 허리 아래 물건을 지닌 배기바지 차림의 버스 차장한테 반했다니. 그 남자하고 잤냐고? 그를 찾을 수도 없었어. 그는 내 시력이 나빠서 그럴 거라고 했고, 나는 밤늦게 촛불만 켜놓고 쓰고 또 쓴 시들 때문일 거라고 말했지. 그는 나에게 시 쓰기를 그만두라고, 그것이 우리의 성생활을 망치고 있다고 말했어.

섹스 그리고 한 사람의 시인. 저 여자를 봐, 나의 사랑스러운 맹금, 매끈한 머리와 끝이 황금빛으로 빛나는 깃털. 그녀는 내 팔목에 얌전히 앉아 어루만지는 손길에 몸을 맡기지. 나를 홰로 생각하지. 나를 작은 홰라고 부르며 기꺼이 발톱을

---

21) 오비디우스Ovidius는 〈사포가 파온에게 보내는 편지〉라는 시를 썼는데, 이 시는 사포가 레스보스의 뱃사공 파온을 사랑한 나머지 절망에 빠져 벼랑에서 몸을 던져 자살했다는 이야기에 근거하고 있다. 그러나 이것은 훗날 꾸며낸 이야기라는 설이 지배적이다.

사용하지. 나는 내 예술이 남긴 흉터를 모두 간직하고 있어.

내가 그녀의 주인이냐고? 누가 누구를 부르는 거야? 그녀가 내 부름을 듣는 거야, 아니면 내가 그녀의 부름에 답하는 거야? 그녀는 사냥해. 나를 사냥해. 나는 그녀의 부리가 쾌락을 느낄 수 있는 부드러운 살점을 갖고 있어.

그녀는 민첩하고, 언성이 높고, 바람의 형태를 하고 있어. 보이지 않는 선들이 그녀를 나에게 다시 데려다주지. 젓갖을 맬 필요도 없어. 헛된 겸손 따위는 생각도 할 수 없게 욕망의 앵글로 쫙 벌어져 끈으로 묶여 있는 건 나의 사타구니니까. 우리는 같은 조류潮流를 십자로 교차해 타고 있지. 매와 매잡이, 매잡이와 매, 하나의 먹잇감.

이것이 우리 섹스의 본질이야. 그녀는 다리를 벌리고, 나는 그녀 안으로 기어들어가, 새빨갛게 타올라. 나는 그녀 안에서 수탉처럼 울부짖어, 붉은 언덕 위의 붉은 맨드라미. 그녀는 말하지, "내 귀여운 빨간 수탉아, 다시 울어보렴." 그러면 나는 기관지의 힘을 모두 그러모아 울부짖어. 흐릿한 붉은빛으로 떠오르는 해를 향해 울어. 이슬에 젖은 세상을 향해 울어. 그 시끄러운 울음소리로 그녀를 쩍 가르고, 내 몸에 깔린 그녀는 만족의 새벽에 산산조각으로 박살이 나.

"내 귀여운 빨간 수탉아." 그녀가 나를 이렇게 부르면 나

는 기꺼이 이솝의 행복 속에 사는 길들여진 작은 가금이 되지. 매와 그녀의 수탉 이야기 말이야.[22]

"사포의 작품." 돌 스니어피스가 말했다.

붉은 옷을 입은 흠잡을 데 없는 숙녀. 헤나로 물들인 머리카락에 붉은색 루비 빗을 꽂았다. 목을 쫙 그은 것 같은 마노석이 붉다. 천사의 활처럼 휘어진 입술이 붉다. 뾰족한 가슴 아래가 붉다. 그리고 허리 아래로는, 갈라진 홍해가 터키색 러그를 아늑하게 밟고 있는 터키색 슬리퍼 위로 떨어졌다.

"사포의 작품." 돌 스니어피스가 말했다.

"물론이지. 지당한 말이야." 돌의 입술이 움직이는 것을 드디어 본 미스 맹글이 말했다.

"가장 위대한 고대 시인이죠." 돌이 말했다. 돌은 마음이 진정될 때까지 보글거리는 물담배를 빨았다. 진정할 수가 없었다. 돌은 사랑으로 보글보글 끓고 있었다. 책을 펼쳤다.

"사랑이 나를 포로로 붙들었다.

나는 욕망으로 전율한다. 이제는 시큼하고 달콤한 "

돌은 책을 덮었다. 눈을 감았다. 눈꺼풀 너머로 루지에로

---

22) '수탉cock'에는 남자의 성기라는 의미도 있다.

의 얼굴이 보였다.

"암사슴이 발정난 수사슴을 갈구하듯 나는 그를 갈구한
다."

돌은 루지에로의 뿔을 상상한다.

도시 반대편의 다른 방에서는 루지에로가 잉크병을 노려
보고 있다.

"사랑에 신물이 났어." 사포가 말했다. 그녀는 깔깔 웃으
며 여행 가방을 집어들었다. 사랑에 신물이 난 것이 사랑으
로 앓아누운 것보다야 확실히 낫지 않은가?

과거에는 근처에 정박해 튼실한 선체나 늘씬한 용골을 보
여주는 배라면 아무거나 기꺼이 잡아타고 다행이라고 여겼
다. 그리고 화물칸에 짐을 실었다. 새 숙소가 너무 비좁고 답
답하게 느껴지면 배에서 훌쩍 뛰어내렸다. 그것이 사포였고,
그걸 입증할 서류가 한 묶음 있다. 로마 교회는 어째서 사포
의 시를 불태우고 그녀를 파문했을까? 갈릴레오는 사면을
받았지만 사포는 사면 받지 못했다. 갈릴레오는 더이상 이단
이 아니지만 사포는 여전히 사피스트[23]다.

"너 자신을 알라." 소크라테스가 말했다.

"너 자신을 알라." 사포가 말했다. "그리고 절대로 교회에 알리지 마라."

'그 말'은 겁을 준다. 유혹하는 말, 은근히 암시하는 말, 떨리는 손을 금지된 열쇠 쪽으로 유도하는 말. 문 뒤에 있는 '그 말', 잠금이 풀리기를 기다렸던 말, 견책 속에서 펄쩍 뛰어나오는 말, 성수반聖水盤에 금이 가게 만드는 말. '그 말'은 평화가 아니라 장검을 부른다. 바위에서 나오는 소금처럼 위로를 주는 말. 회개하지 않는 말.

그 말들은 내가 부르면 오지만 누가 누구를 부르는가? 바람을 타는 새된 소리는 까마득하게 오랜 옛날부터 존재해왔다. 의미가 있기 전에 생겨난 외침, 음식이나 마실 것도 없는 황무지에서 오는 외침 말이다. 활활 불타는 옷을 걸친 허름한 예언자.

낮과 밤이 그 말 앞에 펼쳐지고 굶주림과 추위가 그 말을 조롱하지만, '그 말' 자체가 낮이고 '그 말' 자체가 밤이다. '굶주림'이라는 말, '추위'라는 말. 나는 내 말들을 먹을 수

---

23) saphist, 레즈비언. 여성 동성애자를 지칭하는 어원들은 모두 사포와 사포가 살던 장소로부터 왔다.

없지만 그래도 먹는다. 실체를, 빵을 먹고 내 안으로 섭취한다. 말과 실체, 실체와 말, 매일의 영성체, 축복.

누가 누구를 부르는가? 조각이 돌에서 형체를 갖게 되듯 말은 실체로부터 빚어져 형상을 지닌다. 바람이 바위에 새로운 형태를 부과하듯, 말이 실체에 부과된다. 충돌이 말을 생겨나게 한다. 유동성을 벗어나 형태로 들어가는 '그 말.'

바람의 통을 타는 매.

나는 모래와 바다의 기만을 사랑한다. 보이는 것은 실체와 다르다. 길게 뻗은 불확실성이 나를 끌어낸다. 하늘에 아무 색이 없을 때, 반쯤 걸치다 만 옷차림에 맨발로. 하얀 바다 끄트머리를 따라가는 하얀 드레스를 입은 하얀 피부.

그녀는 흰 장미를 들고 다녔다. 붉은 장미는 절대 들지 않았다.

아폴론이 수레바퀴로 별을 끌고 다니듯 그녀는 발치의 꽃잎들을 주웠다. 또렷한 동전 같은 보름달이 머리 위에 떠 있었고, 물속에는 그녀의 영상이 비쳤다. 늘씬한 뿔 하얀 뿔.

그녀는 성녀가 후광을 두르듯 머리 뒤에 달을 둘렀다.

꽃잎을 물에 던지고 별들을 휘저었다.

이것이 그녀가 원했던 것이다. 겉보기에 견고한 세계를 변화시키는 것, 달처럼 세계 위에 걸려 있는 것, 시시각각 세계를 새로운 모습으로 빚어내는 것. 흰 장미를 들고 붉은 장미는 절대 들지 않는 것.

'현명한 사포.' 내가 현명한가? 소피아[24]와 사랑에 빠진 것이 현명한 일이었을까? 아홉 아이들 중 하나인, 가장 순결하지 않다면, 적어도 가장 비위 맞추기 힘든 소피아와?

나의 뮤즈.

모든 시인과 철학자들이, 심지어 소크라테스까지도 소피아에게 구애하던 시절이 있었다. 소피아는 나를 선택했다. 나는 그 시절에 글을 쓰고 있었다. 아름다움에서, 사랑에서 나오는 글을 쓰고 있었고, 그녀 덕분에 지혜에서 나오는 글을 썼다. 몸의 지혜.

우리는 맨발이었고 태양은 뜨거웠다. 태양을 거치지 않은 생각은 하나도 없었다. 추수한 포도들과 함께 맨발로 짓이기지 않은 생각은 하나도 없었다. 열기와 하중으로 변화한 생각들은 생각하는 사람들과 닮은 점이 하나도 없어졌다. 아찔

---

24) Sophia, 아홉 뮤즈 중 하나. 소피아는 '지혜'라는 의미이다.

하게 취하게 만드는 생각들. 그리고 우리는, 소피아와 나는 해변에서 취했다. 언어와 말린 포도로 만든 와인에 취했다.

나는 말들을 플라스크에 넣어 바다에 던졌다. 나를 통해 만들어졌으나 나 자신이 아닌 말들을 내게서 멀리멀리 던졌다. 바보가 아니라면 포도주에서 다시 포도를 만들려 할 리는 없지 않은가.

세상은 바보들로 꽉꽉 들어차 있지만.

오늘, 여기, 내 앞에는 소위 내 작품에서 재현해냈다는 내 연애사의 기록이 수많은 학술 서적들에 펼쳐져 있다. 아티스·안드로메다·지리노·에라나·므나시디카. 마치 보석 이름들 같다. 그녀들은 보석이었지만 내 마음에 박히지는 않았다. 그녀들은 상상력의 고찰이었다. 그날의 바람, 보랏빛 바다, 어떤 사랑스러운 얼굴에서 번득이는 메시지를 전하는 황동의 북, 그것들은 나에게 그 얼굴이나 다름없었다. 사랑했던 것들도 있고, 사랑하는 꿈을 꾼 것들도 있고, 거칠게 바위에 새긴 이름들도 있다. 지금인지, 그때인지는 중요하지 않다. 나는 과거에도, 지금도, 여전히 내게서 멀찍이 떨어진 것들에 마음이 흔들리니까. 말들을 요구하는 사물들. 내가 마치 나 자신의 삶처럼 속속들이 이해하는 사물들. 그녀들은 내 것이 아니었다. 하나의 살아 있는 육신이 아니라 하나의 이미지였다. 하지만 이미지는 육신보다 더 강력했다.

나의 뮤즈. 소피아 그리고 스러지지 않는 열정.

나를 사랑해줘, 소피아, 내가 어리석더라도. 내 필멸의 잔해가 아니라, 내 언어를 사랑해줘. 끊임없는 변화 속에서 내게 파도처럼 밀려와줘. 내가 가없이 안전하다고 느끼는 자리에서 물마루가 되어 하얗게 부서지고, 내가 물에 빠져 파도가 되어 끝없이 떠밀려 멀어져간다고 느낄 때 해변이 되어줘. 바닷가의 조개껍질처럼, 가끔은 충만하고, 가끔은 텅빈 채로, 나를 들어올려줘. 나를 집어들면 여전히 노래들이 있을 거야.

불타는 해변을 가로질러 가는 밝은 색 머리칼의 한 남자. 그의 낙타는 물에 씻긴 모래 색이었다. 그의 손과 얼굴은 황금빛이었다. 빛이 어깨에 떨어져 부싯돌처럼 부서져 사라졌다. 그는 태양에 관통당했다. 팔 밑에 창을 끼고, 손에는 조가비와 돌멩이를 들고 있었다.

그가 손을 내밀자 조가비에서 세계의 장시長詩가 들렸다. 눈을 꼭 감자 햇빛이 꾸준한 리듬에 맞춰 둥둥 두드리는 불가사리들이 그 안에 가득 차 있음을 알 수 있었다.

친구가 말해주었다. 시간의 종말이 오기 전에 조가비와 돌멩이를 파묻는 것이 그의 임무라고. 그것들이 예술과 수학의 모든 것이었다. 종말이 오기 전 우리의 힘이자 정수였다. '시간'이 남자의 등 뒤에서 모래를 휘저어 피라미드와 강둑을 쌓고 있었다. 문명이라는 대상隊商들의 숙영지와 참을성 있는 사막.

"흙에서 흙으로." 그가 말했다. "그리고 태양의 여신 역시 빛을 잃으리."

그는 돌아섰고 나 역시 돌아서서 원색의 열기 속에서 태양에 건조된 세계를 보았다. 숲과 탑들은 사라지고 없었다. '그 말'은 사라졌다. 바다는 쭈그러들어 비 온 후의 푸른 안개만 남았다. 연금술을 모르는 자들은 테크놀로지에 믿음을 쏟았고 세계를 황금으로 바꾸었다. 죽은 모래가 찬연히 빛났다.

***

"그런데 이집트의 보물들이 무슨 쓸모가 있겠어요?" 돌스니어피스가 말했다. "그이의 다정한 얼굴을 다시는 보지 못한다면요?"

나는 섹슈얼리스트다. 카스티 콘누비이?[25] (포프의 말대로) 나에게는 다 라틴어다. 결혼은 왜? 정결한 결혼은 또 왜? 다른 것이 있기나 한가? 더이상은 없나? 사랑의 동맹.

무엇이 나를 당신과 결혼하게 만들었지? 한 장의 종이인가? 그렇다면 나는 당신과 결혼하지 않았다. 교회의 인정인가? 그렇다면 나는 당신과 결혼하지 않았다. 한 지붕 아래 산다는 사실, 한 침대에서 잔다는 사실, 한 자물쇠에 열쇠 두 개를 쓴다는 사실인가? 그렇다면 나는 당신과 결혼하지 않았다. '법의 눈目'인가? 그렇다면 나는 당신과 결혼하지 않았다.

그것이 당신 얼굴에 매일 떠오르는 기쁨이라면. 당신의 얼굴을 보고 생생하게 살아나는 내 영혼이라면. 다른 그 무엇도 아니고 내가 찾는 당신의 얼굴이라면, 당신의 사랑이 승낙이라면, 같은 마음이라는 것이 승낙이라면, 그렇다면 참된 마음의 결혼에 장애물이 없기를.[26] 내가 아는 라틴어도 몇 마디 있다. Consensus facit matrimonium et non concubitus(동거가 아니라 마음의 만남이 결혼의 구성요인이다.)[27]

---

25) Casti Connubii, 1930년 12월 31일 교황 비오 11세가 만든 혼배에 관한 회칙. 현대의 결혼 문제에서 오는 여러 가지 오류와 윤리적 남용을 경고하고 가톨릭 결혼관을 강조했다.

26) 셰익스피어의 소네트 116번을 인용한 대사다. 소네트 원문은 "Let me not to the marriage of true minds/admit impediments"이다.

그런데 코풀라copula[28]는 어떤가?

행간을 읽으면 흙먼지밖에 나올 것이 없다. 내 손톱 밑에 낀 흙, 내 입안의 흙, 쾌락이 자라나는 내 사타구니의 흙. 로마를 믿지 마라. 메디치 가문의 뜨락에 서서 나를 타락의 근원이자 악마라고 선언하고 내 작품을 전부 태운 사람이 바로 사보나롤라(피렌체인, 1452~1498, 직업: 순교자이자 광신자)니까.

내 작품. 내 작품. 불꽃의 혓바닥에 실려 위로, 위로 내뱉어진 말들. 맑고 무비판적인 공기를 연막으로 가린 말들. 꼬부라져 말리는 원고에서 튀어나오던 말들. 불 속에서 타닥거리며 불타던 원고.

소포클레스(아테네인, BC 496~406, 직업: 극작가)는 말했다. "신들이여, 어떤 격정의 심장과 갈망이 이런 리듬을 만들었습니까?"

내 심장, 내 갈망, 당신이 나를 사냥할 때 궁지에 몰린 내 심장. 숲속을 달리고, 냇물을 보고, 냇물을 건너고, 벼랑을 가로질러 지름길을 타고, 결국 바다에 몰리는 내 심장. 지금은 어디에 있나? 지금은, 철썩이는 파란 물을 등진 채 머릿속에

---

27) 영국의 관습법, 민법, 교회법에서 통용되는 라틴어 경구. 결혼의 구성요인을 상호동의로 보는 원칙이다.
28) 성교·결합·유대·끈, 언어와 언어를 있는 계사를 뜻하는 라틴어.

당신의 목소리가 울리는 지금은 어디에 있나?

누가 누구를 부르는가? 당신은 나를 '트루 하트True Hart[29)]'라고 부른다. 뿔이 나고 있는 5년생 수사슴. 내 수사슴의 뿔이 당신을 기쁘게 하는가? 그것은 서리 속에서 구릿빛으로 빛나던, 그래서 나를 고요한 안락에서 깨워 이렇게 게거품을 물고 쫓게 만든 당신의 뿔인가?

이것이 우리 섹스의 본질이다. 나는 당신의 손에서 빵을 받아먹는다. 당신을 내 뿔에 태우고 다닌다. 당신은 내 가죽을 벗기고 나를 '내 작은 붉은 사슴'이라고 부른다. 당신은 내 엉덩이의 살집을 좋아하고, 나는 당신의 판판한 손바닥을 좋아한다. 내 심장. 내 갈망. 바짝 목마른 짐승이 풍요로운 물웅덩이에서 해갈하듯, 나는 당신의 우물에서 물을 마시고 갈증을 풀었다. 내 입은 당신의 형태를 안다. 내 입이 흘러넘친다.

내 입에서, 게거품을 물고 추적하는 말들이 나온다. 쓰이기 전에 입 밖에 내어진 말들. 공기를 채우고 명명命名하는 말들. 나는 공기에서 이름들을 잡아 페이지에 꼭꼭 눌러 적

---

29) 직역하면 '참된 수사슴'이라는 뜻이지만, '참된 심장'이라는 의미의 true heart
와 발음이 같은 언어유희이다.

었다. 아티스·안드로메다·지리노·에라나·므나시디카. 불타는 이름들과 불타버린 이름들. 내 입을 까맣게 그을리고 스스로 번제가 되어 타오른 말들. '시간'의 모든 화장용 장작들을 다 모아도 끝내 끄지 못한 불타는 책. 사포(레스보스인[30], BC 600경, 직업: 시인).

돌 스니어피스는 여자였고, 다른 여자들과 마찬가지로, 몸을 체로 삼아 '시간'을 걸러냈다. 그녀의 피부에는 언제나 시간의 찌꺼기가 남아 있었고, 나이가 들면서 그 찌꺼기는 두꺼워져 피부에 들러붙었고, 흔들어도 떨어지지 않게 되었다.

시간은 돌의 젖가슴과 허벅지에 반점을 찍어 각인했다. 코에서 입가까지 강둑 같은 팔자 주름이 파였고 시간은 중력에 순응해 흘렀다. 돌 스니어피스는 거리에서 뉴턴을 보고 미소지으며 그 중력을 부인했다.

그녀는 루지에로를 기다렸다. 시간은 그녀를 비웃었다.

루지에로는 그녀를 사랑하지 않았다. 그녀는 거울을 보았다.

"타르와 찌꺼기." 돌 스니어피스는 혼잣말을 했다. "그이

---

30) lesbian, 말 그대로 레즈비언이라는 뜻도 된다.

는 그저 타르와 찌꺼기로 만들어진 생물일 뿐이야."

"그러면 너는?" 거울이 물었다. "너는 뭐야?"

학문과 성서의 시기적절한 대답에는 아예 귀를 막았다. 만약 그녀가 그 대답들을 잘 들었다면 이브 이후로 세계의 악惡이 모두 자기 때문이거나 자기에 의해 저질러졌음을 알고 낙심했으리라. 시계가 종을 쳤다. 루지에로가 늦는다. 시계가 또 종을 쳤다. 돌(인형)은 거울에 대답했다. "나는 후회하지 않는 여자야." 시계는 소리를 내지 않았다.

돌은 과거를 후회하지 않고, 세월을 후회하지 않았다. 황금을 후회하지 않고, 황금을 획득한 것을 후회하지 않았다. 젊은 남자들을 향한 애욕을 후회하지 않고, 늙은 남자들에 대한 경멸을 후회하지 않았다. 성性을 후회하지 않았다.

돌은 머리카락을 붉게 물들였고, 뺨을 붉게 물들였다. 입술을 피처럼 붉게 칠하고, 서슬처럼 날카롭게 벼렸다. '시간', '파괴자'는 남자라고 확신했다. '시간'의 무심한 낫을 용감하게 생각하다보니 루지에로를 생각하게 되었다. 풀잎처럼 푸르른 젊은 서슬. 패랭이꽃 한가운데서 그를 갖고, 데이지로 사슬을 엮어 그를 묶고, 가시장미로 그를 찌르고 싶었다. 그 남자가 자기와 함께 사지를 쫙 벌릴 때까지 미나리아재비 밭에서 굴리고 싶었다. 그날은 구름이 하나도 없으리

라. 조종弔鐘이 울려도 듣지 않으리라. 그녀는 사랑의 초원에서 달콤하기만 하리라.

루지에로는 초조했다. 한 시간 뒤 자기 방에서 만나자는 돌 스니어피스의 쪽지를 받은 것이다. 시계가 종을 쳤다. 그가 어떻게 갈 수 있단 말인가? 그는 학자였다. 그는 강인하고 꼿꼿한 몸을 거울에 비추어보았다. 시계가 다시 종을 쳤다. 그가 학자처럼 보이지 않는 건 사실이었다. 구부정하지도 않고, 텁수룩한 턱수염도 없고, 냄새도 나지 않고, 옷에 눈에 띄는 얼룩도 없었다. 시력이 좋고 성격도 나쁘지 않았다. 코와 귀는 청결했다. 아무도 그를 학자로 보지 않을 것이다.

"하지만 여자들은." 그가 말했다. "여자들은 독이고 부패야. 여자들은 밤의 더러운 구유를 둘러친, 달콤하게 색칠된 차양이야. 여자들은 영원한 사체 위로 축 늘어진 무상한 살점의 유혹에 불과해. 여자들은 결국 벌레의 먹잇감으로 종말을 맞지. 여자가 모르는 죄악은 없고, 여자가 자발적으로 행하는 선은 없어. 여자는 먹이가 든 양동이로 배고픈 말을 꼬드기듯 나를 유혹해. 여자는 메뚜기 떼와 꿀로 괴롭혀 나를 이집트에서 쫓아내. 여자의 입은 상처야. 여자의 몸은 종기야."

시계가 다시 울렸는지 모르지만, 루지에로는 듣지 못했다.

어쨌든 그도 학자이긴 했던 모양이다.

흰 장미를 들고 붉은 장미는 절대 들지 말 것.

순수의 흰 장미 욕망의 흰 장미. 숯불처럼 뜨거운 열기를 오래전에 지난 욕망의 순수. 부끄러움에 발갛게 물드는 몸이 아니라 뜨거운 백색의 뼈.

갈망으로 하얗게 타오르는 뼈. 사랑으로 창백해진 갈망. 육신의 사랑과 영혼의 사랑이 제단의 난간에서, 제단의 난간에서 위험한 영성체로 합일하고, 모든 것이 변화해 핏빛 가시가 백금의 왕관이 된다.

나에게 왕관을 씌워다오. 당신이 나에게 왕관을 씌운다. 당신은 꽃봉오리를, 아무렇게나, 화려하게 엮어 사랑의 환環을 짠다. 나는 사랑의 굴레를 쓰고 있다. 내 목에 사랑, 내 발뒤꿈치에 사랑, 내 머리에 두른 서늘한 흰 머리띠에 사랑. 핏빛 구슬은 진주다.

이 사랑은 야성적이지도 자유롭지도 않다. 당신이 나를 성장기부터 조련해서 그 사랑의 형태에 맞게 다듬었다. 나는 바위에 핀으로 꽂힌 장미, 바위를 배경으로 한 흰 장미, 두 겹의 꽃잎, 사랑의 흰 점들이다. 나는 당신이라는 태양 아래 펼쳐지는 꼭 쥔 하얀 주먹이다. 당신의 체취로 향기를 풍기고, 칼 밑에서 휘어지고, 당신이 지나치면 여름의 외풍에 쓰러진다.

나를 베어다오. 당신은 나를 벤다. 당신은 나를 묵직한 다발로 묶고, 풍요로, 고갈로 만들어 사랑의 냇물에 흠뻑 적신다. 사랑이 내 위로 흐른다. 내 젖가슴의 사랑, 내 배의 사랑, 꽃잎들이 잔뜩 쌓인 내 복부, 하얀 사랑의 벌집. 당신 손에 하얀 벌꿀.

누가 누구를 부르는가? 내가 당신을 나의 장미라고 부르는가? 당신이 나를 그렇게 부르는가? 하나의 가지에 우리를 접붙이는 사랑을 우리가 그렇게 부르는가? 뮤저[31]와 뮤즈. 이 둘로부터 신비스러운 제삼자가 나온다. 두 영혼, 하나의 말…(tertium non datum). '그 말'은 주어지는 것이 아니라 만들어진다. 한 여자, 기원전 600년경의 사포로부터 나온다. 장미꽃을 든 여자이자 장미 그 자체인.

색채가 얇은 물결로 철벅거리는 바다 빛 푸르른 대저택에서, 그녀가 나를 바위에 밀어붙이고 키스했다. 그녀 입속에 가득한 물고기들이 내 입속으로 헤엄쳐 들어왔다. 혀와 이

---

31) muser, 사색에 잠기는 자.

사이의 작은 물고기들, 섹스의 작고 팔딱거리는 움직임들.

그녀는 손에 소금을 들고 있다가 내 상처에 비볐다. 기다림의 상처, 고통의 상처. 연고가 필요하지만 두려움에 찬 상처.

"키스해줘." 그녀가 말했다. 나는 키스했다. 바다를 머금고 있던 그녀의 입에 키스했다. 배가 정박해 기다리고 있던 그녀의 입에 키스했다. 시간의 소함대 위에서, 배에서 배로, 입에서 입으로 펄쩍펄쩍 뛰어다니는 그녀의 입에 키스했다. 모든 시간에 걸쳐 키스를 받은 그 모든 입들에 키스했다.

나는 걷어올린 그녀 복부의 V자 앞에 무릎 꿇고 양손을 기도하듯 모았다. 그녀의 배를 찬미하는 노래를 길게 불렀다. 그녀의 손가락이 내 머리카락을 휘감았다. 나를 사랑해줘, 소피아, 좁다란 백사장에서, 우리를 바다로부터 갈라놓는 하얀 모래 위에서.

빛이 필요 없는 어두운 곳, 눈에 보이지 않는 채 이해되는 것이 낫기에 두드러지게 밝히는 빛이 있으면 오히려 거짓이 될 곳, 그곳에서는 '시간'의 인력에 저항하는 것이 가능하다. 몸은 늙고 죽지만, 마음은 자유롭다. 몸이 개인적이라면 마음은 개인을 초월하며, 그 범위는 행위나 욕망에 제한을 받지 않는다. 그 범위는 정체성에 제한을 받지 않는다.

상식에서 벗어나기 위해 나에게는 어두운 곳들이 필요하

다. 세계를 비추는 척하는 전깃불들의 속물적인 링 너머로 나아가기 위해.

"이 너머에는 아무것도 존재하지 않아." 세계는 노란 안구 속에서 나를 무섭게 노려보며 이렇게 노래한다. "지금 너머에는 아무것도 존재하지 않아."

나는 칙칙한 노란빛에 결투를 신청한다.

나와 싸워라. 지금 나와 싸워라. 산 자와 죽은 자 사이의 맨손 결투. 낙관적인 육신과 스패너처럼 비틀고 쥐어짜는 필멸. 시계 방향으로 온전히 한 번 돌고 나면 녹슨 볼트가 뚜껑을 봉인한다. 재에서 재로, 흙에서 흙으로, 째깍, 째깍, 째깍, 그리고 유령 같은 손가락들이 잘난 척하는 에나멜 얼굴을 섬뜩하게 거머쥔다.

시간과 종鍾. 해무 사이로 들려오는 바다의 종소리. 밤에는 경고의 종, 낮에는 기상의 종. 결혼식의 종과 최후의 종. 검은 추가 달린 종과 부서진 날.

검은 종 아래, 몸뚱어리들이 일렬로 서 있다. 서로 바짝 붙어서, 하나씩, 추락, 쨍그랑하는 소리, 침묵.

시간과 종. 내 가슴의 해시계. 내가 물려받은 유산인 갑옷의 가슴받이. 태양이 궤적을 돌며 나를 끌고 가면서 내 몸에 여정의 흔적을 남기고, 그림자가 고이는 곳에 깊은 바퀴 자국을 남긴다. 시간이 내 위를 지나치고, 그림자는 길어지고, 해시계는 어두워진다.

지금 몇 시지? 내 몸을 보면 알 수 있다. 나무에 하듯 테를 세어보라. 내 피부에 퇴적된 층을 세어보라. 나는 나 자신의 봉분이고 아주 오래된 내 종말의 구덩이다.

나는 전사다. 자랑스럽게 가슴받이를 찬다. 두들겨 만든 황금 갑주는 모든 유린과 폭력을 막아주지만 시간만은 막지 못한다. 시간, 내 오랜 숙적, 내 갈비뼈로 음침한 성을 지은 시간. 시간, 나는 시간의 소유물이고 시간은 내 위에 글을 쓴다.

양피지와 무슨 상관이 있느냐고? 핏빛 잉크와 무슨 상관이 있느냐고? 내 몸의 주름과 무슨 상관이 있느냐고?

내 눈가의 주름들은 3운구법으로 쓰여 있다. 세 줄은 위에, 세 줄은 밑에. 내 뺨에는 4행시가 있고, 각각의 유방에는 14행의 소네트가 쓰여 있고, 빌라넬villanelle[32]이 내 손의 자세다. (고맙게도, 자유시의 흔적은 아직 없다.)

이 주름들과 무슨 상관이냐고?

나는 내 몸을 공격했고 그의 몸으로 내 시를 지었다. '시

---

32) 14행 2운체의 시.

간'의 운율을 쩍 갈라 그의 매끄러운 리듬을 뚝뚝 꺾었다. 나는 그의 형식을 배우고 통달했으며 내 것의 주인이 되었다. 나는 전사고 이것은 내 저항의 서사시이다.

그저 살아 있는 것은 그저 죽을 뿐이다.

영혼이 세계에서 사라져버렸다. 두려운 일이지만 죽은 몸뚱어리들이 우리 주위에 자리를 잡고 있다, 파리 날리고 너덜너덜한 인간성의 시체들이. 두려운 일이지만 경영자 좀비, 상점의 좀비, 교회의 좀비, 글 쓰는 좀비들이 모두 상투어를, 죽은 자들의 언어를 입 모양으로 내뱉는다. 취미를 열정으로 착각하는 것, 죽은 자들의 어리석음.

모두가 같은 말을 할 때 시인은 더이상 말할 수 없다. 언어는 차이를 먹고 살 때 풍요로워진다. 차이가 없으면 풍요도 없다. 죽은 자들은 서로를 구분하지 못한다.

똑같은 사과를 먹고, 낮이 오고, 밤이 내린다. 똑같은 신문을 읽고, 낮이 오고, 밤이 내린다. 텔레비전을 켜고, 낮이 오고, 밤이 내린다. 하나의 목소리로 개인성을 주장해보라. 낮이 오고, 밤이 내린다.

세계는 죽은 자들이 널려 있는 시체 안치소다. 죽은 자들

은 말이 필요 없고, 욕망이 없어 식욕이나 성욕으로 만족할
수 없다. 죽은 자들, 그들의 탐욕스러운 입은, 텅 비어 있다.
그들의 혀는 말리려고 뽑아서 널어놓았다. 영안소의 말라 짜
부라진 허튼소리. 봉인된 방 안에서 똑같이 낡아빠진 말들
이 날마다 고문당하고 살해당한다. 그들은 죽은 말들로 행복
하다. 죽일 수 없는 말들은 묵살한다. '그 말'은 묵살당한다.
'그 말'은 말해지지 않고 들리지 않는다. 그 말은 자체의 언
어를 지닌, 미지의 말, 외국어다. 허물어지는 과거의 궁전에
갇혀, 나날이 흐릿해지는 영예를 안은 채, 얼마 남지 않은 지
지자들을 거느린 망명한 언어다. 해진 자수 커튼으로 직조한
말, 공화국에서 외치는 왕정의 슬로건. 화려한 옷을 걸친 말,
경의를 받아 마땅한 말. 군주들보다 앞서 걸었던 말, 권력의
말. 성서와 법. 사람의 입에 시인이라는 이름을 하사할 자격
이 있는 고귀한 말.

　과다한 사용으로 고갈된 섬세한 말. 반복으로 미적지근해
진 야한 말. 마술 지팡이가 부러진, 마술을 거는 그리고 마술
에 걸린 말. 육신에 강요된 영혼의 말. 흰 가운을 걸친 사랑
스럽지 않은 육신의 말. 투석기로 쏘고 쏘고 또 쏘아 던진 속
어. 그것은 죽은 자들의 유산이다.

　죽은 자들은 입을 벌린 무덤 속에서 회색 팔다리를 비벼

대며 일하러 간다. 자동차와 지하철과 기차의 금속 컨테이너 속에 차곡차곡 쌓인 채로. 섬뜩한 열차들이 밝은 색으로 칠해진다. 사형수 호송차와 칼날의 기요틴 색, 형장의 빛. 모든 남녀는 각자의 형틀에 올라가 무릎을 꿇고 날마다 살해당한다. 각자 자기의 잘린 머리를 들고 집으로 돌아가는 열차를 탄다. 자기 일을 즐긴다고 말하는 사람들도 간혹 있다.

시간이 그들을 조롱하지만 그들은 듣지 못한다. 그들의 귀는 스포츠 페이지와 〈파이낸셜 타임스〉의 인덱스로 가득하다. 시간이 그들의 갈비뼈에 도사리고 앉아 비웃지만 시간의 언어는 오래되어 그들의 귀에 들리지 않는다. 시간은 자기 할 일을 하고 자기의 원고는 벌레가 먹도록 내버려둔다.

죽은 자들은 왜 삶을 포기하는가? 되찾을 수 없는 시간들을 저당 잡히는가?

경매 품목: 나의 삶. 최고 입찰자에게 인도.

산 자와 죽은 자의 맨손 결투. 시인과 언어의 인공호흡. 푹 꺼진 당신의 입으로 나에게 키스해줘. 언어가 파고 들어간 굴, 시간 아래 모래 속에 묻힌 말들. 푹 꺼진 당신의 입으로 나에게 키스해줘, 그러면 내가 여러 언어로 말을 하리니.

***

　그녀의 키스, 입술로 애무하고 경례하기, 움직이며 서로 닿는 당구공, 봉인 밀랍 한 방울.

　그녀의 입술은 포도처럼 붉고, 준비가 안 되어 있으며, 언제나 약속만 한다. 추수까지는 아직 몇 달이 남았다. 나는 서리가 두렵고, 우박이 두렵고, 곰팡이와 병충해를 걱정한다. 햇귀가 밝을 때 잠들어 있을까봐 두렵다. 해가 뜨라고 해라. 내 수중에서 그녀가 농익어가는 날이 오게 해라.

　왜 나는 또 한 번 시절이 바뀌기를 갈망하지? 왜 나는 시계 침을 꼭 붙들어야 살 수 있는데도 오히려 시계가 더 빨리 돌아가기를 바라는 거지? 왜지? 당신에게 키스하고 싶어.

　푹 꺼진 당신의 입으로, 욕망의 구멍으로 나에게 키스해줘. 잡아당겨 쩍 벌어진 공간에, 부동산을 철거한 자리에, 정의로운 사람들 사이에 숭배의 성전을 다시 지어 나에게 키스해줘.

　내가 당신을 게임처럼 갖고 놀 초록빛 당구대 위에서 키스해줘.

　그녀가 나에게 키스한다. 거기 있는 말들이, 그녀의 입술에서 날아오른다. 까악까악 하늘을 향해 우짖는 새떼. 세계를 헤쳐 이동하는 날개의 엔진, 하지만 그녀는 내 안에 자기 집을 짓는다.

그녀의 입술이 말의 형태를 만든다. 그 말들로 나에게 화상을 입힌다. 차갑고 선명한 주형, 녹는다, 허물어진다, 기나긴 밤일로 만든 따뜻한 꿀을 붓는다.

말과 키스는 하나다.

언어가 섹스인가? 내 이름을 말하면 당신은 섹스를 말하게 된다.

내 이름을 말하면 당신은 하얀 하늘 아래 하얀 모래, 내 허벅지의 하얀 덫을 말하게 된다.

당신의 입술에 닿은 내 입이 내가 알지 못하는 말들의 형태를 빚는다. 당신의 젖꼭지를 오보에라고 부를까? 당신 목구멍의 그늘진 곳에 숨어야 할까? 당신의 사타구니에서 찾은 묵주 때문에 나는 돈을 받고 추모의 연도煉禱를 읊어주는 사람이 되었어. 헤르메스 같은 당신의 꿍꿍이는 또 어떻고? 나는 십자로처럼 당신 다리를 벌리며 달변과 도둑의 신[33]을 두려워해. 당신이 나에게 키스했을 때, 나는 입안에 내 심장을 물고 있었고, 당신이 그것을 찢어내 읽었지. 짐승의 창자로

---

33) 헤르메스.

점을 치듯이 말이야. 부디 당신 머리칼의 뿔잔에 나를 희생 제물로 버려두고 가.

***

시간: 체험하고 관찰하는 변화. 축을 중심으로 자전하는 지구의 각도로 측량되는 시간. 태양의 불 아래 꼬치에 꿰어진 채 천천히 도는 지구.

나는 시간의 꼬치에 꿰찔렸다. 나는 해시계를 표시하는 그림자다. 나는 시계의 침이다. 나는 종의 추다. 조그만 몸을 좌우로 쿵쿵 부딪으며 제멋대로 흔들리는 종에 찔렁찔렁 소리를 낸다. 현기증 나게 전복되는 '시간', 어질어질한 추파를 던지는 박람회장 '시간.' 대관람차를 공짜로 타는 쾌감과 환각. 색색으로 칠해진 차를 타고 꼭대기에서 내려다보는 전망, 멀미나는 내리막길. 대관람차가 돈다. 굴러 올라가라! 굴러 올라가! 한 자리 남았습니다! 앞 차에 탄 사람들이 나를 향해 손을 흔들고는 밑으로 홀쩍 떨어진다. 뒤에 탄 사람들은 내가 잘 알지 못하는 사람들이다. 그들에겐 내가 보일까? 안 보일 것 같은데. 차들이 시야에 걸려 있다. 나와 함께 타요. 내 손을 잡아요. 그러면 도움이 될까? 별로.

박람회장에서 일하는 사람의 얼굴이 낯익다. "반대편에서 다시 만나요." 그는 이렇게 말하고 우리의 금속 바를 내려 잠근다. 다 내렸어요! 올려다보는 그의 얼굴이 흐릿해진다. 대관람차를 탄 우리에게는 이제 대관람차가 전부다. 그네처럼 흔들리며 올라가, 길고 기만적인 정차, 갑작스러운 추락. 그저 살아 있는 것은 그저 죽을 뿐이다.

시간이 해 아래에서 나를 빙빙 돌리지만 나는 시간을 통해 해를 돌릴 수 있다. 여기서, 저기서, 아무 곳도 아닌 곳에서, 흰 장미를 들고 붉은 장미는 절대 들지 말 것. 기원전 600년의 미틸레네 섬, 죽음 이후 2000년의 도시. 모든 예술은 같은 시대에 속한다. 그리스의 뿔잔이 피카소의 황소 옆에 앉아 있고, 지오토는 세잔의 친구다. 누가 누구를 부르는가? 사포가 울프 부인에게—울프 부인이 사포에게. 시간을 가로질러 '위로-밖으로', 비밀의 주파수로 방송되는 쌍방의 라디오. '예술'이 '시간'에 승리를 거둔다.

나는 나 자신의 과거에 갇힌다. 오래전에 죽은 역할들을 연기하는 다른 사람들을 본다. 손을 내밀어 너무 늦기 전에 그들을 막고 싶다. 너무 늦었다. 내 손이 그들을 곧장 관통해 지나가는가? 그들은 내 작품을 읽지 못하고 나를 알아보지 못한다. 오래전 죽은 시인이라는 것은 문제가 있다. 특히 아직 살아 있다는 문제. 예술가는 죽지만 예술은 죽지 않는다. 많은 부분이 파괴되어도 입에서 입으로 전달되니까. 나를 침묵하게 만드는 건 불가능하다. 나는 수많은 생애들을 통해 말해왔고 앞으로도 수많은 생애들을 통해 말할 테니까.

사포는 집에나 가라고? 현재라는 넓은 깔때기 입구에 뛰어들어 역사의 틈새들을 따라 미끄러져 내려가라. 항구의 높은 암벽으로 돌아가라. 판판한 바다로 돌아가라. 말들이 시작된 곳으로 돌아가 시간을 따라 말들을 던져 새로운 입을 찾아 다시 말하게 해라.

사포는 집에나 가라. 우리 집 벽의 낙서가 통곡한다. 나는 탄환 속에 산다. 그러니까, 단단한 강철 탄피 속 자물쇠로 꽉 잠긴 집, 나 같은 불법 점거자들이 들어오지 못하게 만들어놓은 집이다. 강철 문, 강철 유리창, 화장실과 싱크대 위에는 자물쇠가 잠긴 강철판. 급수관을 잠근 강철 죔쇠와 전기 공급을 보호하는 강철 상자.

추악함이 없는 곳에는 두려움이 없고 이 도시는 두려움을 먹으며 번영한다. 도시는 낡고 누덕누덕 기워져 있다. 도시는 현대적이고 뻔뻔스럽다. 조용히 부패하는 고상한 도시와 일진들의 도시, 살아 있지 않지만 움직임이 과도하게 많다.

또 다른 도시도 있지만, 우리는 그 도시를 입에 올리기 싫어한다. 공식적으로는 존재하지 않는 도시이기 때문이다. 사람들은 날마다 사라진다. 그곳이 내가 사는 곳이다.

보이지 않는 그 도시는 어울리지 않는 소재들을 원숭이가 붙여 만든 콜라주다. 콘크리트 블록과 슬레이트 지붕, 조지 왕조 풍의 벽돌집은 저주 받았다는 표시인 오렌지색으로 칠해져 있다. 50피트 상공에 산책로와 바람의 덫, 죽음의 터널들, 암석을 통으로 깎아 만든 비석들로 통하는 시궁쥐의 연결로들이 있다. 비좁은 거리와 여유로운 광장들이 있던 곳에는 이제 '인민의 건축'이 선호하는 폐기물이 즐비하다.

세련된 소매상들이 집착하던 판유리 진열창은 사라지고 죽은 네온사인 아래 조잡하게 못으로 판자를 박아 막은 창문들만 남았다. 나는 널빤지 사이에서 내미는 절단된 손으로부터 물건(파는 물건을 'goods'라고 하는데 좋은 게 뭐가 있다고?)을 산다. 손은 돈을 받고, 냉동 정육을 건네주고, 죽은 사람은 가서 얼어붙은 심장에 영양을 공급하기 위해 그것을 먹는다.

나는 온기를 간직하기 위해 열심히 일한다.

사포는 집에나 가라. 솔직히 나는 변명해야 할 일들이 많다. 육신과 페이지에 새겨진 그 숱한 가상의 유혹들. 당신은 나를 섹슈얼리스트라고 부르지 않는가? 그렇다면 나는 설교를 연습해야 한다. 시인이라 자처하고, 내가 연습하는 것을 발명해내야 한다.

정체성을 잃은 후로, 현대를 지배하는 가장 무서운 공포는 섹슈얼리티의 상실이다. 데카르트는 이렇게 말하지 않았지만, "나는 섹스하고, 고로 존재하기" 때문이다.

당신은 왜 나에게 내 애인들에 대한 질문을 하는가, 한 명, 두 명, 스무 명?

당신은 왜 나를 찾아 사라진 섬을 방문하는가?

당신은 왜 "태양이 구름을 박살내고 날카로운 파편 같은 빛살을 그녀 머리 위에 쏟아부었던 그날이 언제지?"라고 묻는가?

자서전 같은 것은 없다. 오로지 예술과 거짓말이 있을 뿐이다.

사포, 어두운 거리를 지나가며 발자국도 흔적도 남기지 않는 사포는 앞을 보지만 자기 자신은 보지 못하고, 자아의 증거도 전혀 보지 못한다. 사포가 살던 곳을 표시하는 명판은 하나도 없다. 사포가 어디 있었지? 여기? 저기? 아무 곳도 아닌 곳? 흰 장미를 들고 붉은 장미는 절대 들지 않았지.

그녀의 몸은 경외서經外書[34]다. 그녀는 황당한 이야기들의 책이 되었고, 그 이야기들 중 사포 자신이 쓴 것은 하나도 없다. 그녀의 이름은 역사로 전해졌다. 그러나 그녀의 작품은 그렇지 못했다. 그녀의 섬은 이제 수백만 명에게 알려졌지만 그녀의 작품은 그렇지 않다.

사포, 어두운 거리를 지나가며 발자국도 흔적도 남기지 않는 사포는 앞을 보지만 자기 자신은 보지 못한다. 미래의 역사는 이미 쓰였고 그녀의 작품은 그 속에 없다. 한때 아홉 권을 꽉 채웠던 시선詩選은 어디 있는가? 이성적이고 학문적인 대학의 텍스트들은 어디 있는가? 사포 (레스보스인, BC 600경, 직업: 시인).

* * *

오래전의 일이다. 물고기로 부푼 바다와 그녀를 지배하는 태양. 그녀의 눈꺼풀 사이에 태양이 아직 붙들려 있다. 주먹

---

34) 구약성서에서 제외된 경전들.

으로 눈을 꼭 누르면, 태양이 그녀의 망막에 불가사리를 인쇄한다. 그녀는 물에 비친 자기 모습을 볼 수 있다. 파도가 그녀의 영상을 해체하고, 조각조각으로 잘라 바다로 흘려보낸다.

오래전의 일이다. 갈망하는 배腹가 태양 아래 부풀었다. 그녀에게는 클레이스라는 딸이 있었다. 그녀는 도마뱀이 바윗돌 위에 눕듯 햇살을 받으며 똑바로 누워 있었다. 눈 한번 깜박이지 않았다. 눈을 감지도 않았다. 그녀가 당신을 사랑하는 동안 눈을 뜨고 있었다. 당신을 기쁘게 하기 위해 글을 썼던가? 태양이 빛을 비춰 물을 기쁘게 하듯 그녀는 당신을 기쁘게 하려고 글을 썼다.

나에게 빛을 뿌려줘, 소피아, 나를 깨끗한 순백으로 정화해줘, 죽은 자리들을 태워버리고 살아 있는 자리들을 생생하게 깨워줘. 물고기 한 마리가 고인 물속으로 펄쩍 뛰어들어간다.

나를 사랑해줘 소피아, 시간을 가르고 시계를 넘어서. 내 삶을 잊을 수 있게 도와줘.

사포, 어두운 거리를 지나가며 발자국도 흔적도 남기지 않는 사포는 문간에서 포옹하는 두 여자를 보았다. 그들의 이

름이 무엇이었을까? 안드로메다·아티스·디카·고르고·에
라나·지리노·아낙토리아·미카·도리차·곤길라·아르케아
나사·므나시디카….

오래전의 일이다.

오늘 밤 나는 뭔가 보았다고 생각했다. 새벽 4시와 5시 사
이, 마지막 주정뱅이와 첫 새 사이, 슈퍼마켓에서조차 잠시
흐르는 침묵을 볼 수 있는 행복한 시간이다. 나는 그 시간에
도시를 걷는 것을 좋아한다. 마지막 1평방인치까지 낭비된
삶으로 꽉꽉 들어차 있고, 마지막 1마일까지 정부가 저버린
도시. 혼자 있기 좋은 곳이다.

아무도 말을 하지 않는다. 행여 하더라도 칼 이야기나 돈 이
야기다. 제발 살려달라고 소리 지르지 마라. 제발 울지 마라.

당신은 울지 않을 것이다, 안 그런가? 고문당할 때는 도저
히 소리 내어 울 수 없다는 것이 생리학적 사실이다. "저 여
자는 잘못을 뉘우치는 기미가 전혀 없군. 한 번 더 칼로 찔
러." 여기는 사막이다. 메마른 자들의 저주받은 서클이다.

제발 울지 마라. 정부는 도시에 다시 활력을 불어넣기 위
해 황금 명판을 단 물뿌리개를 민간 영역에 제공했다. 저기,
가축 방목장에 내몰리고 크레인에 갇힌 마지막 퀸 앤 스타

일 저택 옆에, 암 전문 병원과 말기 환자들을 위한 45실의 호스피스 병동이 지어진다. 멋진 일이다. 일자리들을 생각해보라. 청소부들, 경비원들, 야간 근무 직원들, 요강 치우는 사람들, 개 조련사들, 소독용 드레싱을 운반하는 운전사, 췌장·창자·위장·성대·간·뼈를 위생적으로 처리하는 사람들. 한 사람의 피폐는 다른 사람의 월급이다. 그들은 이 기획을 프로메테우스라 부른다.

나는 그 집을 바라보았다. 어둡고, 저택 전면이 돌아서 있었지만, 그때 나는 내 쪽으로 얼굴을 돌리는 사람을 봤다고 생각했다. 가냘프고 불쌍한 여자가 저택의 가느다란 난간 위에 균형을 잡고 서 있었다. 그녀 옆에서, 가축 방목장 크레인의 붉은 경광등이 점멸했고, 그녀의 등 뒤에는, 장밋빛 백색의 달이 떠 있었다.

사포는 넓게 퍼진 빛의 치마를 입고 가로등 아래 서서 철썩이며 연석綠石에 부딪는 바다 소리가 들린다고 생각한다. 너덜너덜해진 돛을 관통하는 바람 소리가 들린다고 생각한다. 그러나 그저 쓰레기를 날리는 바람, 머리 위에서 물이 새는 정수조일 뿐이다. 결국 무엇이 남을까? 실제로 그녀가 듣는 소리일까, 아니면 그녀가 듣는다고 생각하는 소리일까?

실제로 그녀가 보는 것일까, 아니면 본다고 믿는 것일까? 아무튼, 빛의 영향을 받은 분자의 배열 말고 과연 그녀는 무엇을 보는 걸까? 자기 이야기 말고 무엇을 듣는 걸까?

이것이 내가 본 광경이다. 벌거벗은 몸에 위장색으로 페인팅을 한 여자. 나트륨등 불빛 같은 오렌지색, 납빛 하늘 같은 보라색, 돈의 유혹에 맞서는 황금색, 행운을 위한 은색 칠.

머리에는 별이 세 개 박힌 오리온의 허리띠, 단단한 나사로 박은 뒤꿈치의 힐. 그녀는 바위가 솟아오른 땅의 평지를 조각내었다. 그녀는 내 위에 서서 심판했다. 그녀의 머리카락은 불타는 장검이었다.

그녀가 올리브 나무처럼 가지를 뻗었고, 그녀의 하중, 팔을 쫙 뻗은 그녀의 폭, 어마어마한 무게가 작은 점에 실렸다. 그녀는 반쯤 돌아서서 부드러운 상체를 나선형으로 꺾었다. 머리카락은 불이 붙은 잎사귀들로 무성했다. 그녀는 초록빛으로 도망치는 다프네였다. 황금빛으로 추적하는 아폴론이었다. 추적자이자 순결한 도피자였다.

욕망의 여신 아프로디테, 거품의 바다에서 나신으로 떠올라 가리비 껍데기를 탔던 아프로디테가 여기로 온다. 풀과 꽃이 발밑에서 싹트는 장소. 비둘기와 제비들이 공중에서 함께하는 장소.

사포는 바다의 소리를 듣는다, 너덜너덜해진 돛을 관통하는 바람 소리를 듣는다. 초승달의 나룻배를 타고 시간을 여행한다.

사포는 욕망을 안다, 피로 버려진 몸을 안다, 팔다리에서 용기가 사라지는 것을 안다. 자신의 시선을 좌우하는 단 하나의 표정을 안다.

저 아래 더러운 포도鋪道에서 사포가 위를 올려다보았다. 바다 위로 휘어진 벼랑을 보고 있었다. 벼랑 끝으로 휘어진 자기 몸을 보고 있었다. 단단하고 새하얗고 까마득한 절벽과 용서를 모르는 바다. 파온 당신을 향한 사랑 때문이 아니라 그녀 자신을 잃었기 때문에. 한 번도 아니고 여러 번, 그녀 자신을 잃었기 때문에.["시인 사포Psappho는 나룻배 사공 파온을 사랑했으나 실연당했고, 레스보스의 절벽에서 몸을 던져 짙은 에게 해에 빠져 죽었다."[35] – 오비디우스(로마인, BC 43~AD 17, 직업: 시인)]

---

35) 오비디우스의 시 〈사포가 파온에게 보내는 편지〉에 나오는 구절. 이 시는 알렉산더 포프의 번역으로 유명해졌고 수많은 회화와 시에 재생산되었다. 윈터슨은 이 이야기가 허구라는 최근의 학설을 지지하고 있다.

뼈처럼 하얀 몸이 아프로디테에게 바쳐진 오징어 옆에서 박살났다. 뼈처럼 하얀 몸과 새하얀 오징어 뼈. 뼈와 검은 먹물과 시간의 메마른 모래. 글 쓰는 사람과 쓰인 글. 사포(레스보스인, BC 600경, 직업: 시인)

이것이 내가 본 광경이다.

기다란 날개처럼 양팔을 뻗고 난간 끝에 균형을 잡고 서 있던 여자. 그녀는 자신의 두려움에 깃털을 달았고, 빌린 깃털로 자신의 심장을 폭 감쌌다. 그러지 않았다면 단단히 잠기고 보초가 망을 보던 어두운 자기 집에서 어떻게 탈출할 수 있었겠는가? 창문과 문은 모두 속임수에 불과했는데? 그녀는 거짓으로 벽돌을 굽고 허위로 시멘트를 바른 벽에 갇혀 있었고, 널따란 나무 계단은 발밑에서 썩어가고 있었다.

탈출할 수 있는 단 하나의 길을 타려면 목숨을 걸어야 했다. 따라서 그녀는 목숨을 대가로 내놓았고, 그것이 자신이 '집'이라고 부르던 거짓의 깊은 카펫과 공기 없는 방들보다 훨씬 값지다는 것을 깨달았다.

그녀는 깃털들을 찾아 날개를 만들었다. 집 안에 그녀가 쓸 만한 것은 하나도 없었다. 날개를 만들어 끈으로 몸에 꼭 묶었다. 영웅적인 용기의 화려한 드레스, 두려움에 맞서는 위장 페인트.

뛰어내린다. 반드시 뛰어내려야만 했다. 무게가 없는 공기 속의 무거운 몸. 그녀는 자기 심장을 기압계로 쓸 생각이었다. 칼슘과 물, 즉 질소와 산소. 가차 없는 자연과 욕망의 대상.

쫙 펼친 보조 날개가 그녀의 몸을 아래로 짓누르는 지나치게 매끄러운 기류를 타고 잠시 멈춘다. 한순간 à la belle étoile(아름다운 별처럼) 체공할 수 있다. 그녀는 나에게 자기 이름이 몽골피에Montgolfier라고 말하지만 철자는 ICARUS라고 쓴다.

바람이 그녀를 자궁처럼 감싼다. 그녀를 공기 속에서 환영받는 공기의 사물로 만든다. 그녀의 뼈를 숨결로 만들고 체액을 증기로 만든다. 자신만만한 날개로 기류를 타야 한다.

내가 그녀를 부르면 그녀가 나무들 사이를 헤치고 길게 낙하하며 대답할까? 내 손목에 그녀의 영광을 감싸줄까? 내가 그녀를 부르면 그녀가 불타는 태양의 위험도 늪 같은 바다의 위험도 감수하지 않고 중용의 궤적을 지키며 날아갈까?

그녀는 태고의 돌출된 암반 위에 균형을 잡고 서서 언어들의 축복을 기다린다. 그녀는 '그 말'이 도래하기 전 울부짖는 복부다. 그녀는 밤에 붙일 이름도, 낮에 붙일 이름도, 두려워하는 사물들에 붙일 이름도 갖고 있지 않다. 이름 없는 것들이 그녀를 소유하고 있다.

'그 말'이 그녀를 부른다. 영혼인 말, 숨결인 말, 세계를 갈고리에 거는 말. 그 말이 그녀를 들어올려 앞뒤가 맞지 않는 육신을 공기처럼 가벼운 언어의 법칙으로 번역한다. 언어가 그녀의 사지를 붙잡고 들어올려 입안에 신神을 넣어준다. 그녀는 쭈그러든 세계의 길이를 혓바닥으로 단번에 잰다.

날개 달린 말름, 헤르메스, 달변과 도둑의 신, 로마의 이름을 부른다면 머큐리. 파르나소스 산의 트리아이[36]로부터 현명한 예언을 배워 함선의 발을 달고 퍼지는 말. 고인 물에 던진 돌멩이들 사이의 말. 여성의 밑동을 파고드는 남성의 드릴, 불을 피우는 기술, 돌멩이에 나무막대를 빠르게 돌려 불씨를 피우는 기술. 불로 만든 말과 말에서 나온 불. 사포, BC 600, 아니면 헤르마프로디투스[37]라고 부를까? 소년-딸, 소녀-아들, 여성의 밑동을 파고드는 남성의 드릴, 헤르메스와 아프로디테 사이의 욕정의 밤에서 태어난 존재. 소년-딸, 소

---

36) Thriae, Zeus의 세 딸이자 파르나소스 산에 사는 요정. 유아였던 아폴론을 기르고, 헤르메스에게 예언의 능력을 주었다.

37) Hermaphroditus, 양성兩性의 성기를 모두 지닌 사람.

녀-아들, 언어와 욕정의 결합.

　이것이 우리 섹스의 본질이다. 그녀가 말 한마디를 붙잡
아 끈으로 자기 몸에 묶은 뒤 나를 세차게 꿰뚫는다. 내 안
의 말, 나는 그 말이 된다. 그 말이 내 배를 가르고, 내 배가
그 말을 부풀린다. 새로운 의미들이 내 허벅지에서 팽창한
다. 한 글자가 한 가지 의미를 지니는 성교를 위해 우리는 함
께 사전을 샅샅이 뒤졌다. 우리는 그런 미끈하고 낭만적인
언어들을 묵살하고 대신 난봉꾼의 쾌락을 발굴한다. 성숙한
말, 수백 년의 변화를 통해 농익은 말, 연상의 기쁨들로 깊은
중층의 의미를 지닌 말. 말을 다루면 다룰수록, 우리는 점점
더 그 말을 좋아하게 된다. 그것은 나에게는 창녀를 다시 동
정녀로 만드는 도착적 도전이다. 우리는 커플릿[38]이 아닌가?
서로 각운으로 연결된 2행의 시가 아닌가? 열쇠구멍에 눈을
대어보면 우리가 보일 것이다. 서로의 몸을 깔고 겹쳐 누워
강약격과 강강약격의 완벽한 어울림으로 선회한다. 양쪽 끝
의 균형을 맞춰 각운을 만들고 손해를 보지 않아야 하는 짝
짓기 상자. 나에게 어울리게 짝지어진 암말, 나, 허공에서 그

---

38) couplet, '커플'과 '2행 연구', 두 가지 의미에 착안한 언어유희.

녀를 타고 있는 기수.

　나를 봐. 이제 나를 봐. 나는 낭만(주의)적이지 않아. 나는
속속들이 고전(주의)적이야. 나는 첫눈에 반하는 사랑을 믿
지 않아. 나는 네게로 추락하고 있지 않지만, 한 발 앞으로
나아가면, 네가 나에게로 추락할지도 몰라.
　추락하는 것은 어떤 것들일까?

　옛날에, 어떤 천사가, 새로운 세상들을 찾으려고 천국에서
뛰어내렸고, 지그재그로 흩어진 별들에 손이 다 찢겨버렸지.
루시퍼, 그의 찢긴 상처들에서 빛의 피가 흘렀어….

*　*　*

　번개, 제우스가, 두려움에 떠는 구름을 뚫고 던진, 혜성의
머리, 황금으로 흩뿌린 핵의 원반.

　죽은 자들, 저 밑바닥의 타르타로스까지 이어져 있는, 검
은 냇물 가의 검은 포플러 나무들. 매끄럽게 다듬어진 검은
열주와 톱니 같은 이빨을 가진 개.

이카루스, 비행하는 소년, 햇살에 흠뻑 젖은 몸. 유리 바다를 무수한 파편으로 박살낸, 햇살에 흠뻑 젖은 그의 몸.

가을. 환하게 헐벗은 긴 잎사귀들.

헤르메스. 별의 박차를 단 헤르메스.

나에게 추락해줘, 사과가 떨어지듯, 비가 떨어지듯. 당신은 그래야만 하니까. 중력을 이용해 당신의 욕망을 단단히 뿌리 내려.

그녀는 욕정의 단상에 오른 성가대 소년처럼 쓰러졌다. 머리를 젖혔고, 맨살의 목을 드러냈고, 몸을 부러뜨렸고, 찬미의 황홀경 속에서 목소리가 갈라졌다. 입으로, 사타구니로 찬미했다. 불꽃의 옷을 입은 채 미학적으로 황홀경에 차서.

당신의 머리 위로 셔츠를 잡아당겨 벗어라, 그것을 떨어뜨려라, 내 두 팔 쪽으로 떨어뜨려라. 사랑하는 사람들에게는 시간이 필요 없다. 아프로디테가 크로노스를 살해한다. 우리 시간의 긴 실린더를 통해 떨어뜨려라. 이 시간은 '시간'의 것이 아니라 우리 것이다. 여기, 저기, 아무 곳도 아닌 곳, 흰 장미를 들고 붉은 장미는 절대 들지 않은 채.

그녀가 해변을 따라 걸었을 때 하늘에는 색이 없었다.

바닷물에 흠뻑 젖은 하얀 조개껍데기들이 빛났다. 그녀는 조개껍데기 하나를 귀에 갖다 대고 바다의 기묘한 신음 소리를 들었다. 빛이 수면을 타고 미끄러지는 곳을 아득하게 바라보았다. 파도의 날카로운 물마루 위에 균형을 잡고 선 빛. 물의 움푹한 이랑에서 전복되고 쏟아지는 빛.

탁한 거품을 휘저어 꽃잎들을 만들어 그녀의 발밑에 뿌린 빛, 얕은 물속에서 유리에 갇힌 그녀의 발.

과거를 그녀의 발밑으로 끌어와 세차게 부딪는 물, 그녀의 미래를 뒤로 질질 끌고 가는 물, 씩씩거리며 잡아당기는 파도.

백사장에 밀려온 부목. 그녀는 쐐기 모양의 나뭇조각을 하나 집어들었다. 풍파 때문에 속이 비어 크기에 비해 가벼웠다. 그것은 그저 과거다. 그녀의 손에 들린 텅 빈 사물이다. 그저 과거에 불과한 것이지만, 그녀는 그 형태와 냄새를 알아보았다. 쓸모가 죽어버린 안온한 옛 형상.

하늘의 구름. 그녀는 탁 트인 전망을 원했지만 구름은 예뻤다. 흐릿하고, 분홍빛이고, 잘 아는 모양이었다. 부목과 구름이면 충분했던 걸까? 추억들, 아직 그녀가 갖고 있는 것들이면 충분했을까? 어째서 숨겨진 것을 위해 확실한 것을 위태롭게 한단 말인가? 미래는 어제만큼 공정할 수도 있다. 그녀는 미래를 묵살하면서 길들일 수도 있다. 미래가 과거가 되도록 방치하면서.

그녀는 달리기 시작했다. 차분한 상식으로 그녀를 똬리처럼 감고 있는 그날로부터 벗어나 달렸다. 해가 막 하늘을 시작하는 곳으로 달려갔다. 얇은 해의 바퀴살이 손에 닿을 정도로 가까워졌다. 그녀는 펄쩍 뛰어 양손으로 사다리 가로장을 붙잡고 그네를 타듯 흔들리며 따뜻한 노란 빛을 향해 올라갔다.

열차가 사람들로 붐볐다. 네온 바를 양손으로 붙잡고 매달려 있는 저 여자는 사포인가?

Picasso

피카소

피카소는 책을 펼쳤다.

"루지에로, 설마 그가 뒷문을 좋아하는 신사[39]는 아니겠지?" 밤이라 돌 스니어피스는 촛불 옆에 앉아 있었다. 루지에로는 오지 않았다. 어째서 오지 않았을까? 설명할 수 있는 길은 하나뿐이었고 돌은 그 설명을 하고 있었다.

"나한테 벌떡 서지 않는다면 누구한테 선다는 거야?"

돌은 왕과 주교들이 자기 앞에서 곧추서는 것을 보았고 그들의 발기한 성기 앞에 순종적으로 무릎을 꿇었다. 왕의

---

39) Gentleman of the Back Door, 항문섹스를 선호하는 동성애자를 말함.

홀과 남들이 별로 보지 못한 왕관도 손에 잡아보았다. 추기
경의 허세에 바람을 넣기도 했다. 돌의 솜씨 좋은 손가락은
아라크네만큼이나 찬사를 받았다. 위아래에 난 그녀의 출입
구는 폐하의 선단에 바치는 건배였다. 그녀 앞에서 아래가
움직이지 않는 남자는 단 한 명도 없었다.

"남자한테는 아니겠지." 돌이 말했다. "하지만 혹시 그가
동성애자라면?"

돌의 친구이자 경쟁자인 레이디 클릴랜드가 건 스트리트
에서 동성애자 전용 매음굴을 운영하고 있었다. '더 코크 앤
드 건'[40], 그곳은 드레스코드가 엄격했다. 젖가슴, 보디스, 레
이스, 하반신을 가리는 코르셋. 그곳은 이성에게서 기쁨을
찾지 못하는 사람들을 위한 쾌락의 집이었다.

루지에로가 그 빌어먹을 매음굴에?

젊은 청년의 셔츠를 벗겨 던지자, 로마의 쾌락의 산맥 그
리고 그 산맥을 가로지르는 좁은 골짜기가 훤히 드러났다.
먼저 침으로 성기를 축축하게 적셔 매끄럽게 한 후, 뾰족한
끝을 맞추어, 꿈틀거리고 뒤척이고 부드럽게 투덜거리는 젊

---

40) The Cock and Gun, 둘 다 남성의 성기를 뜻하는 속어다.

은 희생자에게 넣었다. 꽉 조여드는 첫 입구를 뚫고 지나가자 드디어 모든 것이 움직였고, 카펫이 깔린 길처럼 별 저항이나 쏠림도 없이 상당히 매끄럽게 펼쳐졌다. 이제 그는 총애하는 젊은이의 골반을 한 손으로 쓸면서, 완벽히 단단하게 곧추선, 끝이 붉은 상아 장난감을 집어들어, 자기 뒤가 어머니와 같다면 앞은 아버지와 같다는 사실을 보여주었다. 그는 그 장난감으로 스스로 즐겼고, 다른 손으로는 청년의 머리칼을 희롱했다. 청년의 등 위로 엎드리며 얼굴을 잡아당겼다. 청년이 고개를 흔들자 느슨한 곱슬머리가 얼굴로 흘러내렸다. 그 자세로 몸속에서 가만히 있다가 청년을 꽉 끌어당겨 긴 호흡으로 키스를 했다. 그리고 새삼스럽게 몸속을 파고 들어가며 계속 뒤를 괴롭히다가, 절정이 발작처럼, 흔한 증후를 동반하고 찾아오자 행위를 중단했다.

돌 스니어피스는 책을 덮었다. 루지에로가 뒷문을 좋아하는 신사라고? 루지에로가 제대로 된 영국 소고기보다 양고기 다리를 더 좋아한다고? 루지에로가 정직한 영국 가게보다 터키 수입상품을 더 좋아한다고?

"뭐, 그럼 할 수 없죠." 돌이 말했다. "그이가 원하는 게 남색이나 변태라면, 이상 성애자를 대줘야죠."

"물론이지. 지당한 말이야." 미스 맹글이 물담배를 빨면서 말했다.

이것은 남자의 반바지를 입은 돌(인형), 가발을 쓴 돌, 치렁치렁한 셔츠를 입은 돌, 실크 스타킹을 신은 돌이었다. 삼각모를 쓰고 버튼을 채운 돌. 섬세한 콧수염과 군인의 허세를 갖춘 돌. 튼실하게 잘 채워넣은 코드피스[41]와 딜도를 장착한 돌이었다.

"이제 나는 그 후진하는 종마를 맞을 준비가 됐어." 자정이 뒷문을 통해 집 안으로 들어올 때, 돌은 역시 뒷문을 통해 밖으로 나갔다.

"자, 이제 나는 브라만테[42] 못지않아." 돌은 서슴없이 '더 코크 앤드 건'의 문을 밀고 들어갔다.

피카소는 책을 덮고 재빨리 내려놓았다. 그 책은 근처에 앉아 있는 남자의 것이었다. 그 남자는 잠들어 있었는데, 그 두툼하고 네모나고 이상한 책이 뭔가 자체적인 힘이 있는 것

---

41) 15~16세기 서양 남성복에서 반바지 앞에 볼록하게 달았던 주머니.
42) 도나토 브라만테(Donato Bramante, 1444~1514), 이탈리아의 건축가. 교황 율리오 2세의 부탁으로 성 피에트로 사원 수리에 일생을 바쳤다.

처럼 피카소의 손을 끌어당겼다. 표지가 없었고, 무슨 책인지 알아볼 수도 없었다. 무슨 책이었을까? 18세기의 포르노그래피? 남자가 몸을 뒤척여서 피카소는 자기 자리로 돌아왔다.

피카소는 남자를 바라보았다. 남자는 쉰 살쯤 되어 보였는데, 나이가 들어 보인다기보다는 나이를 젊어지고 다니는 느낌이었고, 젊어진 짐을 굳이 숨기려 하지도 않았다. 관자놀이가 희었고, 얼굴은 주름져 있었으며, 감은 눈꺼풀이 살짝 두꺼워졌고, 갈색 피부에는 은은한 보랏빛 광택이 났다. 그러나 그는 섬세하고 고고하고 가벼워 보였다. 회색 좌석에 잠들어 있는 보라색 황제나비 같았다.

윗뿔처럼 모아 쥔 길고 가는 손가락에서는 명백한 예민함에 대조되는 범상치 않은 힘이 느껴졌다. 그가 자는 동안 가끔 꿈틀거리던 손가락들을 보고 피카소는 뱀을 연상했다.

셔츠와 헐렁한 바지를 걸쳤는데도, 그 남자의 몸은 살보다는 뼈에 더 가까워 보였다. 해부학적인 모습이라, 마치 인체의 뼈대라는 간단한 작업대 위에 놓인 실체 같았다. 피카소는 그를 부검하면 어떨까 생각했다. 단조로운 해골에서 깔끔한 사각형의 섬유질이 잘려나가는 모습을 상상했다. 근육과 신경, 조직과 체액이 부글부글 어우러져 눈에 빤히 보이는 저 뼈다귀에 복잡하게 걸쳐져 있다.

쇄골의 빗장뼈가 왠지 마음을 움직였다. 저 탄탄한 목을 뒤로 젖혀 갑상선의 연골과 목울대가 드러나게 하면 어떨까? 둘 다 그를 비롯한 다른 남자들이 한때는 모두 연약했다는 사실을 알려주는 신체 부위가 아닌가? 그녀가 손을 뻗어 과일을 먹으라고 건네면 그는 받을까?

그들은 함께 정원에 서서 나무를 바라보고 있었다. 붉은 구체球體들로 환하게 밝혀진 초록색 나무. 그녀가 말했다. "저걸 먹으면 저기서 발산되는 빛을 먹게 돼요. 인간의 배속에 등불이 밝혀져 자기 자신을 읽을 수 있게 되지요."

그녀는 반들반들한 손가락으로 그 구체를 집어 내밀었고 그는 뱀을 생각했다.

헨델은 꿈속에서 괴로워하며 뒤챘다.

목이 도드라지고 맨살로 드러나 있었다. 그는 가수의 목울대를 지니고 있었다. 자기주장이 뚜렷하고, 잘 빚어지고 아름다운 어떤 것의 오만함을 지닌 목울대였다. 그는 아름답지 않았다. 아름답다고 하기에는 너무 빈약하고 불안정했다. 그러나 목울대와 손은 그의 옹호자였다. 여자가 사랑할 만했다. 피카소는 남자들도 그에게 욕망을 느낄 거라 짐작했다. 한숨이 나왔다. 욕망이란 무엇일까? 가족의 삶으로 통하는 안전한 소풍은 확실히 아니다. 그녀의 어머니는 한 번이라도 아버지를 욕망한 적이 있을까? 뚱뚱하고 탐욕스럽고 잔인한 아버지가 욕망의 대상이 될 만한가? 아버지는 정부를 아홉이나 두었고 지금은 열 번째 정부와 신나게 놀아나고 있다. 그녀가 손을 내민 건 순전히 아버지의 피부가 좋아서였을까? 그녀는 번져가는 검버섯 사이에 끼어 있는, 교과서적인 그 6인치짜리 물건을 끔찍하게 싫어했을까? 피카소는 사랑스럽고 똑똑하고 생기 넘친다는 이유만으로 자기를 쑤시고 벌주었던 오빠와 오빠의 거시기를 생각했다. 오빠의 집요한 개인 수업 덕분에 수줍고 느릿하게 행동하는 법을 배웠다. 오빠가 사랑한다고 말했기 때문에 자기 몸을 증오하는 법을 배웠다.

지금은 자기 몸이 싫지 않았다. 두렵고 낯설었지만, 증오하지는 않았다. 영화에서 본 뜨거운 관능을 언젠가는 느낄 수 있을지 궁금했다. 살과 피가 아니라, 캔버스와 물감으로 된 사물들이 그녀가 모르는 불길을 말해주었다. 숯으로 뼈를 태우고 심장을 불쏘시개로 써야 한다 해도 어떻게든 그 불을 찾아내 피워내고 싶었다. 사도 바울이 하지 않은 말이 뭐였더라? "결혼하느니 활활 타오르는 게 낫다."

피카소는 이 남자와 사랑을 나누는 상상을 했다. 완만한 무게와 현 같은 손가락들. 그녀는 값비싼 아스트린젠트로 가꾸고 청결하게 면도한 저 피부가 자기 마음에 들지 궁금했다. 그의 피부는 무척 매끄러웠고, 그녀는 그것이 노력을 요하는 일이라는 걸 잘 알았다. 그는 허영심이 강한 남자일까? 그녀를 사랑할 때도 허세를 부리고, 세심하게 움직일 때마다 자기를 과시하고 우월감을 입증하려 들까? 사랑을 나누는 것. 가족생활에 대한 또 다른 역겨운 어법. 사랑이 섹스와 무슨 상관이 있으며 섹스가 사랑과 무슨 상관이 있단 말인가? 그녀는 어떤 사람들에게는 욕정을 느꼈고 또 다른 사람들에게는 애착을 느꼈지만(그리고 훨씬 더 많은 사람들에게 혐오감을 느꼈다), 욕정과 애착이 함께 자라났다면 그것이 사랑이었을까? 두 가지가 별개라면, 하나를 예쁘게 치장하고 다른 하나를 과장하는 것이 의미가 있을까? 남자를 보고 그의 아이를 갖고 싶다고 생각하는 여자들이 많다는 이야기를 익히 들었다. 그런 마음은 이해가 되지만, 결혼은 이제 원초적 미스터리(아니면 소위 과학자들이 말하는 유전적 인식이라고 해야 할까)가 조금 섞인 생존이자 경제가 되었다. 유전적 인식과 은행 계좌가 정말로 모든 선한 것들의 초석으로 찬미 받아 마땅한가?

열차의 차창 밖으로 죽은 자들의 공동묘지가 보였다. 노란 벽돌로 쌓은 상자 같은 집들이 이웃과 다닥다닥 붙어 있었다. 싸늘한 공기 속 유황 섞인 벽에서 김이 피어올랐다. 생명의 흔적은 찾아볼 수 없었다. 안을 들여다봤다면 무엇이 보였을까? 하얀 위성접시 덕분에 축구, 뉴스, 코미디, 신파극과 야생동물 다큐멘터리 프로그램을 제공하는 45개 채널이 나오는 똑같은 텔레비전을 보고, 닳아빠진 소파들이 똑같은 각도로 줄줄이 놓여 있겠지. 그녀의 어머니와 아버지도 나을 것이 없었다. 소파가 가죽이고 텔레비전이 벽의 슬라이딩 패널 뒤에 숨겨져 있다는 것 정도가 다를 뿐. 패널에는 성전에서 잡상인들을 쫓아내는 그리스도의 그림이 그려져 있었다. 잭 경은 절대 교회에 지갑을 가지고 가지 않았다.

예전보다 이혼이 훨씬 더 성행하지만 결혼도 훨씬 더 많이 한다. 한 쌍이 황급히 매듭을 끊기가 무섭게 양쪽 다 새로운 끈을 찾아 매듭을 묶으러 달려간다. 좋을 때나 나쁠 때나, 부유할 때나 가난할 때나, 아플 때나 건강할 때나, "죽음이 우리를 갈라놓을 때까지" 함께하기 위해 회랑을 같이 걷는다. 죽음은 정말로 그들을 갈라놓았다. 감정에 죽고, 아름다움에 죽고, 가장 빤한 쾌락 외에 모든 것에 대해 죽은 그들은 곧 서로에게 죽을 테고, 함께 소유했던 권태를 두고 서로를 원망하리라.

교회가 저버린 새로운 도덕, 가치관의 희한한 위계는 자기주장이 강했다. 어느 잡지에서 결혼 중독이라고 칭한 연쇄 일부일처제 현상은, 결혼하기 싫거나 결혼할 수 없는 커플보다 위상이 한 단계 높긴 했다. 결혼하지 않은 사람들은, 서로에게 아무리 충실해도, 아내가 있지만 정부(들)를 즐기는 남자들보다 최소한 두 단계가 낮다. 또한 그런 남자들은 자기가 이혼통계보다 우월하다고 믿는다. 교회는 사태를 계속 주시했다. 본인 역시 두 번 결혼한 회계사인 신임 대주교의 확고한 지배 아래 완전히 사기업私企業이 된 영국 국교회는 결혼식·장례식·영성체·자문 등에 모두 가격을 매겼다. 사업은 잘 나갔다. 피카소도 교회에 가서 휑한 벤치에 앉아, 하느님도 도망갈 만큼 단조로운 일화를 주워섬기는 목사의 설교를 들은 적이 있다. 어이-자네-잘-만났군-속도-얄팍하고-머리도-멍청하고-가격-대비-성능을-따지는-세속적인-비만-문맹-가정교육도-엉망으로-받고-골프나-치는-목사.

그녀는 목사와 얘기를 좀 해보려고 애썼던 기억이 있다. 약속을 잡는 데만 2주나 걸렸고, 막상 정해진 날짜와 시간에는 목사가 다른 일로 바빴다. 그녀가 강대講臺에 가서 강해를 읽고 요한복음으로 넘어가 14장을 지나 15장과 16장을 읽는 사이, 목사는 은행 매니저와 헌금 모금에 관해 의논했다. 그녀는 겁이 났다.

(너희는 마음에 근심하지 마라.[43] 저들도 근심하지 않게 하라.)

자, 저녁 먹기 전에 5분 정도 시간을 내어줄 수 있는데, 내가 옷 갈아입는 동안 그 하찮은 고민거리를 털어놓아보겠니?

(수고하고 무거운 짐 진 자들아, 다 내게로 오라. 내가 너희를 쉬게 하리라.[44])

목사님께서 제 오빠 매튜에게 동생을 성폭행하는 짓을 그만두라고 말씀 좀 해주시겠어요?

(내 이름으로 무엇이든 구하면 내가 행하리라.[45])

난폭한 장난 말이냐? 목사는 신자들이 집안에서 장난을 좀 심하게 친다고 이래라 저래라 하는 사람이 아니란다…. 너희 집은 사랑이 넘치니 네가 조심해야지. 그리고 말을 아주 조심해서 해야 한단다….

(무릇 너희를 죽이는 자가 생각하기를 이것이 하나님을 섬기는 일이라 하리라.[46])

---

43) 요한복음 14장 1절.
44) 마태복음 11장 28절
45) 요한복음 14장 14절

그녀는 피멍들을 보여주었다.

(새로운 계명을 내가 내리노니, 내가 너희를 사랑하듯 서로 사랑해라.[47])

목사는 그녀의 등을 툭툭 두드려주었다. 그는 이해했다. 문제가 없는 가족은 없단다. 어머니한테 얘기를 해야 해. 그래, 네 어머니한테 말씀을 드려보렴. 매튜도 마음은 착한 아이란다. 오르간을 치잖니.

***

피카소는 다리를 살짝 절었다. 오래전 집 난간에서 몸을 던진 탓이다. 성탄절이었고 둑처럼 두껍게 쌓인 눈 덕분에 살았다. 지금도 내려다보면 기억이 난다. 몸에 새겨진 날짜와 시간을 어찌 잊을 수 있을까?

어머니에게 말할 수는 없었던 걸까? 아버지에게 말할 수는 없었던 걸까? 아버지는 "내 사랑은 공짜가 아니"라고 말했지만, 아무리 아끼고 저축해도 아버지의 사랑을 살 자격이

되지 않았다. 시초 경매가 자체만 해도 비쌌지만, 잭 경은 사업가였고, 상품에 대한 욕망이 커지자 값은 더욱 가파르게 올랐다. 아버지는 딸이 자신의 사랑에 허기지기를 바랐다.

그녀는 아버지를 사랑하고 싶었지만, 양팔을 벌리고 달려갈 때마다 아버지의 품안은 이미 꽉 차 있었다. 아버지는 "나는 바빠"라고 말했다. "내가 바쁜 게 보이지 않니?"

그래서 그녀는 늘 팔을 툭 떨어뜨리고 얌전히 있는 법을 배웠다.

"네가 조금만 더 싹싹한 아이였다면." 어머니는 꼿꼿한 몸을 빳빳한 외투에 넣고 단추를 채우며 말했다.

밤이면 어머니는 암탉이 모이를 쪼듯 그녀의 뺨에 쪽쪽 뽀뽀를 했다. 피카소의 얼굴은 암탉들이 모이를 쪼아먹는 흙마당이었다.

"너는 왜 다른 여자애들처럼 웃지를 않니?" 어머니의 부리가 다가온다. "애야, 좀 해봐, 웃어보라고." 피카소는 웃었다. 여성의 쾌감을 암시하는 경직된 턱 모양을 배웠다.

세월이 흘렀다.

어느 날 밤, 까마귀가 어린 양을 찢어발기듯 매튜가 그녀의 몸을 습격해 부드러운 살을 다치게 하고 목숨만 살려놓았을 때, 그녀는 축축한 침대에서 나와 옥상의 밤공기로 몸을 말리려 했다. 그녀는 벌거벗고 있었다. 앰뷸런스 구조대원들이 그녀를 발견했을 때도 벌거벗은 채였다. 사립 정신병원인 순교자 성 세바스찬 병원의 정신과 병동에 입원해 있는 동안에도 대체로 벌거벗고 지냈다.

매튜는 샌드허스트로 갔다.

***

아침이었다. 연한 색 블라인드 너머 파리한 빛이 천을 팽팽히 당겼다. 그 여자는 캔버스 천의 군데군데 찢어진 자국들과 잘못 꿰매진 스티치들과 블라인드 뒤에서 황망하게 날아다니는 벌 한 마리의 그림자를 볼 수 있었다.

파리하던 빛이 따스해졌다. 파리한 빛은 프림로즈 노랑으로 변했다가, 짙은 수선화 노랑으로 깊어졌다가, 부활절 달걀의 노랑으로 마룻바닥에 떨어졌다.

봄이었다. 수선화 트럼펫들이 빛의 팡파르를 터뜨렸고 튤립 호른이 길가에 가지런히 정렬했다. 새들이 빛을 헤치고 노래를 불렀지만 빛이 더 시끄러웠다. 방 안에 빛의 북소리가 울려 퍼졌다. 벌거벗은 그 여자는 가둬지지 않은 빛을 바라보았다. 그림자도 없이 풀어진 빛이 태양에서 집들로 떨어져 빗물받이 홈통으로 흐르고 거리로 넘쳐 포장도로를 노랗게 물들였다. 한 남자가 금빛 정장 차림으로 그 옆을 걸었다.

빛은 갈색 거리들의 껍데기를 벗겼다. 문들마다 새로 페인트를 칠해 남자들이 와서 쓸고 쓸고 또 쓸었다. 그 여자는 갈색 비를 가져다 자기 방을 쓸었다. 비로 쓸면서 그림을 그렸다. 붓질을 할 때마다 발에 찰랑거리도록 노랑을 끌어왔다. 우아한 동작으로 자신의 몸이 가는 곳마다 빛을 끌어당겼다. 그녀는 비질을 하고 있었던 걸까, 그림을 그리고 있었던 걸까, 아니면 얼굴 위에서 태양을 타고 노란 강물을 따라 뱃놀이를 하고 있었던 걸까?

오래전의 일이다. 피카소는 다시 사회로 풀려나 가족의 환영을 받으며 집으로 돌아왔다. 어머니는 딸을 걱정했다. 모녀는 함께 마을로 쇼핑을 하러 갔다.

Les hommes sont tous condamné à mort avec sursis indéfinis(모든 인간은 무기한의 집행유예를 받은 사형수들이다).[48] 피카소는 죽은 자들 가운데서 살아 돌아왔고, 삶을 원했다. 억지로라도 삶을 시간에 흘려보내 끝내 삶이 비밀을 드러내게 하고 싶었다. 제 손으로 판 묘지에서 가석방되어 살아가는 나날을 하루도 허비하기 싫었다. 그녀에게 남은 시간이 얼마나 될까? 1년, 20년, 50년? 시계는 언제나 그랬듯 재깍재깍 돌아갔지만, 이제는 귀에 그 소리가 들렸다. 불타는 손가락이 벽에 1년, 20년, 50년이라고 썼다 해서 뭐가 달라졌을까? 날짜와 시각을 알았다면 남은 것을 바꿀 수 있었을까? 무엇이 남아 있었을까? 무엇이 남아 있을까? 애초에 무엇이 있었을까? 삶은 우연과 혼란이 지저분하게 섞인 쓰레기통과 뭐가 다를까? 개인의 자유는 무엇에도 꿈쩍하지 않고 죽을 자유다. 인격이라는 두꺼운 벽을 무엇이 꿰뚫을 수 있을까? 너의 목소리, 너의 손, 그림, 책, 달콤한 아침 공기? 나 자신이 나의 감옥이다. 납으로 된 방패 같은 내 습관, 무겁고도 무른 청회색의 죽은 방어기제. 주기율표의 Pb. 원자번호 82번. 26번의 Fe, 내 영혼의 철을 포함하고 있는 그 유용한 목록.

내 원소를 어떻게 벗어날 수 있을까? 먼저 멀리 도망간다. '가족생활'이 제기한 이의는 다음과 같다.

---

48) 빅토르 위고의 초기 소설인 《사형수의 마지막 날Le Dernier Jour d'un Condamné》에 나오는 유명한 문장이다.

1) 너는 돌아올 것이다.

2) 돌아올 수 있다고 생각하지 마라.

3) 도망친다고 해결되는 문제는 없다.

4) 혼자서는 제대로 살 수 없다.

5) 어디로 가려는 건데, 응?

6) 바깥세상은 뭐가 다른 줄 아는 모양이지?

7) 이 집이 뭐가 문제인데?

8) 이 정도로는 만족이 안 되는 모양이지?

9) 대체 뭐가 문제냐?

위의 질문에 대한 답.

1) 그렇지 않다.

2) 그렇지 않다

3) 그렇다.

4) 그렇다.

5) ?

6) 그렇다.

7) 이 집.

8) 그렇지 않다.

9) 만물공포증Pantophobia.

만물에 대한 무섬증. 모든 것 앞에서 나를 꽁꽁 봉인해놓는 모든 것에 대한 두려움. 나는 무채색의 내 몸에 칠해지는 다채로운 세계가 무섭다. 붉고 환한 태양과 풀잎의 광택 없는 녹색이 무섭다. 검은 가죽에 보랏빛을 반사하는 젖소들이 무섭다. 꿀벌들이 사랑하는, 찰랑거리다 못해 넘쳐흐르는 파랑이 무섭다. 열세 가지 노랑과 반 고흐의 광기가 무섭다. 해바라기, 밀짚 의자와 장화, 당나귀의 갈색이 무섭다. 잎사귀 끝에 빗방울이 매달리듯 경험의 끝에 강렬한 밀도가 응집하는 매 순간. 그 순간은 부풀다가 터져 사라지고, 미처 모르는 사이에 흘러간다. 강렬한 밀도는 방울방울 떨어지고, 찰나는 사라진다. 그것이 삶의 과학 아닌가?

나는 그 순간을 의식하지만 돌아선다. 나를 날카롭게 꿰찌르는 아름다움의 뾰족한 끝을 피해 돌아선다. 두꺼운 보랏빛 가죽을 꿰뚫을 수 있을 만큼 날카로운 아름다움. 나는 잔인무도한 아름다움의 투석과 화살을 피해 숨어 있다. 눈雪의 색조에 세피아 여우가 있다든가 하는 것은 정말 터무니없다. 아무 표식도 없는 눈 위에 그의 붓으로 뜻밖의-빨강, 그의 붓으로 피가 뚝뚝 떨어지는 빨강. 그 뒤로는 추적자들, 두꺼운 안개 속의 말馬들, 항구적인 움직임 속에 살짝 들린 마구. 분홍빛 코트와 황금빛 나팔은 일찍 저무는 햇살 속에서 색채를 잃는다. 두더지는 밤의 줄무늬 파자마를 입고 총총한 별들 속에서 코로 땅을 판다.

자연은 과잉이다. 중용을 넘어선다. 한 송이 로즈힙이 찬사를 받으며 피어난다. 비는, 눈은, 진눈깨비는, 잎사귀들은, 혜성들은, 우박은, 번개는, 사과, 배, 자두는 어떻게 하나? 잉여를 떨쳐내는 자연, 중력에 기뻐하며 내 머리 주위로 넘쳐흐르는 사물들은 어떻게 하나?

우산을 하나 구할 것. 포켓 사이즈의 접이식 우산, 붕붕 울리는 세계를 튕겨내고 내가 흠뻑 젖지 않고 뽀송한 상태를 유지하게 해주는 전천후 우산을 구하는 거다. 내가 뽀송뽀송하게 마를 수 있을까? 먼지처럼 보송하고 드라이플라워처럼 깔끔하게 압착되어 라벨이 붙여진 채 알맞은 섹션에 정리되어 습기와 곰팡이로부터 안전하게 보관된다면. 내 의식의 테아래, 내 사유라는 나일론의 보호막 아래, 아름다움의 폐해로부터 안전하게, 그렇게 살아가면 좋겠다. 나는 생각한다, 고로 존재한다. 이 말은 '나는 감정을 느낀다, 고로 존재하지 않는다'라는 뜻인가? 그러나 나는 오로지 감정을 통해서만 사유를 획득할 수 있다. 나를 흔드는 것들은 나에게 도전장을 던진다. 오로지 지축을 뒤흔드는 충격만이 내 습관, 편견 그리고 내가 내 것이라 부르는 타인의 생각들이 가지런히 정리된 카드 인덱스를 뒤섞어놓을 수 있다.

무섬증을 무릅쓰고 내가 간직하고 있는 부적이 있다. 손 안에서 굴리는 공깃돌. 광물로 반들거리는 추억의 공깃돌이 금색 주머니에 들어 있다.

런던 광장의 가을, 껍질에 분홍빛이 도는 주목朱木을 감싸고 여전히 걸려 있는 공기. 테리어 한 마리가 나뭇잎들을 코로 쑤시고 다닌다. 컹컹 짖어대는 검은 개와 껍질에 분홍빛이 도는 주목. 개, 주목, 연한 갈색의 활엽수 낙엽 더미와 커피가 흐르는 카페.

커피 한 잔을 사서 나를 불사르지만 커피와 커피를 살 수 있는 돈이 있어 다행이다. 김이 오르는 냄새가 나는 마분지 컵과 이 나무벤치의 작은 공간이 있어 다행이다.

한 여자가 지나쳐 사라진다. 새들이 번갈아가며 분수의 물을 마신다. 나는 내 차례에 커피를 사고, 벤치에 앉고, 둘 다 남고 나는 떠난다. 지금도, 그 찰나를 알아볼 때마다, 그 찰나는 사라지고 없다. 시계는 멈추지 않을 테지만, 시간을 막는 방패처럼 커피를 들고 있는 나는 멈추거나 멈춘 것처럼 보이리라. 광장을 아주, 아주 느린 걸음으로 걷고 싶다. 그렇게, 개가 영원히 컹컹거리고 주목은 분홍빛으로 물든 광장을 계속 걷고만 싶다.

관광객들이 대영박물관 밖에 줄을 서 있었다.

부드러운 공기와 딱딱하게 다져진 길. 공기가 주철 난간에 걸려 있고 길은 낙엽에 파묻혀 있다. 노인이 갈퀴로 낙엽을 치웠다. 런던 광장에서는 익숙한 일이다. 낙엽과 온화한 공기, 줄기에 물감처럼 튀긴 마지막 장미꽃들. 우중충한 제비가 진홍빛 벌레 한 마리를 낚아챘다. 어째서 그것이 나에게 아픔으로 다가올까? 그날, 오래전에 지나가버려서 다시는 돌아갈 수 없는 그날이? 기억이 고통스러워, 나는 분주한 거리에서 뭔가 중요한 것을 잊은 사람처럼 발길을 멈춘다. 뭔가 중요한 것을 잊었다. 그림들, 일상의 도색되지 않은 아름다움을 바라보는 법을 잊었다. 이 지금, 예술가가 획득할 수 있는 자질, 내가 보려고 마음먹으면 언제나 보이는 그것. 이 지금, 그 자체, 새로운 것의 충격도 아니고, 익숙한 것이, 갑자기 보이는, 그 충격.

긴 열차가 떠난다. 마치 교회 같은 역사驛舍의 둥근 천장에 예전에는 증기가 향처럼 피어올랐지만 지금은 전깃줄에 걸린 비둘기들이 번제로 봉헌되고 있다. 감전되어 타죽어 대들보들 사이에 잔해만 시커멓게 남은 새들을 올려다보는 사람은 아무도 없다. 죽은 새들 아래 왔다 갔다 하는 승객들. 보이지 않는 줄에 묶여 떼밀리며 왔다 갔다 하는 지친 몸뚱어리들.

그러나 바깥에서 열차는 빛의 낫을 휘둘러 벤다. 열차의 초승달 같은 곡선이 지나가며 집들을 베고, 집들은 은빛 기차의 초승달 칼날 뒤로 사라진다.

자체 동력으로 진동하는 열차는 총 사냥개[49]처럼 신호가 울리면 다리로 달려나가고, 기쁨의 사이렌 속에 철로를 헤치며 철벅인다. 어린 소년이 창밖으로 몸을 내밀어 긴 열차의 이중 경적에 맞춰 소리를 지른다.

기차가 지나간다. 검은 천을 지나 팽팽히 당겨진 노란 띠. 집들이 다시 퐁퐁 튀어올라 어둠 속에서 제자리를 찾는다. 여기에는 벽돌과 먼지, 금속과 먼지, 습관과 먼지밖에 아무것도 없다. 교외로 가는 5시 45분 열차.

---

49) 새를 총으로 쏘면 주워오도록 훈련 받은 사냥개.

그 이상이 있다. 열차가 커브를 가늠할 때 기울어지는 아름다움. 궁형으로 휘어지는 기계가 딱딱한 금속과 그것이 내포하는 곡선 가운데에서 180도의 찬미를 허락하는 순간. 주제와 양식 사이의 단순한 충돌이 화가다운 것일 때. 타협하지 않는 선이 곡선에 굴복당하는 순간. 오로지 이 패배가 움직임을 가능하게 할 때.

커브는 서서히 바다로 흘러가는 그 숱한 오후들처럼 보인다. 황금빛 해안으로 달려가는 은빛의 열차. 추억을 헤치고 유년기로 돌아가는 긴 바람, 5시 45분이라는 시각에 의해 살해당하지 않은 기차의 낭만. 모든 객차가 인접한 객차에 맞춰 분절하고 커브를 돈다. 묵주처럼 내 과거를 가르고 달리는 기차의 등뼈. 서서히 바다로 흘러가는 그 숱한 오후들. 흔들리는 기차와 철썩이는 물. 바다를 바라보며 미소 짓는 내 어머니.

여자들의 미소와 거대한 물의 움직임. 이런 것들이 레오나르도의 마음을 움직였다. 신비스러우면서 동시에 투명한 것, 그런 것들을 사물이자 메타사물로 자신의 회화에 가지고 들어왔다. 균형의 마돈나, 호수의 마돈나, 암굴의 마돈나, 라 조콘다, 세인트 앤, 메두사. 죽은 뺨에 바다색이 도는 메두사의 뱀 머리는 파충류의 파도처럼 일렁인다.

라틴어도 그리스어도 몰랐고, 자신을 무식한 인간('omo senza lettere')이라 자처했던 레오나르도는 단어를 사랑했고, 단어와 씨름하다가 수없이 부상을 당했다. 사랑은 상처를 준다. 손과 발을 꿰뚫지 않는 사랑은 없다. 사랑하는 사람에게 표식을 남기지 않는 사랑은 없다. 언어의 화인火印이 찍힌 레오나르도는 말년에 그림을 포기하고 왼쪽에서 오른쪽으로, 잡히지 않는 자필 원고 작업에 몰두했다. 그가 무엇을 찾고자 했는지 그 누가 알까? 나에게는, 이미, 그것이 모나리자의 무서운 얼굴에서 발견된 것을. 바다 옆에서 정말로 이상하게 솟아오르는, 이제는 수줍은 홍조로 변한 뺨과 입술의 타락한 진홍빛에서 이미 발견된 것을.

열차가 바다에 다다랐다. 콘크리트로 된 두 다리 사이에 갇힌 바다에 유람선들이 둔탁한 화물을 내렸다. 어린아이가 타는 조랑말처럼 여전히 편리한 바다, 하지만 구속당한 물을 넘어 더 멀리 나가면, 하얀 갈기를 휘날리는 파도가 부표를 뛰어넘었다.

***

달은 하루에 두 번씩 안장을 얹지 않은 바다를 탄다. 23만 9000마일 거리에 있는 달이 날마다 바다를 탄다. 황당무계하기 짝이 없다, 사슬처럼 연결된 자연의 세계란. 태양을 가운데 두고 음악적인 간격을 두고 떨어져 있는 행성들. 저곳의 산맥을 만든 이곳의 협곡. 심지어 우리 집 정원의 꽃들도 당신의 정원에 씨앗을 퍼뜨린다. 움직여지고 여전히 움직이는 세계가 축대를 중심으로 돌아가고 있다. 스스로 새로워지는 세계, 그 매일의 죽음과 부활.

나는 창문을 열고 판유리가 사라진 바다 소리를 듣고 싶었다. 바다의 테너와 높고 새된 갈매기 소리. 움직임과 부피, 바다의 아름다움. 가두어지는 순간 멈추는 깊은 조류의 소용돌이.

무엇이 나를 가두는가? 두려움, 나태, 타인의 의견, 죽음에 대한 음습한 공포와 삶에서 너무나도 찾기 어려운 기쁨. 나는 양 끝에 셔터를 내리고, 머리에 뚜껑을 닫고, 발밑에는 블록들을 쌓아두었다. 이 고인 물처럼 정체한 자아는 예술이나 자연의 리듬을 모른다.

그것이 중요한 일인가? 그렇다, 나에게는. 수백만에 달하는 다른 훌륭한 복제품들처럼 기계와 연장으로 돌아가는 삶이상의 무엇이 있을 거라는 생각이 자꾸만 드는 나에게는 중요하다. 복제품이면 되지 않나? 요즘 누가 그 차이를 알 거라고? 예술 따위는 없다. 네 시체 위에 덮을 명품 정장으로 만족해라. 아무도 산 자와 죽은 자의 차이를 알아채지 못한다. 그리고 당신이 뭐라고, 무슨 자격으로, 그런 판단을 하지? 민주주의라는 것이 있지 않나, 안 그런가? 이제 우리는 모두 평등하다. 돈만 빼면, 다른 면에서는 모두 평등하다. 원 사이즈가 모두의 몸에 맞는다.

그런데 나한테는 맞지 않는다.

"어째서 네 탓을 하는 게냐? 어째서 너 자신을 탓하느냐?" 지난 번 일화에 나온 목사가 버디 퍼팅을 놓치고 너그럽게 위로해주었다.

풍파에 시달린 이 삶에 대해 다른 누구를 원망할까? 어머니? 아버지? 오빠? 세상?

나는 운이 없었다. 사실이다. 심하게 상처받고 멸시당했다. 그러나 지나가는 사람 모두를 붙잡고 그 이야기를 해야할까? 내 불행을 플래카드로 만들고 그걸 꾸미는 데 남은 세월을 써야 할까?

시간이 얼마 없다. 이것이 내가 소유한 시간의 전부다. 이
것이 내 것이다. 이 작은 꾸러미에 싸인 몇 년, 자칫하면 인
도로 넘쳐흘러 부주의한 발밑에 짓밟힐지도 모르는 이 몇
년. 상실. 체를 통과해 흐른 물과 메마른 강바닥. 파도가 부
서지지 않도록 가둬진 고요한 바다.

나는 바람처럼 자유롭게 언덕을 달려올라가 비가 내릴 때
까지 소리를 지르고 싶다. 하늘을 향해 고개를 젖히고 비를
부른다. 내 입을 채워줘, 내 코를 채워줘, 바싹 메마른 몸을
흠뻑 적셔줘, 통로로 흐르지 못할 정도로 진득한 피를 희석
해줘. 나는 흘러갈 거야. 수정처럼 맑은 강을 따라 여름처럼
우아하게 흘러갈 거야. 연어들의 호위를 받으며 바다로 흘러
갈 거야.

왜 말라 있어야 하나? 숨은 샘물이 웅덩이에 새 물을 흘려
넣는데 어째서 댐으로 막아둔단 말인가? 수원水原까지 어떻
게 파고 들어가야 할까? 젤리처럼 흐물흐물한 내 두려움을
뚫고 어떻게 분수 우물을 팔 수 있을까?

내 범죄에 공모한 나 자신을 탓한다. 너무 적은 사랑, 너무
적은 삶과 공모한 죄. 내 탓이다. 그러고 나면 나 자신을 용
서할 수 있다. 과실이 떨어져도 수확하지 않고 썩게 놓아둔

나날들을 용서하자. 허송세월한 슬픈 시간. 형벌은 충분하다. 두려움에 끼어 꼼짝달싹 못하고 산 것으로 벌은 충분히 받았다. 비를 불러라.

비를 불러라. 불탄 대지를 새롭게 살아나게 하는 자비의 빗방울. 기근에 메마른 강물을 채워주는 용서. 불투명한 판유리처럼 직각으로 바다를 향해 떨어지는 비. 다리를 바다에 얹고 비의 장벽에 기대앉도록 하자. 어지럽다, 이 유동적인 기하, 반드시 변화를 거쳐야 하는 점, 입체, 면과 선들. 과거의 내가 되지는 않을 것이다.

비가 물의 형태를 바꾼다.

Handel

헨델

그녀는 아마, 서른다섯 살쯤이다. 머리카락을 사자 갈기처럼 휘날리고 다닌다. 물론 수사자 갈기. 어째서 우리는 여자들을 칭찬할 때 수컷 짐승에 비유하는 걸까? 사자 갈기 같은 머리칼, 공작처럼 푸른 눈, 백조의 목(수컷 백조의 목이 더 길고 하얗다), 표범처럼 우아하고 영양 가죽처럼 보드라운 살결. 어쩌다보니 동성애자인 아랍인을 알고 지내게 되었는데, 그가 수컷 영양의 가죽이 더 부드럽다는 말을 해줬다. 암컷은 새끼를 키우면서 거칠어진단다. "그렇지 않겠어요?" 마침 우리가 산과 병동을 지나칠 때 그가 말했다.

남자는 남자를 선호한다고, 나는 믿어 의심치 않는다. 여자는 일종의 사치다. 나는 그 아랍 친구가 여자들을 좋아하기를 바라지 않는다. 그가 여자들을 좋아하지 않기도 하고. 하지만 이성애자 친구들도 여자들을 그리 좋아하지 않는 건 좀 이상하다. 내 직장 동료들은 자기 아내를 좋아하지 않는다. 불륜의 대상을 더 좋아한다. 다른 여자들은 배려의 범위에 들어가지 않는다. 간호사들이 있다. 우리는 그들을 휴대용 변기라고 부른다. 그리고 여자 의사들의 수가 점점 늘어나고 있다. 다행히 대다수의 여의사들은 소명의식 때문인지 가족에 대한 의무 때문인지 고위직으로 올라오지는 못하고 있다. 다행이라는 말은 그들을 위해 다행이라는 뜻이다. 컨설턴트들은 돈을 내는 환자들에게만 친절을 베푼다. 내가 같이 일하는 남자 한 사람은 항상 여자들에게 청진기를 댈 때 젖가슴이 거추장스럽지 않으냐고 묻는다. 그러면 여자들은 얼굴을 붉히고, 그 남자는 껄껄 웃고는 진득한 동지애를 지닌 공모자처럼 내 어깨를 철썩 치며 "헨델이 잘 봐드릴 겁니다"라고 말한다. "이 분야에서는 절제 솜씨가 최고죠."

나는 진심으로 사과한다. 진심으로 사과한다. 진심으로 사과한다….

***

"제발 죄송하다는 말 좀 그만할 수 없나, 헨델? 죄송해해야 하는 건 그 사람들이야. 그러려고 여길 찾아오는 거잖나, 죄송하다는 말을 하려고. 이건 고해성사란 말이야."

신부님은 내가 가망이 없다고 생각한다. 나를 훈련시키는 것이 신부님의 의무다. 우리는 얇은 격자창 옆에 앉은 참회자로부터 우리를 갈라놓는, 얇은 베일이 드리워진 작은 상자 안에 나란히 앉아 있곤 했다.

"신부님, 제가 죄를 지었습니다."

"육신의 죄입니까, 양심의 죄입니까?"

"육신의 죄입니다."

그렇다, 언제나 육신의 죄다. 양심 따위는 아무에게도 없다.

"말해보세요."

그 기나긴 금요일의 오후들, 언제나 똑같은 이야기들, 말하는 사람이 누구든 이야기는 언제나 똑같다. 개인적 삶의 증거는 전혀 없다. 가게에서 물건을 훔쳤다거나 아내를 때렸다거나 직장에서 땡땡이를 쳤다거나. 배신, 불륜, 불륜, 불륜, 평준화된 범죄. 남자들은 허세를 부렸다. 그것이 그들의 목소리였다. 여자들은 떨면서 울었다. 한 사람, 왜소한 어느 여자가 기억나는데, 신부님은 그 여자를 유달리 가혹하게 대하셨다. 저지른 죄라고 해봤자 하룻밤 사타구니에 존재의미를 부여한 것뿐인데. 아이의 머리가 나왔던 그곳, 남편의 쾌락이 자리했던 곳. 그런데 그 공간이 홀대 받아 술이나 배설하는 하수구가 되었다.

그 여자는 말했다. "그 남자를 사랑하지는 않지만 꼭 가져야 했어요. 전에는 그런 식으로 남자를 원한 적이 한 번도 없었거든요."

"유감이군요."

"애들이 알면 어떻게 하죠? 남편이 알면 어떻게 하죠?"

나는 대꾸하지 않았다. "당신 남편은 금요일마다 여기 와서 나한테 속을 풀고 가요. 목요일마다 돈을 주고 창녀를 사서 욕구를 푸는 것과 다를 바가 없죠."

나는 말했다. "다시는 그 남자를 만나지 마십시오. 그리고 하느님께 도움을 구하세요."

여자가 말했다. "내 몸이 그 남자를 생각해요."

나는 그 남자의 골반 아래에 깔린 그녀의 몸을 생각했다. "유감입니다."

신부님과 나는 나무가 뒤덮인 신학교의 대로를 따라 휘휘 걸었다. 바람에 사제복 자락이 휘날리자, 짧은 대님으로 고정한 양말과 끈으로 묶게 되어 있는, 코가 긴 구두가 훤히 드러났다. 나는 4분의 4박자로 판석 포도를 밟는 우리의 발을 내려다보았다. 신부님은 인류를 위한 하느님의 뜻에 대해 설교했지만, 구름이 갈라진 틈으로 태양이 샛노란 노른자처럼 살짝 고개를 내민 하늘에서는 그것을 보지 못했다. 바람에 괴로워하는 거목들에서도 보지 못했다. 하느님의 뜻, 이 작은 파란 별을. 우리가 피부와 뼈를 지닌 영혼이라는 하느님의 뜻을.

"그 여자는 큰 죄를 지었어."

그랬던가? 감정에 감사하라고 내가 말했으면 어쩔 뻔했을까?

그녀의 몸, 그의 몸, 그들의 쾌감에 감사하라고 했다면? 그녀는 신을 좀 더 사랑했을까?

나는 신부에게 이 말을 하지 않았다. 바람은 신부를 위해 불거나 불지 않았다. 해는 그를 위해 비치거나 비치지 않았다. 신부는 발기와 자신이 발기를 조절하는 방법에 대해 나에게 말하고 있었는데, 나는 "집어치워요, 제발, 그 여자는 발기에 대해 말하지 않았다고요. 마흔두 살 생애에서 가장 강렬한 순간에 대한 얘기했단 말이에요"라고 말하고 싶었다.

왜 그 여자는 고해소에 앉아 스물다섯 살짜리 숫총각한테 그런 얘기를 했을까?

내 메모에 뭐라고 쓰여 있더라? "신도들의 문제를 이해하기 위해 사제가 그들과 같은 경험을 할 필요는 없다. 사제는 하느님의 권위를 갖고 있으니까." 하느님의 상상력은 어쩌고? 모차르트, 사랑스럽고 성스러운 술주정뱅이 모차르트가 나보다 사제 노릇을 훨씬 잘했으리라. 나는 침침한 등불을 등지고 어두워진 방 안에 혼자 앉아 〈피가로의 결혼〉의 결말 부분을 들었다. 알마비바 백작부인이 전혀 예상하지 못한 사람들에게 용서를 베푸는 장면이다. 용서. 그런데 나는?

＊＊

나는 사제로서 성공하지 못했다. 의사의 왕진가방과 기도 서를 든 채 이단으로 물들고 병든 세상을 치유하겠다는 겸허한 바람은 사라졌다. 나에게는 권위가 없었다. 상상력도 없었다. 하느님의 목소리를 마치 내 목소리처럼, 다만 포르테로 내는 것은 너무나 쉬운 일이다. 성서가 내 행위를 전적으로 정당화해준다지만, 이상하게도, 내가 아는 다른 모든 가

톨릭교도가 다 그렇다. 엄격하든 자유롭든 상관없이. 가톨릭
교도들을 부당하게 비난하고 싶지는 않다. 지금 내가 한 말
은 유대인, 이슬람교도, 침례교도, 칼뱅주의자, 복음주의자,
여호와의 증인, 제7일 재림파, 기타 사방에 널려 있는 평범
한 고집불통들에게 모두 해당한다. 성경의 수용 능력은 경이
롭기만 하다. 나는 하느님에 대한 믿음을 잃지 않았지만, 인
간에 대한 믿음은 잃은 지 오래다.

　그리고 여자들은? 저 여자를 보아라. 솔로몬의 갈대처럼
가냘픈 몸과 압살롬의 옷자락처럼 휘날리는 머리카락. 미녀
에게는 어떻게 대해야 할까? 난 정말 모르겠다….

　어머니는 3시에서 4시 사이에 나에게 말씀하셨다. "헨델,
아름다운 여인을 만나면 반드시 칭찬해야 하지만 절대로 선
을 넘으면 안 된다." 그러면 어떻게 해야 한다는 거지? 요즘
에는 칭찬이 곧 도를 넘는 무례 아니던가? 여자들은 미모를
원치 않는다. 의사나 변호사가 되고 싶어한다. 적어도 가톨
릭교회에서 여자는 사제가 되지 못할 것이다. 그런 얘기를
해줘야 하나? 살짝 몸을 숙여 "아가씨, 이 세상에 아름다운
것이 너무 없어서 아가씨의 미모까지 잃을 수는 없어요"라
고 속삭여야 할까? 이미 따귀를 철썩 맞은 느낌이다. 그 여
자는 우스꽝스러운 곱슬머리 가발[50]을 쓴 채 음탕하고 노망

난 판사에게 "이의 있습니다!"라고 외치고 싶어할 테니까. 그 판사는 아름다운 변호사를 보고 내심 정의를 오도하고 있다고 믿을 테고, 진심으로 반발심을 품을 테니까. 어째서 그녀는 병원의 리놀륨 바닥을 쿵쿵 밟고 다니는 발목을 더 굵게 만들고 싶어할까? 어째서 콩코드 기를 조종하고 국회의원이 되고 아이거 북벽을 오르며 신세를 망치고 싶어할까? 어째서 대기업을 경영해 성공하고 싶어할까? 대기업을 경영해 성공하면, 삶이 무엇인지 이해하기에도 짧은 인생에서 자신에게 할당된 시간을 빼앗길 텐데?

우리 잘못이다. 나 같은 남자들 말이다. 우리 남자들이 너무 오랜 세월 동안 우리가 하는 모든 일이 중요하다고 하도 나팔을 불어대서, 여자들도 그 말을 믿고 직접 하기를 원하게 되었다. 나를 보아라, 나는 우리 직업에서도 최상위군에 속하는 아주 부유한 남자다. 그런데 단 하루도 책상 앞에 앉아 있기가 싫어서 학생처럼 도망치고 있다. 나라는 인간의 모든 면, 내가 상징하는 모든 것이 무가치하다는 것을 알고 있다. 이런 말을 그녀에게 어떻게 할까?

---

50) 영국의 법정에서는 법조인들이 하얀 가발을 쓰는 전통을 유지하고 있다.

빛이 바다에 드러누웠다. 팽팽하게 당겨진 하얀 빛의 막이 수평선에서 해변의 파도까지 쭉 늘어져 있다. 빛이 초록색 바다를 얇은 거즈처럼 덮었다. 파리한 날개들이 물을 원자로 분해하고, 나비처럼 파닥이는 빛이 망망히 펼쳐진 바다에 내려앉았다. 빛이 퍼덕거리고, 스캘럽[51] 모양으로 장식된 끝단이 바위에 그늘을 드리워 하얗게 부서지며 어선들을 흔들었다. 시커멓게 멍든 이물에 빛이 가만히 내려앉았다.

그 빛에는 소금기가 있다. 모래사장을 윤나게 닦고 편린을 갈아 다이아몬드로 정화하는 빛. 빛이 항만의 매끄러운 콘크리트 기둥을 갈아 바다의 거친 위엄을 되돌려준다. 인간의 흔적이 지워진 바다와 정화의 빛.

어떤 것들이 의미가 있을까? 빌려온 영예가 아니라 그 자체로 값어치를 지닌 것들은 무엇일까? 내재적 가치라는 것이 있기는 할까? 그렇지 않다고 말하는 것이 요즘 유행이다. 나무라고 하면 목재를 말할 뿐이고, 아무 그림이나 다 예술 작품이라고 하고, 저널리즘이 문학이 될 수도 있고, 사랑을 이기주의라고 하거나 도덕을 사회적 관습이라고 해도 된다.

---

51) 조개껍데기 모양의 곡선을 연속시킨 물결 모양의 장식.

규준을 회의한다면 옳은 일이지만, 규준이 아예 없다는 전제는 틀렸다. 규준이 없는 곳에는 시장市場이 득세하니까.

나는 시장을 좋아한다. 분주하고 시끌벅적하고, 흥정도 하고 거짓말도 하는 시장이 좋다. 수공예라는 이름으로 진열된 형편없는 상품들이 뻔뻔스러워서 즐겁고, 여기, 저기, 어딘가에서 보물이 풍기는 향기도 날카롭게 맡고 다닌다.

하지만 누가 무엇을 통제하는가? 시장이 나를 위해 존재하는가, 아니면 내가 시장을 위해 존재하는가? 기름 낀 노점에서는 인간 돼지들을 부위별로 잘라 노끈으로 묶어 내다 판다. 기다란 돼지, 시장에서 가장 사랑받는 미식은 인간 영혼에 부과하는 비용은 절대 계산하지 않는다.

내가 몇 년 살았던 양쯔 강가의 충칭에서는 동트기 전 농부들이 시내로 걸어 들어가 일하려고 줄을 선다. 팔을 쭉 뻗고, 간원의 성모님이여, 우리가 일을 찾아 그곳으로 달려갑니다, 라고 말한다. 무릎을 꿇고 앉아 팔을 뻗어 일을 달라고 애걸한다.

일은 보따리를 달랑달랑 매단 긴 막대기다. 짐 보따리, 고추나 쌀이 든 200파운드짜리 포대, 발목을 줄줄이 엮어 묶은 닭들이 막대기 끝에 매달려 있다.

강, 모든 삶이 시작되는 곳, 그곳으로 내려가는 길에는 얄

꽉한 계단이 놓여 있다. 중세에 만들어진 계단으로, 그때부터 지금까지 수많은 발들을 감당해내고 있다. 수놓은 신발을 신은 발, 얇은 비단 슬리퍼를 신은 발, 가죽을 덧댄 털 신발을 신은 발. 결혼 시장을 위해 전족을 한 발, 노동 시장을 위한 맨발들이 그 미끄러운 계단을 올라갔다 내려갔다. 어깨에 막대를 짊어진 일꾼들도.

그 시각이 되면 상품이 도착한다. 사방에서 왁자지껄 말들이 오가고, 사람들이 움직인다. 물건을 나르는 이와 날라지는 물건을 구분할 수 없고 형태를 알아볼 수도 없다. 천박한 꾸러미들이 암벽을 오른다.

강물 위를 통통 튀는 나룻배들은 겸허하고도 장엄하다. 검은 진흙에 막대를 꽂아 앞으로 나아간다. 조랑말의 발굽을 덥수룩하게 털이 난 정강이까지 푹 빨아들이는 독특한 검은 진흙. 검은 진흙과 노란 강. 작은 엔진이 달린 통통배가 내는 말벌처럼 붕붕거리는 소리, 그리고 디젤 보트가 내는 굵직한 꿀럭 꿀럭 꿀럭 소리.

그곳은 시장이지만, 인간들이 팔리지 않으면 상품도 팔릴 수 없다. 가격은 높지 않다. 하루에 1달러, 몇 시간, 새벽부터 황혼까지. 그 대가로 비를 피할 천장, 두 그릇의 쌀국수, 3온스의 고기를 얻는다. 그런 식으로 농부들은 집에 가져갈 돈을 조금 아낀다. 어깨를 으쓱하면서 "여기는 시장이니까"라고 말한다.

은행가인 내 동행은 겸허한 중국인들에게 '자유로운 인간'과 '행복한 인간'의 특징들이 '서구'에서는 '자본주의 인간'이라고 설명하며 나에게 말했다. "헨델, 이것이 첫 번째 교훈이야. 시장의 힘에 대해 현실적이 되어야 해."

왜? 내가 왜 그래야 한단 말인가? 어째서 가공의 것에 대해 현실적이 되어야 한다는 거지? 시장의 힘에는 선험적인 데가 한 구석도 없다. 구축된 것이 아니라서 해체할 수 있는 그 무엇도 없다는 얘기다. 내가 시장이라는 위대한 신을 회의하면, 무신론자인 내 친구는 껄껄 웃으며 나를 몽상가라고 부른다. 그러나 그의 생활방식은 악몽이다. 성공한 남자인 그는 세 번의 결혼을 저버렸고 네 채의 주택을 소유하고 있지만 그 집들을 다 세 주고 대체로 비행기에서 살며, 그러지 않을 때는 호텔을 집으로 삼고 밤이면 함께 잘 여자를 찾아 다닌다. 5년 동안 한 번도 휴가를 쓴 적이 없다. 그는 성공한 남자다. 내가 말했다. "앨런, 하등동물들도 자기한테 맞는 집을 찾아 배고프지 않을 만큼 먹이를 먹고, 새끼들을 키우고, 무리에서 자기 역할을 하고, 기분 좋게 일광욕을 할 줄 알아. 하물며 만물의 영장이라는 우리 인간한테는 그런 일들이 대

단한 성취야. 우리 대다수는 본질적으로 벌판의 토끼보다 가
난하다고."

세상에는 갈수록 욕망의 대상이 되는 두 도시가 있는데,
이제는 그곳을 사려 해도 살 수가 없다. 그곳은 금전 교환의
영역 밖에 존재하는 행복이나 사랑이 아니라, 그야말로 공간
이다. 아무리 부유해도 살 수가 없다. 존재하지 않으니까. 정
원들은 오래전에 사라지고 그 자리에 건물들이 올라갔다. 크
고 널찍한 아파트들은 분할되었다. 일단 주택을 살 수 있다
고 치고, 정원까지 딸려 있다면 정말 운이 좋은 사람이다. 슬
럼가의 연립주택에나 어울리는 한 뼘의 땅, 19세기에는 직
조공도 부끄럽게 여겼을 비좁고 축축한 땅, 중국의 농부라면
쓰레기나 버렸을 그런 땅. 그것이 바로 도쿄와 뉴욕에서 백
만장자가 사들일 수 있는 공간이다.

고백하건대, 나는 땅에 굉장한 애착이 있다. 어린 시절의
판판한 초록빛 황무지는 내 심장에 새겨진 지리이다. 내 심
장이 이제는 국립공원이 되었다는 사실을 인정하기는 쉽지
않다. 한때 야생이었던 것이 길들여졌다. 길이 없던 곳에 도
토리로 장식된 시골풍의 산책로가 생겼다. 이제 오크 나무는

한 그루도 없다. 10마일마다 카페와 화장실이 하나씩 있다. 예약만 하면 누구나 조랑말을 타고 한 바퀴 돌면서 한때 전원이었던 자유를 발견할 수 있다. 시골 사람들만 그런 것을 누릴 이유가 무엇인가? 이것이 바로 민주주의다.

물론 발전의 여지가 있다. 민주주의 말고 시골 말이다. 시골은 평범한 패밀리 카로 다니기에는 한마디로 너무 험하고 울퉁불퉁하다. 당연히 놀러 가는 날 아이들에게 주기적으로 코카콜라를 주입하고, 화장실에서 물을 꽉꽉 내려야 한다. 덤불 속에 쭈그리고 앉아 일을 볼 수는 없으니까. 야생 블랙베리와 견과류 나무들은 뿌리를 뽑아버려야 한다. 독성이 있을 수 있고, EEC가 정한 식품위생법에도 부합하지 않으니까. 엽서에서 보면 색다른 풍경으로 보이는 즐겁게 흐르는 시냇물에는 지역 관청에 보험금을 청구할 경우에 대비해 울타리를 쳐야만 했다. 목초지는 아직 건재하지만, 대중이 이용할 수 있도록 양떼를 없애고 나니 풀이 너무 많이 자라나는 바람에 1년에 네 번씩 세스나 경비행기로 화학물질 폭탄을 투하해야 했다. 블랙베리나 견과류 나무, 야생 자두나 찔레나무와 달리 화학물질은 걱정할 필요가 없다. 안전이 완전히 검증되었으니까.

충고를 하나 하자면, 산책로를 절대 벗어나지 말라는 것이다. 길만 따라가면 단테의 지옥처럼 비탈을 내려가 주차장에서 화장실로, 선물 가게로, 헤리티지 박물관으로 갈 수 있으니까. 그들은 그리로 간다. 민주주의의 인간들은 나일론 등산복과 형광 바람막이를 입고 간다. 도시의 과학자들이 국립공원의 날씨를 향상할 방법을 아직 못 찾은 관계로.

방패가 번득이듯 번득인다. 매끄럽게 표면을 사포로 간 석판에 햇빛이 내리쬔다. 땅이 은은하게 빛나는 건 암석에 비치기 때문이다. 결이 섬세한 점토질의 암석들, 이곳의 암석들은 보랏빛도 회색도 아니고, 살아 있는 바위의 초록색이다.

바위들이 울부짖는다. 두더지처럼 보드랍고 두더지 털처럼 빽빽하게 덮인 이끼, 초록빛 옷을 걸친 판판한 땅의 뼈. 제 색깔을 흙에, 풀에, 혓바닥이 깔깔한 양에게 억지로 입히는 반짝이는 바위가 늑골처럼 뒤덮인 땅. 양들이 언덕의 조각처럼, 제작된 것이 아니라 세공된 사물처럼, 토착의 땅으로 세공한 사물처럼 서 있다. 채석되고 채굴된 깊은 땅, 산등성이에 툭툭 튀어나온 작은 집들의 뾰족한 지붕을 위해 드릴로 뚫은 것 같은 깊고 깊은 땅. 바위와 판석이 수 세대를 토지와 연결해주고 세대와 세대를 연결해준다.

황무지로 올라가는 입구의 길은 좁다. 집 굴뚝에서 피어오르는 연기만큼 가느다랗다. 멀리서 보면, 원근법 때문에, 길이 말도 안 되게 휘어 연기 속으로 사라지는 것처럼 보인다. 그래서 연기가 타자기의 카본 리본처럼 아스팔트 도로를 따라 이어져 구름 속 여행자에게 길을 열어주는 것만 같다.

너무나 오랜 세월 동안 내 삶의 궤적은 이 길에 맞춰 빚어져왔다. 유년기의 체념, 불행했던 사립학교 생활, 우울한 청소년기, 심지어 남자로서 약간의 자존심, 장학금을 받아 의대에 진학하게 된 기쁨에 맞춰 쿵쿵 울리던 내 장화 소리. 왼쪽으로는 뚝 떨어지는 급커브의 협곡이 있고, 오른쪽에는 황무지의 고원이 있다.

날씨가 바뀌면 황무지도 바뀐다. 신선한 햇빛과 가벼운 바람 속에, 빨간 페스큐fescue[52]가 모세의 홍해처럼 움직인다. 내가 지나가면 풀의 파도가 쫙 갈라졌다가 부드러운 빗처럼 다시 닫힌다. 그런 날이면 굳건한 언덕들도 출렁인다. 나무들이 휘어지고 그 밑의 땅도 휘어져, 오로지 움직임만 남고, 가만히 있는 건 나뿐이다. 토끼 한 마리가 숲속에서 달려 도망친다.

나는 천성이 우울해서 색채가 싹 사라진 황무지를 가장

---

[52] 볏과科의 다년초.

사랑하는 걸까? 그래서 열린 천장 같은 하늘에서 판석 같은 비가 판석 같은 땅에 쏟아지는 날, 무채색의 황무지를 가장 사랑하는 걸까? 그런 날에는 골짜기의 집들은 증발해 사라지고, 이상하게 높다란 기둥으로 치솟는 용감무쌍한 연막 신호만 안개 위에 남는다. 비는 양떼들은 본 척도 하지 않고 언덕의 염료를 싹 지워 흘려보낸다. 씻겨간 초록이 시냇물에 녹아 흐른다. 반짝이는 검은 돌멩이들 위로 흐르는 초록색은 연하지 않다. 거품이 부글거리고 불길해 보인다. 나무들에 그림자가 짙어지면, 물에 녹색 눈동자가 생기고 파충류처럼 바윗돌 위를 스르르 미끄러진다. 나는 구불구불 에둘러 흐르는 물의 여정을 애써 따라가봤지만, 결국 물은 저 아래 깊은 연못에서 항구적으로 자살하고 다시 태어나기 위해 험준한 바위 절벽 너머로 몸을 던졌다.

폭포는 유혹적이다. 터무니없는 높이에서 거침없이 도약하며 내 몸을 위해 수정처럼 맑은 다리를 놓는, 살아서 반짝이는 힘. 한 번, 두 번, 세 번, 나는 옷을 벗고 벼랑 끝 물안개 속에 섰다. 살갗을 따라 흥분이 방울져 흐르고 머리카락이 흠뻑 젖었다. 내 온 존재가 프리즘 같은 습곡의 위험을 무릅쓰고 기다리는 물속으로 미끄러져 들어가기를 원했다.

그런데 왜 내 발은 동물처럼 경계하며 바닥에 꼭 달라붙어 있었을까? 모든 근육이 도약을 준비하며 팽팽히 당겨져 있었지만 나는 뛸 수 없었다. 나는 죽고 싶었던 것이 아니다. 그 힘을 알고 싶었을 뿐이다. 전기처럼 짜릿하고 생경한 급류와 귓전에 울리는 굉음.

나는 수혈증水血症[53] 환자다. 그래서 내가 물을 끌어당겨야 할 때 물이 나를 끌어당기는지도 모른다. 로마에 살 때, 우리 집 정원에는 우물이 있었다. 나는 그 우물 속으로 내려가 이름을 안젤로티라고 바꾸고 싶었다. 어린 시절에도 나는 과장된 서사에 관심이 없었지만, 내 어머니는 푸치니를 연기하면서 나에게 플로리아 토스카 역할을 못 하게 했다. 나는 말없이 우물 속에 숨는 법을 배웠다. 나는 주인공이 아니었고, 심지어 체스판의 나이트도 아니었다. 사제가 되려 한 것은 일종의 피안체토[54]였다, 그렇지 않은가? 솜씨 없는 플레이어치고는 꽤 머리를 쓴 수였다.

그러나 헨델은 이제 의사다. 의사들은 생명을 구한다, 의사들은 중요하다. 내 동생은 판사다. 나는 질병을 먹고살고 동생은 범죄를 먹고살지만, 우리 둘 다 너무나 존경받는 인

---

53) hydremia, 혈액 속에 물이 과도하게 존재하는 증상.
54) fianchetto, 체스에서 정면 돌파를 할 수 없을 때 쓰는 우회 전략.

물들이다. 거머리의 표식[55] 앞에 모두 고개를 숙여라. 하하.
나에게도 하나 있다. 아주 신나 보이는 거머리 한 마리가 그
려져 있는 널판 말이다. 18세기의 약국에서 구했는데, 유리
튜브, 은제 약병, 글씨가 적힌 단지들, 그리고 기타 의료 사
기詐欺의 잡다한 용품들도 같이 샀다. 소더비 세일.

환멸을 내색하고 싶진 않지만 사실이 그렇다.

나의 환상은 무엇이었을까?

진보. 사랑. 인간의 본성.

콘크리트의 바다가 갈라져 피하는 죽은 열차의 정체된 공
기 속에서, 자, 이제 그것들을 하나씩 따져볼까?

진보: 더 좋고 높은 곳으로 올라가는 발전. 우리 인간들은
예전보다 더 좋고 높은 곳에 있는가? 역사에는 탁월한 남녀
가 무수히 많고, 이제 과거 어느 때와도 비교할 수 없을 만큼
인구 자체가 많으니, 적어도 위대한 자와 선한 자의 수도 그
에 걸맞게 많아졌을 거라 기대할 만하다. 그런데 그들은 어
디에 있는가? 정치판에는 없다. 공인들 중에도 없다. 당신이
무슨 브랜드의 종교를 믿는지 모르지만 교회에도 없고, 위대

---

55) 과거에는 거머리를 채집해 병자의 피를 빨게 하는 치료법이 있었다.

한 영적 지도자 중에도 없다. 과학자들이 예전보다 낫다는 건 인정해야겠다. '낫다'는 말은, 더 세련되고 더 전문화되어서 죽은 동료들보다 더 많은 것을 발견했다는 의미다. 그러나 현재의 과학자들이 더 윤리적이고 사회적으로 더 깨어 있으며 스스로에게 엄격하고 전체의 행복에 기여하고 있는가를 묻는다면, 그들은 자기네들이 만들어낸 시대에 비해 실망스럽다. 대중이 온갖 새로운 장치들에 속아넘어가는 사이, 진짜 과학은 제약과 군수 산업이라는 밀실에서 은밀히 진행되고 있다. 유전자 조작은 미래의 무기가 될 것이다. 의사들이 새로운 신모범군[56]을 선도할 것이다. 그리고 물론 당신은 나를 신뢰할 것이다, 안 그런가? 내가 도와주면 아직 태어나지 않은 당신의 아기가 훨씬 더 잘살 수 있다고 말하면 믿지 않겠는가? 총이 주사기에 자리를 물려주면 하얀 가운이 카키색 군복을 대체할 것이다.

나는 조지 버나드 쇼의 작품 읽는 것을 좋아하는데, 그의 바람대로 그의 작품이 셰익스피어의 작품보다 훨씬 나아서가 아니라, 그가 사회주의가 인간의 가장 저열한 본능인 탐

---

56) New Model Army, 1645년 영국의 청교도 혁명 때 올리버 크롬웰이 조직한 국민군을 일컫던 명칭.

욕을 개발할 거라고 진심으로 믿었던 선각자였기 때문이다. 우리가 탐욕이라는 꼬리표를 붙이고 지워버릴 수 있는 유전자가 있나? 있다 해도 연구비를 대줄 곳이 없으리라. 빨강 머리를 없애거나 동성애를 치유하는 쪽이 훨씬 더 쉽고 돈이 되니까. 대체 뭐가 달라졌단 말인가? 15세기 사람들은 빨강 머리가 악마의 추종자라는 표식이라고 다들 믿었는데 말이다. 우리 선조들이 지금의 기술을 가졌다면 지금 내 맞은편에 앉은 여자는 틀림없이 갈색 머리였을 것이다. 빨강 머리는 없어졌을 것이고, 우리는 '아, 그래, 이제 마녀가 없다는 게 얼마나 다행이야'라는 말로 빨강 머리가 사라진 일을 정당화했을 것이다. 유전자 공학은 정상적인 사회 변화에 생색을 냈으리라. 더이상 마녀와 악마가 너와 나를 위협하지 않는다면서. 이제 우리는 검은 고양이를 키우고, 허브 정원을 가꾸며, 약 달이는 증류기를 가진 빨강 머리의 부인이 옆집에 살아도 전혀 개의치 않는다. 과거라면 그런 여자는 말뚝에 묶어 화형시켰을 텐데, 요즘에는 오히려 동성애자들이 더 거슬린다.

우리처럼 엄격한 가톨릭교도라 해도 의학이 어느 정도 개입한다고 해서 소스라치지는 않는다. 예전에는 그런 실수를 했다. 1936년 가톨릭교가 나치와 은밀히 공모했을 때, 히틀

러는 집단수용소에 찬성하지 않았다. '유전병이 있는' 사람들을 강제로 소독하는 쪽을 선호했다. 히틀러의 자문관 파울하베르 추기경의 생각은 달랐다. "총독 각하, 교회의 관점에서 보면 국가는 자국을 방어하기 위한 목적으로 도덕법의 틀 안에서 그런 해충을 사회에서 격리하는 조치를 취할 수 있습니다. 그러나 물리적 신체 훼손보다는 다른 방어적 조치를 취해야 합니다. 그런 조치가 있습니다. 유전병을 지닌 사람들을 강제로 격리하는 것입니다."(파울하베르 추기경이 남긴 어록)

엄격한 가톨릭교도들. 정통파 유대교인들. 지난번에는 전직 랍비장[57]이 동성애자들을 유전적으로 정화하는 조치를 지지한다고 설교하는 것을 들었다. 그 사람 말로는, 교도소에 처넣는 것보다는 친절하다나.

동성애자들을 감금하는 것이 왜 문제냐 하면, 전원을 교도소에 처넣을 수 없기 때문이다. 동성애는 유대인보다 파악하기가 훨씬 어려운 정체성이다. 차라리 퀴어가 자궁 속 태아 상태일 때 개입하는 것이 훨씬 낫다. 어머니를 탓하면 된다. 어머니는 아이를 품는 몸이니까. 동성애 혐오와 여성 혐오는

---

57) Chief rabbi, 유대교의 최고 지도자.

나쁜 과학의 하얀 시트를 둘러쓰고 동침했다. 그것이 바로 진보 아닌가?

레즈비언에 대해서는 아직 아무 말도 하지 않았다. 아는 것이 하나도 없기 때문이다. 짐작건대, 아마 그녀들은, 다른 여자들과 마찬가지로, 미국 정신과 학회의 새로운 병명 목록을 보고 놀랄 것이다. 그것은 '정신적 질병'으로 분류되어 있긴 한데, 물론 월경 전일 때만 그렇다. 허브 정원을 가꾸고 검은 고양이를 키우고 약 달이는 증류기를 갖고 있는 빨강 머리 여자가 친구와 함께 조용히 산다면, 당신도 크게 개의치 않으리라, 안 그런가? 하지만 내가 그 여자는 정신병이 있는 레즈비언이라고 말한다면 아무래도 신경 쓰이지 않겠는가? 그런데 내가 그 여자를 낫게 해줄 수 있다고 말한다면, 나를 좋은 사람으로 생각하지 않을까?

***

우울한 과학과 의학적 강박에 갇혀서 편협한 생각은 하지 말자, 헨델. 인간의 수명이 더 길어지고, 아이들은 탄광에서 노예처럼 일하지 않지만, 우리는 전 세계적인 책임을 인지하고 있다. 비록 정부는 나 몰라라 하지만 말이다. 여성은 평등하지 않지만 예전만큼 불평등하지도 않다. 흑인을 깜둥이라고 부르지도 않는다. 우리는 선진문명이고, 이것이 민주주의이다. 대단하지 않은가?

그렇다, 대단하다. 그리스의 황금시대, 페리클레스의 아테네다. 그리스인들도 장수를 누렸다. 그리스인들은 노예가 아니었지만, 제국은 타국인의 노예 노동에 의존했다. 서방세계가 제3세계를 착취하는 것과 다를 바 없었다. 여성은 남성과 동등하지는 않았지만 상당한 자유를 누렸다. 제국의 문제가 아니라면 그리스인들에게도 종족 혐오는 없었다. 선진문명이었다. 또한 대의 민주주의가 아니라 직접 민주주의였다는 점에서 우리보다 앞선 형태의 민주주의였다. 우리는 그들 덕에 시, 철학, 논리학, 수학, 모범적 정부와 조각을 누리고 있다. 물론 그리스인들이 전자레인지를 발명하지 않았다는 사실은 인정한다.

이제는 그리스어를 가르치는 학교가 거의 없다는 사실이 오히려 좋을 수도 있다. 그리스 언어와 그리스 사상을 배우면 컴퓨터에 열광하는 모더니스트들이 거의 다 나처럼 환멸하고 말 테니까. 진보는 광고계에 종사하는 친구들이 사랑해 마지않는 문구처럼 훨훨 떠다니는 비교급이 아니다. 맥락과 관점이 필요하다. 우리가 무엇보다 낫다는 말인가? 누구보다 나아졌다는 말인가? 이 진술을 검토해보아라. 대다수의 사람들이 더 잘산다. 재정적으로? 사회적으로? 교육적으로? 의학적으로? 영적으로?

당신은 행복한지 감히 묻지는 못하겠다.

당신은 행복한가?

수년 전 나는 사랑에 빠졌다. 다른 사랑들도 했지만 사랑에 빠진 건 그때뿐이었다.

휴일이 되어 집에 갈 때, 나는 다른 학생을, 내 친구인 젊은 여학생을 데리고 갔다. 나는 여자들과 친구로 잘 지내는 능력을 늘 자랑스럽게 생각했다. 독신을 약속한 몸이므로, 흔히 겪는 복잡한 문제들에 노출되지 않아도 되었다. 아니, 유혹이라고 해야 할까?

그녀는 자신만만한 젊은 여성이었다. 내 어머니는 그녀를 좋아하지 않았다. 그녀는 합리적이었고, 나는 감정이 앞섰다. 그녀는 품위 있었고, 나는 여전히 뚱하고 무뚝뚝했다. 여전히 살아 있는 열정으로 죽은 자들의 노래를 부르는 성가대 소년이었다.

증기 같은 안개가 짙게 낀 12월이었다. 우리는 날마다 뒷문을 열고 따뜻한 부엌에서 빠져나와 얼어죽을 듯 추운 사우

나로 나갔다. 증기를 헤치며 우리는 외침 소리와 덜컹거리며 도로를 달리는 트럭 소리를 들었다. 바닥의 안개가 짙어서 아무것도 보이지 않았고, 서로를 알아볼 수 있는 표식이라고는 머리뿐이었다. 우리는 일어나서 눈을 떠보니 단테의 아홉 번째 지옥에 와 있더라는 농담을 했다. 얼어붙은 코키투스[58] 호수에 반역자들이 처넣어져 목까지 올라오는 얼음 속에 빠진다. 그녀에게는 장난스러운 놀이였지만 나한테는 지나치게 진실에 가까웠다. 그해 크리스마스에 나는 누구를 배반했을까? 그녀? 나? 우리 둘 다. 코키투스. 비탄의 강.

우리는 겨우살이를 따러 나갔다. 크리스마스 만찬에 올리는 이교의 열매. 얻기 어려운 축복. 그것은 오래된 오크 나무의 제일 높은 가지에 반드시 매달려 있기 마련이다. 그녀가 내 어깨를 딛고 올라 첫 번째 가지 위로 올라섰다. 그후로 그녀는 그네를 타듯 쉽게 기어올라가, 허연 눈동자를 까뒤집은 메두사의 머리처럼 얽힌 녹색 넝쿨들을 잘라냈다. 겨우살이를 보면 나는 어쩐지 불쾌하다. 오크 나무의 차분한 녹색 가운데 난파선의 등불처럼 부자연스럽게 반짝거리는 너무 괴상한 초록색이다. 그녀는 밑에서 내가 들고 기다리고 있는

---

58) 그리스 신화에 나오는 저승을 감싸고 흐르는 강. 아케론 강의 지류다.

그물로 겨우살이를 떨어뜨렸는데, 그때 나는 얼마나 바보가된 기분이었는지 모른다. 나는 가슴께까지 올라오는 안개에파묻혀 위트도 웃음소리도 없이 오크 나무 아래 진지하다 못해 경건하게 서 있는데, 그녀는 얼음처럼 시린 공기를 마시며 농담을 하고 소리를 질렀다. 다른 두 사람이 팔짱을 끼고지나쳐 갔는데, 즐거움에 따뜻하게 녹은 얼굴 표정을 하고있었다. 그 사람들이 우리에게 겨우살이 한 줌과 야생 버섯을 바꾸자고 했다. 나는 위험천만하고도 우아하게 매달린 그녀를 올려다보았다. "그분들한테 드려, 헨델." 그녀는 이렇게소리치며 커다란 겨우살이 다발을 내 머리에 던졌다. 그래서그녀가 하라는 대로 했다. 그 순간에는 행복했다. 정말로 느끼기 어려운 소박한 행복 말이다. 생각도 분석도 할 필요 없는 낯선 사람들의 호의는 귀하고, 점점 더 귀해지고 있다.

그녀는 나무에서 내려오고 있었다. 소담하고 낭창한 몸에빨간 모자 아래로 빨강 머리를 늘어뜨리고, 서리에 파묻힌도토리 한 알처럼. 마지막 8피트는 팔짝팔짝 뛰다시피 내려와 단단하고 확고하게 착지했다. 그녀는 낙하산을 타고 착지한 사람처럼 몸을 꼭 말고 내 무릎께에 쭈그리고 앉았다. 그러더니 나를 자기 곁에 끌어다 앉히고는 겨우살이 가지 하나를 꺼냈다. 그리고 나에게 가볍게 키스하며 묵직한 재킷 단추를 풀고 싸늘한 내 손을 자기 젖가슴에 갖다 댔다.

"햅틱스[59]."

"뭐라고?"

"촉감으로 얻는 데이터를 연구하는 과학이야."

그렇다, 그때 깨달았다. 그리스어 '합테인Haptein[60]'에서 나온 말. 그녀가 내 단추를 풀 때 내가 채운 것은 나의 심장이었다. 활짝 열려 열의에 달뜬 내 심장. 나는 뻣뻣하게 언 손으로 그 심장을 꼭꼭 닫아 그녀가, 나 자신이 들어오지 못하게 막았다.

그녀의 키스는 얼어붙은 세계를 위협했다. 그녀의 키스는 동결되어 봉인된 호수 위에서 불타는 화로였다. 공기를 찾아 먹이를 찾아 뛰어오르는 물고기들처럼 내 심장이 펄쩍 뛰었다. 안개의 퀼트를 덮고 그녀가 나에게 키스했다. 제발 가지 마. 제발 멈추지 마. 이건 공기 없는 이 남자에게는 목숨 같은 키스야.

나는 그녀의 젖가슴에 손을 대고 있었다. 하지만, 이런 말이 이상하다는 건 알지만, 내 느낌으로는 마치 그녀의 젖가

---

59) 촉감에 대한 학문. 인간의 촉감에 대한 연구는 휴먼 햅틱스라고 하며, 최근에는 컴퓨터를 이용해 촉감을 이용한 상호작용을 제어하는 기술에 많이 쓰인다.
60) '잠그다', '채우다'라는 뜻.

슴이 안전하게, 확고하게, 성적으로 흥분한 채 나를 꼭 붙들고 있는 것 같았다. 거기에 머물고 싶었다. 제로그라운드에. 그녀의 젖가슴에 손을 댄 그대로.

우리는 사랑을 나누지 않았다. 우리는 어두워지는 낮을 헤치고 천천히 집으로 걸어왔다. 나는 한 손에 겨우살이를 들고 다른 손으로는 그녀의 손을 꼭 쥐고 있었다. 부모님은 미사에 가고 안 계셨다. 내가 부엌에서 부산을 떠는 사이 그녀는 위층으로 올라갔고, 잠시 후, 나를 부르는 그녀의 목소리가 들렸다.

헨델… 헨델… 그녀의 목소리는 아득하게 멀었다.

올라가보니 보통 때 쓰지 않는 방 안 먼지 낀 더블베드 위에 그녀가 있었다. 반듯하게 허리를 펴고 나체로 앉아 있었다.

헨델… 아득하게 먼 그녀의 목소리. 두꺼운 신학교의 벽, 내가 타진해보지 못한 공포를 뚫고 들어오려 하는 목소리. 로마에서 보낸 그 기나긴 날들, 추기경의 붉은 옷자락 뒤에 숨어서, 내 펄떡이는 심장을 그의 옷자락 속에 숨기고 지낸 기나긴 나날들. 헨델… 아득히 멀리서 들려오는 그녀의 목소리.

나는 그녀를 보았다. 조각 같은 어깨 위로 물안개처럼 쏟아져내리는 머리카락, 빨강과 금빛으로 이루어진 살아 있는 분수 같은 그녀의 몸.

나는 그녀를 보고 돌아섰다. 아름다움으로부터 돌아섰다. 사랑으로부터 돌아섰다. 돌아서서 쓰지 않는 그 방의 문을 닫았다. 그녀는 다음날 기차를 탔다.

수술을 할 때 내 손은 차다. 여자의 유방은 따뜻하다. 그것은 내가 심장을 잠가버린 겨울의 12월에 영원히 남아 있다.

절개는 최소한 적게 하려고 애쓴다.

길고 비스듬하게 떨어지는 빛. 반들반들하게 다듬어진 긴 창이 되어 내 옆구리를 찌르고 피와 물을 쏟는 빛. 수혈증에 시달리는 몸과 무자비한 빛. 빛이 나를 봐줄 이유가 어디 있겠는가? 나는 과거를 낡은 교복과 먼지 쌓인 사진들과 함께 트렁크 속에 보관한다. 어둠 속의 사물들, 숨겨지고 치워진 사물들이다. 먼지를 춤추게 하는 햇빛의 서광을 위해 존재하는 사물들이 아니라. 펄떡거리며 경련하듯 움직이는 인형 같은 과거, 나는 눈을 가리지만 티끌들은 이미 들어가 있다. 다시 사지四肢를 복원하기, 부서지고 생명 없는 과거의 몸뚱어리를 음산하게 닮은 모양으로 꿰매 붙이기. 나는 거기에 없다, 사라졌다. 몸은 사라졌지만 마음이 나를 배신하고 구불구불한 터널로 나를 밀쳐 결국 끔찍한 팬터마임을 공연하고 있는 망자들의 방으로 다시 굴러 떨어지고야 만다.

저게 나란 말인가, 저 멍청한 남자가? 저게 그녀인가, 저 아름다운 여인이? 이런 생각을 해본 지가 30년도 넘은 것 같다. 저 빛은 무슨 자격으로 나의 휴식을 방해하는 걸까?

내가 강철 묘지에 갇혀 불에 타며 괴로워한들, 그게 당신한테 뭐라고? 살아생전에도 저주를 받을 수 있는 법이다. 연달아 일어나는 저주들이 그나마 남은 영혼을 구속하고, 그 미래를 과거와 같은 주형틀에 억지로 쑤셔넣는다. 소소한 배신들, 상처를 주는 거짓말들, 도덕적 비겁함, 강퍅한 슬픔, 아름다움을 홀대하고 사랑을 경멸하는 각각의 행위가 본디 침해할 수 없는 것, 즉 영혼에 폭력을 가한다. 이런 것은 요즘 유행이 아니라고? 아니, 기원전 270년에 죽은 철학자가 주창한 에피쿠로스 학파 때도 유행이 아니었다. 영혼은 원래 유행이 왔다 갔다 하는 거고, 불멸이든 아니든 저주받을 수 있다. 이 삶 자체가 충분히 지옥 아닌가?

너 헨델한테는 지옥이고도 남겠지. 사랑을 거부하고 스스로 경멸하는 의무를 선택했으니까. 그리고 최악은 뭔지 알아? 그래서 영원한 사춘기라는 형벌을 선고 받았다는 거야. 사랑을 잃고 슬피 울어야 하고, 목욕을 하고도 남을 자기연민과 자기증오에 흠뻑 젖어서, 단 한 번의 기회밖에 없는 삶을 잃어버리는 거지. 이것은 너무 많은 사람들이 빠지는 망상이고, 나는 낭만주의자가 아니다, 전혀 아니다. 오히려 내 안의 감상주의자를 싫어한다. 아니, 인간 본성에 내재하는 감상주의를 싫어한다. 만약 내가 열렬한 사랑을 받을 자격이 차고 넘치는 그녀를 뜨겁게 품에 안았다면 무슨 일이 벌어졌을까? 한동안 연인이 되었다가 헤어졌을까? 결혼했을까? 친구로 남았을까? 어쩌면 사제가 되지 않았을 수도 있다. 하지만 어차피 다른 이유로 사제직을 떠났으니 별로 의미가 없다. 이런 가정들은 어차피 별 의미가 없는 것이다. 나중에 어떤 선택을 했건, 나는 아름다움과 공포를 똑바로 대면해야 했을 테니까. 그녀가 드러내 보여준 것에서는 아름다움을, 내가 더이상 숨길 수 없었던 것에 대해서는 공포를. 나는 나 자신을 꼭 잠그고 둘 다를 막아버렸고, 스스로를 감금해 둘 다에 맞닥뜨리지 않았다. 순한 편견과 빈약한 쾌락, 의심 많은 신앙을 지키면서 수줍게 잽을 던지며 열정을 타진해보았다. 종교적 황홀경이라도 있었다면 충분했으리라. 예술적 무아지경이라도 있었다면 만족스러웠으리라. 그 둘 다 언저리까지는 와 있다. 불타는 용광로가 들여다보인다. 그 불이 실재한다는 것도 안다. 그렇지만 나는 미지근한 숯 덩어리 몇 개만 들고 나올 뿐이다.

내가 진정성보다 차라리 사기극에 가까운 반응을 선호한 것이 그때가 처음은 아니다. 내가 중고 텍스트를 더듬거리며 읽어나갈 때, 그녀는 정확히 순간을 읽었다. 나는 그녀를 사랑했고 거짓말을 했다.

내가 그녀의 얼굴을 등지고 돌아서서 캄캄한 심연 같은 자기중심주의로 빠져들었던 그 침묵의 날에 대해 무슨 말을 해야 할까? 나는 아름다움으로부터 도망쳤고, 이제는 아름다움이 내게서 도망친다. 내 나날을 어떻게 보내야 할까? 살아 있는 육신으로서가 아니라 대리석판, 메스와 칼날의 검은 마술로, 내가 사랑하는 것을 절제함으로써.

너무 씁쓸하다고? 그럴 수도 있다. 하지만 나는 인간의 본성이 웜우드[61]와 담즙이 뒤엉킨 뿌리처럼 쓰디쓰다는 것을 깨달았다. 이미 매장된 '생중사生中死'의 상태에서도 여전히 무덤을 두려워한다는 것을. 나 자신의 일부를 이미 죽여버린 나는 그래도 죽음이 덜 두렵다. 문제는 무의식적인 손으로 살인하는 자들, 죄악 중에서도 최악의 죄악인 자살을 날마다 저지르는 자들이다. 돈에 대한 사랑. 죽음에 대한 두려움. 인류를 추동하는 두 개의 엔진. 그렇다면 날개를 찾는 것은 바

---

61) 약쑥 비슷한 식물. 서양에서는 악마의 암흑 마술에 쓰인다고 알려져 있다.

보스러운 일인가? 심지어 비인간적인가? 그러나 나는 비행을 꿈꾼다. 천사들처럼 날아가기를 꿈꾸는 게 아니라, 치졸한 이 모든 현실을 떨치고 날고 싶다. 나라는 왜소한 존재. 매일의 자살에 대항하는 날개의 도상학圖像學.

"곧 돌아가실 거야, 헨델." 어머니의 죽음. 전투를 벌이던 연약한 몸이 한겨울의 텅 빈 거스러미가 되었다.

우리는 어머니의 병상을 가운데 두고 둘러섰다. 오른쪽에 나, 발치에는 손아래 이모, 빛바랜 의자에 앉아 초조하게 안달하는 동생. 시계가 메트로놈처럼 정교하게 분을 알렸다. 간호사가 시계를 보았다. 죽는 자는 때를 맞추지 않는다. 7시에 일어나 9시에 아침 식사를 하고 점심때까지 편지를 쓰고 2시 30분까지 낮잠을 자고 3시에 나를 데리러 와 4시에 집에 데려다놓고 5시까지 집안 살림에 대해 이런저런 지시를 내리고, 책을 읽고, 목욕하고, 저녁 식사 시간에 맞춰 옷을 차려입고, 저녁 식사를 하고, 밤 11시에 잠자리에 드셨던 어머니는 의사의 추정보다 사흘을 더 사셨다. 사흘 동안 우리 가족은 모여서 교대로 식사를 하고, 캠핑베드에서 쉬고, 아무 말도 없이 서로 흘끔흘끔 쳐다보면서 '이런 시간이 이렇게 한없이 계속되는 걸까?'라는 죄의식 섞인 신호를 은밀하게 보냈다.

어머니는 의지가 이미 사라지고 짐승만 남았다. 어떤 대가를 치르고라도 생명의 끈을 놓지 않으려는 짐승의 본능. 어머니는, 아니, 우리 모두는 품격을 지닌 채 죽음을 맞기를, 불가피한 사태 앞에서 절제력을 발휘할 수 있기를 원하기 마련이다. 우리는 우리가 길들인 몸이 야만적으로 변하지 않기를 바란다. 어머니의 손이 침대보를 찢고, 얼굴은 고통에 일그러졌다. 신체 기능이 멈추고 장기가 명령체계에 불복하면서 괴로움 때문에 몸을 좌우로 뒤챘다. 빠져나갈 수도 빼낼 수도 없는 체액이 몸에 가득 찼다. 우리는 고통을 덜어주기는커녕 더 큰 고통을 안겨주던 튜브들을 뺐다. 스테인리스 스틸 요강과 약병들로 덜컹거리는 바퀴 달린 트롤리가 없는 집으로 어머니를 모시고 갔다. 불치병 중환자 병동과 무감한 일상으로부터 멀리멀리. 죽음은 TV가 사람들의 눈물을 뽑을 때 제일 좋아하는 주제이므로, 이제 산 자들은 신파극에서 맡은 역할을 연기한다. 정말이지 죽음이야말로 각본이 절박하게 필요한 상황이다. 우리 대다수의 사람들은 언젠가 느낄지 모를 감정이 예고도 없이 닥치면 말을 잃어버린다. 진부한 위로로 감정에 클로로포름을 처바르거나 감상주의로 위험을 제거하느니 벙어리가 되는 편이 낫다. 불치병 중환자 병동에서 절규는 금지다. TV에 나오는 거라면 몰라도. 사랑하는 사람을 곧 잃게 된 사람들은 침대 옆에 숨죽이고 앉아 미국 배우가 슬픔으로 울부짖는 광경을 지켜본다. 운이 좋다면 코미디 쇼가 나올 것이고, 다들 웃는 척할 수 있으리라. 텔레비전은 필수적으로 켜져 있으므로, 보기 싫으면 침대 주위에 커튼을 둘러치거나 1인실 요금을 내야 한다.

물론 우리는 1인실 요금을 냈지만 벽이 너무 얇았다.

얇았다… 얇은 매트리스 위의 얇은 호청. 어머니의 몸을, 뼈와 살을 덮은 볼품없는 포장. 다른 사람의 죽음을 막을 수 없는 얇은 벽. 파티션을 뚫고 죽음이 스며들어와 꺾은 꽃들이 가득 찬 물을 더럽힌다.

얇은 튜브를 통해 어머니의 목구멍으로 묽은 수프가 흘러들어간다. 신장에는 체액을 빼내는 더 얇은 튜브가 꽂혀 있다. "조속한 회복을 빕니다"라고 쓰인 카드들, 씨앗을 제거하지 않은 보드라운 수입 과일. 어머니는 좁은 침상에 혼자 계신다.

어째서 당신 최후의 나날들을 묽게 희석해야 하나? 묽게 해서 그후에 닥칠 죽음과 더 닮게 만들어야 할 이유라도 있나? 어째서 죽음을 소독해 깨끗하고 용납 가능한 것으로 만들어야 한단 말인가? 죽음이란 언제나 분노에 차고, 더럽고, 의혹과 고뇌로 차오르는 것이었다. 하지만 희망이 없는 것도 아니고, 의미가 없는 것도 아닌데. 그저 삶에서 일어나는 사건일 뿐인데.

나는 아버지를 졸라 어머니를 집으로 모시고 오게 했다. 아버지가 앰뷸런스로 어머니를 모시러 간 날, 나는 시장으로 달려가 백합과 장미와 유행이 지난 스위트피 꽃을 한 아름 사서 침실을 꽃향기로 가득 채우고, 최고의 리넨 침구 위에, 묵직한 빨간색 덮개 사이사이에 꼭꼭 스며들게 했다. 어머니가 그 침구를 망치리라는 것은 알고 있었다. 제수가 화를 냈다. 요즘에는 구할 수도 없는 특별한 침구라면서. 제수가 혼수로 가지고 온 침구라서 자기 집으로 도로 가져가게 될 거라고 내심 기대하고 있었다.

어머니는 나흘째 되던 날 아버지 혼자 곁을 지키실 때, 지치고 망가진 모습으로 돌아가셨다. 아버지께 드릴 커피를 들고 들어가니, 아버지가 어머니의 머리를 부드러운 손길로 쓸면서 "캐슬린, 캐슬린" 하고 부르고 계셨다. 아버지는 고개를 들어 나를 보시고는 "하느님은 왜 이런 일을 하는 거냐?"라고 하셨다.

나는 그 대답을 알아야 하는 사람이다, 안 그런가? 사제이고 의사니까. 당신은 내가 위로가 되는 말 한마디를 조심스럽게 건넬 수 있을 거라 생각할 것이다. 신부가 날마다 하는 일이 바로 그것이다. 신부는 하느님의 뜻에 대해 장황한 설교를 줄줄 내뱉는다. 의사는 그보다는 확신이 없어서, 어린아이의 언어로 어머니의 심장에 대해 몇 마디 할 것이다. 질문이 없기 때문에 답도 없다. 아버지는 "나를 위해 울어다오, 우리를 위해 울어다오. 영혼과 흙으로 만들어진 유약한 우리 존재를 위해 울어다오"라고 말하고 계셨으니까.

왕이 에티오피아 사람에게 물었다. "그 어린 압살롬이 평안하더냐?" 에티오피아 사람이 대답했다. "높으신 임금님의 원수들을 비롯하여 임금님께 반역한 자들이 모조리 그 젊은 이와 같이 되기를 바랍니다." 왕은 이 말을 듣고 마음이 찢어질 듯이 아파서 성문 위 다락방으로 올라가서 울었다. 그는 올라갈 때에 "내 아들 압살롬아, 내 아들아, 내 아들 압살롬아, 너 대신 차라리 내가 죽을 것을, 압살롬아, 내 아들아, 내 아들아!" 하고 울부짖었다.(사무엘하 18장 32~33절)

내가 염을 했다. 어머니의 살갗은 여리고 파리한 죽음의 청색이었고, 관절은 이제 붓기 없이 편안히 쉬고 있었으며,

어머니를 뒤덮은 주름은 강철로 갉아먹은 듯 온화한 서체가 되어 읽기 쉬웠다. 결말에 다다른 어머니라는 책은 그렇게 덮였다.

비탄은 방에 드리운 커튼, 바닥에 깔린 깔개였다. 비탄이 창에 유리를 끼우고 머리에서 발끝까지 자리한 단단한 초들에서 불꽃으로 타올랐다. 우리 입안의 비탄, 먹다가 씹히는 모래.

우리는 서로를 위로할 수 없었다. 각자 수의를 걸치고 빛을 막았다. 각자 발견할까 두려워하는 진실이 있었다. 슬픔이 우리 어깨에 앉아 속삭였다. '내가 이렇게만 했더라면…' 우리가 그렇게 하지 않았기에 형벌이 찾아왔다. 우리는 손을 내밀지 않았고, 어머니가 갈망하던 말을 해드리지 못했고, 그날 그 자리에 함께 있지 못했고, 어머니가 울 때 울지 않았고, 어머니가 웃을 때 웃지 않았다. 삶에서 어머니와 떨어져 있었기에 죽음에서 어머니로 인해 황량하고 쓸쓸했다. 지금 이토록 간절한 이 말들을 할 시간이 40년이나 있었는데.

당신 옆에 누워 그게 무엇이었는지 말해줘야 할까?

그것은 중요하지 않다. 이렇게 자책하면 극복해야 할 일이 생기니까. 결코 극복할 수 없는 어머니의 죽음보다 쉽게 넘어설 수 있는 일이 생기니까. 넘어서다니. 죽음이 앞을 막아선 바윗돌이라도 되나. 죽음은 삶에서 으레 생겨나는 일이고 목숨이 붙어 있는 한 짊어지고 가야 한다. 내 안장 가방에 든 어머니의 죽음. 내 어머니라는 책.

항생제의 세계에서 우리는 어려운 일들을 씻어내버리려 한다. 오래 생각하지 않고, 불을 꺼버리고는 집으로 간다. 하지만 여기가 집이다. 내가 나 자신의 집이 되어야 한다. 나야말로 내가 돌아와야 할 곳이고, 어려운 일들을 트렁크에 넣어두고 계속 숨길 수는 없다. 머지않아 집이 트렁크들로 꽉 꽉 들어찰 테고, 그러면 나는 트렁크 더미 위에 앉아 전화를 받으며 "그래, 괜찮아, 당연히 잘살고 있지. 별 일 없어, 다 괜찮아"라고 말할 것이다. 트렁크들이 부르르 떤다.

나는 장엄한 저택을 소유하고 있으나 그곳은 집이 아니다. 내가 집이다. 내 혈관, 복부와 뼈. 내 마음, 만물이 보관되어 있는 기이한 다락방. 나는 1층짜리 인간이 되고 싶지는 않다. 차라리 '아라비안 나이트'가 되고 싶다. 내 마음대로 할 수 있는 천한 개의 방이 있고, 배회할 공간들이 있고, 그렇다, 녹색의 작은 숲들이 우거져 있는 그런 곳. 하지만 열쇠로 여는 것이 금지되지 않은 '푸른 수염의 방'도 있으면 좋겠다. 빛뿐 아니라 어둠도 있으면 좋겠다. 아니, 내가 어둠이라고 말한 것은 다른 종류의 빛을 뜻하는 걸까? 루시퍼라면 그렇게 말할 것이다. 나는 그 타락천사에게 약하다.

당연히 그럴 수밖에. 사제는 죄악을 숭모한다. 죄악이 없으면 사제도 없다. 의사에게는 상처가 필요하다. 타락한 존재들은 중력 덕분에 번영한다. 우리를 아래로 끌어내리는 힘이야말로 우리를 높이 올려주는 박차다. 내가 보기에 물질주의자와 영성주의자는 둘 다 핵심을 놓치고 있다. 우리는 인간인 이상 둘 다가 될 수밖에 없다. 죽고 나서는 둘 중 하나가 옳겠지만, 당분간은, 그리고 그 당분간이 우리에게 주어진 전부인 이상, 우리는 둘 다.

나는 켄타우로스인가? 말의 옆구리와 진주처럼 은은한 광택이 나는 발굽, 가슴을 곧게 편 채 활을 잡아당기고 있는, 절반은 인간이고 절반은 짐승인 존재? 켄타우로스는 인간성의 참된 본질의 상징이자 짐승의 미친 격정으로 망가진 존재다. 그러나 아이스쿨라피우스[62]의 의학 수련 스승은 켄타우로스였던 사투르누스[63]의 아들 키론이었다. 그후 의학은 과학이 되었고, 이제 우리는 더이상 말馬들에게 자문하지 않는다.

---

62) 로마 신화에 나오는 의술의 신. 아폴론의 아들.
63) 로마 신화에 나오는 농경신. '씨 뿌리는 자'라는 뜻이다.

나는 켄타우로스인가? 숲과 가리지 않은 성기, 쿵/쿵 쿵/
쿵 내딛는 발굽인가? 가리지 않은 성기와 가슴에 품은 신神.
그것은 딜레마, 비극적 조합인가? 그리스인들은 그렇게 생
각했다. 우리와는 미묘하게 다른 이유에서였지만. 우리 세계
에서는 몸을 혐오하고 여자를 경멸하는 교회의 편리를 위해
모든 죄를 육신의 과잉에 할당하고 모든 선을 영혼의 절제에
할당했다. 다시 보아라.

육욕은 감정의 과잉인가, 결핍인가? 탐식가는 미식가가 아
니다. 바람둥이가 여성을 사랑하지 않듯 알코올 중독자는 훌
륭한 와인을 사랑하지 않는다. 돈 조반니를 보라. 훤히 드러
낸 성기가 켜켜이 쌓이면 불감증이 된다. 그 따위 쾌감을 얻
으려면 벽에 구멍을 뚫고 처박는 것이 더 나을 것이다. 섹스
로는 아무런 쾌감을 얻지 못하니 권력과 폭력에서 희열을 느
끼는데, 그건 인간의 표식이 아니라 짐승의 표식일 뿐이다.

내가 감정 결핍이라고 말하는 것은, 알다시피 감정을 느끼
는 능력이 부족하다는 뜻이다. 그것은 영혼이 아니라 신체의
부전이다. 나에게 모차르트의 과잉이 넘쳐흐르면 얼마나 좋
을까. 날마다 새로운 코드들로 아름다움을 쏟아내고, 기운차
다 못해 지나친 활력이 넘쳐흐르고, 성궤 앞에서 다윗의 춤을

추어 아내와 백성들에게 망신을 주었지만 이스라엘의 신을 즐겁게 했던 그. 인색을 몰랐고 타인의 인색도 싫어했던 그.

성적 죄악이 감정의 기능부전이며, 오로지 그 이유만으로 성과 감정 둘 다 죄 많고 벌 받아 마땅하다는 증거가 필요하면, 다윗과 밧세바의 이야기를 읽으면 된다. 아마도 그것은 세상에서 가장 유명하고 오도된 불륜 이야기일 테니까.

그 사건은 어느 늦은 오후에 일어났다. 다윗은 긴 의자에서 일어나 자기 집 옥상을 걷다가 목욕하는 여자를 보았는데, 그 여자는 몹시 아름다웠다. 그래서 그 여자의 신상을 알아보았다. 누군가 말해주었다. "그 여자는 히타이트 사람 우리야의 아내이자 엘리암의 딸 밧세바입니다." 다윗은 전령을 보내 밧세바를 데리고 와서 동침했다. 그리고 여자는 집으로 돌아갔다. 그런데 여자가 아이를 가졌고, 사람을 보내 다윗에게 말했다. "제가 아기를 가졌어요."

다윗은 요압에게 '히타이트 사람 우리야를 나에게 보내라'고 했다. 우리야가 오자 다윗은 말했다. "네 집으로 가서 발을 씻어라." 우리야는 왕궁에서 물러났고, 왕이 보낸 선물이 그를 따랐다. 그러나 우리야는 자기 집으로 가지 않고 왕궁 문 앞에서 왕의 신하들과 함께 잠을 잤다.

다윗이 말했다. "너는 방금 출정에서 돌아오지 않았느냐? 어째서 네 집으로 가지 않느냐?"

우리야가 다윗에게 말했다. "성궤와 이스라엘과 유다가 모두 장막을 치고 지내며 저의 상관이신 요압 장관과 임금님의 모든 신하가 벌판에서 진을 치고 있습니다. 그런데 어찌 저만 홀로 집으로 돌아가 먹고 마시고 아내와 잠자리를 같이할 수 있겠습니까? 전하께서 살아 계시고 전하의 영혼이 살아 계시니, 그럴 수는 없습니다." 그러자 다윗이 우리야에게 말했다. "그럼 오늘과 내일도 여기 머물러라. 그러면 떠나게 해주리라." 그리하여 우리야는 그날과 그다음 날 예루살렘에 머물렀다. 다윗은 우리야를 만찬에 불러 어전에서 먹고 마시고 취하게 하였다. 그러나 밤이 되어도 그는 여전히 왕의 신하들과 함께 잠자리에 들고 자기 집으로 내려가지 않았다. 다음날 아침, 다윗은 요압 앞으로 보내는 편지를 써서 우리야 편에 보냈다. "우리야를 앞세우고 전투가 가장 치열한 전선으로 나아갔다가 너희만 뒤로 물러나 그가 맞아 죽게 하여라." 그래서 요압은 적의 성을 포위하고 있다가 자기가 알고 있는 대로 저항 세력이 가장 강한 곳에 우리야를 배치하였다. 다윗의 종 몇 명이 쓰러졌으며, 히타이트 사람 우리야도 죽임을 당했다.

우리야의 아내는 남편이 죽었다는 소식을 듣고 슬퍼했다. 그러나 탈상을 하자 다윗이 그녀를 불렀다. 그녀는 다윗의 아내가 되어 아들을 낳았다. 하지만 다윗이 한 짓은 하느님이 보시기에 불쾌하였다.

그래서 하느님은 예언자 나단을 다윗에게 보내셨다. 나단이 다윗을 찾아와 말했다. "어떤 성읍에 두 사람이 살았습니다. 한 사람은 부유했고 한 사람은 가난했습니다. 부자에게는 양과 소가 아주 많았습니다. 그러나 가난한 사람은 사다 키우는 어린 암양 한 마리밖에 없었습니다. 그는 그 어린 암양을 자기 집에서 길렀습니다. 그 암양은 그렇게 그의 아이들과 함께 자랐났지요. 암양은 주인이 먹는 음식을 함께 먹고 주인의 잔에 있는 것을 함께 마시고 주인의 품에 안겨 함께 잤습니다. 이렇듯 그 암양은 주인에게 딸과 같았습니다. 어느 날 나그네 한 사람이 부자를 찾아왔습니다. 부자는 자기 양이나 소 떼 중 한 마리라도 잡아서 손님을 대접하기가 아까웠습니다. 그래서 가난한 사람의 암양을 빼앗아 자기를 찾아온 손님을 대접했습니다."

다윗은 부자의 행동에 몹시 분개해 나단에게 말했다. "주님께서 살아 계시므로, 그런 짓을 한 사람은 죽어 마땅하다. 게다가 그런 짓을 하면서도 불쌍히 여기는 마음이 없었으니 마땅히 그 암양을 네 배로 갚아주어야 한다."

나단이 다윗에게 말했다. "당신이 바로 그 사람입니다."

(사무엘하 11장, 12장 1~7절)

"불쌍히 여기는 마음이 없었으니." 욕정은 처벌할 수 있는 죄악이 아니다. 간통도 마찬가지이다. 죄악은 섹스와 전혀 관계가 없다. 감정을 느끼지 못하는 것이 죄악이다. 열정의 과잉이 아니라 공감의 결핍이 죄다.

***

언젠가 교구 주교에게 이런 이야기를 한 적이 있다. 그러자 주교는 내가 공산주의자이고 이단이며 색마이고 여성해방주의자라고 비난했고, 나는 빨갛게 타오르는 불 속에서 꼬챙이들이 하얗게 달궈지는 지옥에 떨어지는 상상을 했다. 주교가 금붕어를 키웠던 것이 기억난다. 주교는 세상을 떠나면서 그 금붕어들을 보살피고 관리하는 데 전 재산을 쓰라는 유언을 남겼다. 당시 우리는 상파울루에 살고 있었는데, 주교의 식료품 저장소에는 금박으로 이런 글귀가 새겨져 있었다. "가난한 자들은 항상 너희와 함께 있다."(마태복음 26장 11절)

주교는 특히 오병이어의 기적을 싫어했는데, 그게 식료품 저장소를 털릴까 두려워서인지 금붕어가 잡아먹힐까 무서워서인지는 끝내 알아내지 못했다. 가난한 사람들이 성당 문 앞에 쓰러졌을 때, 그 사람들을 살릴 빵도 생선도 없었다는 건 안다. 그러나 주교는 영적인 사람이었고 나 같은 켄타우로스가 아니었다.

D. H. 로렌스는 자신을 켄타우로스에 비유한 적이 있지만, 하반신을 혼동해서 자기가 시인의 두뇌와 황소의 불알을 가지고 있다고 주장했다. 사실 로렌스만큼 황소와 닮은 데가 없는 사람도 상상하기 힘들다. 비교 대상에 툴루즈 로트렉을 포함시킨다면 모를까. 나는 로렌스의 크고 작은 혼동들을 대충 용서해줄 수 있다. 불알 문제는 미미한 혼동이지만, 이마고[64] 신화에는 오류가 있다. 성기를 훤히 드러내고 가슴에 신을 품은 켄타우로스는 로렌스의 손을 거치면서 성기에 신을 품고 가슴을 훤히 드러낸 인간-짐승이 된다. 모범적인 인간이 신성한 남근과 합일한다. 거리를 둘러보면 이것이 문제라는 걸 알 수 있다. 현학자연하고 싶지는 않지만, 솔직히 남

---

64) imago. 라틴어로 '이미지'라는 뜻으로, 정신분석에서는 타인을 지각하고 관계를 맺게 하는 인간 보편의 정신적 원형을 뜻한다.

근은 신에게 달려 있을 때만 신성하지 않은가? 신이 남근을 만들었는가 아니면 남근이 신을 만들었는가?

하늘에서 빛의 창이 직각으로 내리꽂힌다. 정확히 조준된 빛살과 암흑의 심장. 심장에 기대어 쉬는 빛. 심장마비를 위한 빛의 수술. 심장을 빛으로 수술하는 건 간단하다. 대동맥 판막은 트럼펫처럼 열린다. 높은 C음계의 관악이 피를 터널로 힘차게 밀어내면, 쾌감과 흥분과 감정의 활력이 붉은 밀물처럼 덮쳐와 흐릿한 환각에 빠져 있던 망막의 초점을 맞춘다. 눈 뒤의 피, 시큰둥한 세계의 흐릿한 시각에 덮여 있던 얇은 막을 씻어내는 신성한 세정.

빛. 시각적 감각을 창출하는 전자기적 발광.

심장. 혈액을 순환하는 장기.

더이상 할 말이 있나?

어두운 우리에 갇힌 심장은 그 빛을 알아본다. 기나긴 동면을 한 후에도 다시 그 빛을 알고 되찾고자 분투한다. 동면하는 심장, 깨지도 잠들지도 않고 빛이 없는 상태로 유예된 심장은 빛을 꿈꾼다. 왜 내 욕망의 대상으로부터 나 자신을 방어해야 한단 말인가? 왜 내가 사랑하는 것을 두려워해야 한단 말인가?

문 아래로 금맥을 찾은 마이다스의 세계를 예고하는 노란 띠가 보인다. 고체 금속이 아니라 떨리는 빛, 걸러지지 않고 오염되지 않고 가둬지지 않고 흘러넘치는 빛. 나는 두렵다. 문을 열고, 안경을 벗고, 사이에 아무것도 없이 그 빛에 굴복하는 것이 두렵다. 내가 그러든 말든 어차피 치유제는 없는데.

내가 빛의 심장을 가진 남자가 될 수 있을까?

핵심에서 핵심으로. 빛에서 빛으로. 사실 나는 빛으로, 그러니까 텅 빈 공간과 빛의 점으로 만들어진 존재다. 겉보기에는 견고해 보이는 원자의 조합이다. 어째서 나는 실재보다 겉모습에 마음이 더 편한 걸까? 위조 소파와 위조 주식과 위조 증권들 같은 것? 교양인의 척도. 지나치게 많이는 말고, 지나치게 많이는 말고, 지나치게 많이는 말고. 많이. 그리고 그것으로 충분하지 않다면, 한이 없는 시간 속에 더, 더 많은 삶을.

나, 헨델, 의사, 사제, 사회의 현자, 바보는 정신을 차려보니 바다를 향해 씽씽 달려가는 이 익명의 기차를 타고 있다. 돈, 여권, 짐, 따뜻한 코트를 갖고 있다. 그러면 될까? 과거 나의 삶이었던 허물을 벗는 사이 나 자신을 감쌀 피부.

나의 삶. '이성에 대한 찬가'여야 했으나 음란한 몇 행의 시가 되어버린….

잘못된 유방을 제거하는 의사를 뭐라고 부르지?

모르겠다. 잘못된 유방을 제거하는 의사를 뭐라고 부르지?

외과 의사.

물론 조사가 이루어졌다. 문제의 숙녀분은 두 번째 수술을 받고 회복 중이다. 이번에는 제대로 된(사실은 왼쪽) 유방을 제거하는 수술을 받았다. 원래 나는 그 수술을 해서는 안 되었다. 그러나 응급상황이었고, 담당 의사가 아파서 나 말고는 아무도 없었고, 나는 그 분야의 일인자였다. 최고는 확신이 전혀 없는 법이다… 그렇다면 최악은? 최악의 의사라면 어떻게 했을 거라 생각하는가? 마취한 상태에서 당장 다른 쪽을 잘라내고 의료사고를 후유증이라고 둘러댔을까? 설마 그럴 리야 없겠지, 안 그런가?

나는 체념했고 해고당했다. 나, 헨델, 의사도, 사제도 아니고, 사회의 웃음거리가 된 바보. 내 평판 정도면 그녀의 젖가슴에 마땅한 보상이 될까? 천칭에 놓고 재면 내 쪽이 억울할까? 아무 남자나 5파운드짜리 지폐 한 장만 내면 만질 수 있는 그녀의 유방이 내 인생 30년보다 가치가 있을까? 그 여자는 창녀였다. 창녀. 그런데 왜 영국 최고 유방암 전문가의 수상쩍은 특혜를 누리러 찾아왔을까? 어째서? 그 사람이 자원봉사를 하기 때문이다. 헨델은 자원봉사를 한다. 별 볼 일 없는 사람들이 찾아오는 작고 돈 없는 병원에서, 한 달에 하루, 자선을 베푼다.

이런 표현을 어떻게 생각하는가? 변호사가 직접 한 말이다. 그는 브리핑을 듣더니 "맙소사, 정말 운이 좋으십니다. 개인 병원에서 받은 환자였으면 어쩔 뻔하셨어요?"라고 말했다.

"그게 무슨 차이가 있습니까?"

"그 여자는 창녀잖아요. 창녀의 젖꼭지 때문에 면허를 박탈당하지는 않을 겁니다. 심지어 언론을 통해 보상을 받을 수도 있어요. 힘내세요."

왜 아니었겠나. 걱정 따위 할 필요도 없었다. 그 여자는 신분이 낮으니 내가 그 여자를 더 낮은 데로 끌어내렸다는 것은 걱정할 거리도 되지 못했다. 그 여자는 매춘부다. 그리고 나는 기사다. 헨델 경. 나의 변호사도 기사다. 클로드 경. 두 명의 기사는 이제 마법의 성에서 공주를 구출하지 않는다. 우리 스스로를 구출하고 그 대가로 돈을 받는다. 클로드 경은 몸값이 아주 비싸다. 그 여자가 창녀의 젖가슴으로 평생

번 돈보다 더 큰 액수를 2주 만에 벌어갔다.

"그 여자 나이가 어떻게 됩니까?" 클로드 경은 카푸치노를 마시며 물었다. "쉰둘? 쉰셋?"

내가 고개를 끄덕였다.

"하하, 수입이 없어졌다고 주장하기에는 좀 늦은 나이군요, 그렇지 않습니까? 감히 말하지만, 그런 면에서 큰 자산 손실을 끼친 것 같지는 않군요."

"그래요, 클로드. 딱히 대단한 젖가슴은 아니었지요."

"뭐, 그럼 된 거죠. 기운 내세요."

수치. 가톨릭교도가 수치를 느끼는 일은 흔치 않다. 죄책 감이 우리의 승차표다. 고해하고 보속해야 할 죄의식, 죄의식, 훌훌 떨쳐버리면 후련해지는 것. 사제는 그것을 잘 알고 있다. 수치는 더 오래되고 다른 윤리의식에서 온다. 잘못을 저지른 자는 이승이나 저승을 막론하고 처벌을 두려워하지 않는다. 오히려 초라하게 쭈그러든 자아를 두려워한다. 아무리 작고 비열하고 더럽고 멍청한 행위라도 영혼을 파손하기에 두려워한다. 내가 타인을 속이면, 나 자신일 수도 있는 누군가를 속이는 것이기에 나 자신을 속이는 것이 된다. 내가 타인에게 상처를 입히면, 결국 그 상처는 내 심장에 새겨져 기억될 것이다. 적당한 고해란 없다. 다시는 그리 쉽게 실패하지 않겠다는 의지가 있을 뿐이다. 다음에 실패하면 용서받을 수 있을지는 몰라도 변명의 여지가 없을 테니까.

살아오면서 나는 대체로 공감 능력이 뛰어난 인간은 아니었다. 다른 사람들의 불행, 다른 사람들의 짐이라는 끔찍한 하중은 내 안에서 뒤틀려 연민·분노·무력감으로 꼰 밧줄이 되어 있었다. 인류라는 부류를 감정적으로 바라보는 것은 과거에도 어려웠고 지금도 어렵다. 물론 안됐다는 생각이 들고 억지로라도 나 자신을 몰아붙여 갖고 있는 기술과 위상을 이용해 그런 상황을 개선할 노력을 하게 만든다. 그러나 너저분하고 추레한 그 모든 꼴불견은 용서할 수가 없다. 더 나은 음식, 더 나은 교육, 더 나은 시간, 더 나은 나날, 열렬한 신도들에게 이 모든 것이 무슨 의미가 있는지는 모르지만, 아무튼 그런 것들을 통해 의미심장한 변화가 있을 거라 믿기는 힘들다. 내 지인들은 대체로 잘 먹고 많이 배우고 자기 일을 좋아하고 여가 시간도 있다. 하지만 나는 차라리 물이 뚝뚝 떨어지는 수도꼭지와 저녁 시간을 보내는 편을 선호한다.

예외도 있지만, 모든 상황, 모든 계급에는 예외가 있기 마련이다. 리틀 넬이나 리틀 도릿[65] 같은 역겨운 빅토리아 시대의 슈퍼모델들만 두고 하는 얘기가 아니다. 내가 한쪽이든 두 쪽이든 젖가슴을 도려냈어도 두 여자 다 금세 용서해줬을 것이다. 특히 리틀 넬의 경우에는 마취제 없이 절제를 했어도 용서해줬을 거다. 흉악범이나 고문자들이 가는 끔찍한 지옥이 어딘가에 반드시 있어야만 한다. 단테는 생각해내지 못했던 지옥이. 그 지옥에서 위의 두 슈퍼모델이 아가타 성녀의 관장하에 돈나 안나를 구석에 앉혀놓고 푸치니의 미미와 나비 부인과 함께 줄을 서서 사악한 남자들로 하여금 끝내 순교하게 만들어서 정말 죄송하다고 질질 짜며 애원하게 만들어야 한다. 순교를 시키다니, 짐승보다 못한 비인간적인 행위이다.

내가 짐승인가? 신문들은 그렇게 생각한다. 젖가슴 소동과 둔감한 의사.

아주 오래전, 지금 내가 손가락을 쫙 펴면 그녀를 다시 만질 수 있을까? 피에 젖은 손가락, 마스크를 쓰고 소독된 공기를 마시는 남자, 허리를 굽혔을 때 당신을 감염시키지 않으려고 입을 가린 남자. 남자의 입술은 당신의 뺨 위에 머물 테지만 그는 키스하지 않을 것이다. 당신은 그가 키스하기를

---

65) 둘 다 찰스 디킨스의 소설에 나오는 여주인공 이름이다.

기다리며 눈을 감고 있었다. 그가 허리를 펴고 일어섰다.

하얀 석판 위의 여자, 서리 긴 땅 위에 서 있던 여자. 당신을 믿고 젖가슴을 맡긴 여자, 긴 손가락을 잡고 자기 젖가슴에 얹은 여자. 따뜻한 그 젖가슴에 닿은 여덟 개의 싸늘한 칼. 미안합니다. 미안해요. 미안합니다.

"제발 미안하다는 말은 그만해요, 헨델. 나와 사랑을 나누지 않아도 돼요."

전신마취를 한 환자에게는 모든 소리가 들린다.

기차를 탄 남자가 기절했다. 빛이 그의 뺨을 내리쳤지만 소생시키지는 못했다. 그는 저 멀리서 나는 목소리들을 들었다. 텁텁한 공기를 뚫고 그를 부르고, 부르는 목소리들을….

"나중에 커서 어른이 되면 꼭 세상에 좋은 일을 해야 한다."

"육신의 죄입니까, 양심의 죄입니까?"

"여자의 몸안에 사정했습니까?"

"나와 사랑을 나누지 않아도 돼요."

이 목소리들이 황금빛 굴레가 되어 손발을 꽁꽁 묶는다. 죽은 공기 속에서 미라가 되었다. 숨을 쉬어야 하는데, 숨을 쉬어야 하는데, 코까지 칭칭 감은 천은 꿀에 젖어 있다. 꿀

발린 말들, 그가 그 말들을 하지 않았던가? 음악적인 목소리를 지닌 합리적인 남자가 말했다. "걱정할 일 아닙니다. 겁낼 것 없어요. 가서 옷 입으세요."

그의 육신, 거울 앞에 벌거벗고 선 그 여자의 몸뚱어리, 마구간에서 거세를 기다리는 소년들.

그 앞에 벌거벗고 선, 다른 누군가의 몸뚱어리. 나선형을 그리며 둥글리는 그의 손가락 아래 곤추서는 갈색 젖꼭지.

철로의 빛이 그의 몸을 휘감는다. 그 사이에 들어갈 수가 없다. 빛이 그를 화형대에 묶어버렸다. 이제 답을 해야 한다. 금칠한 입술이 아니라, 혓바닥처럼 날름거리는 불길로.

SAPPHO

사포

돌은 재산이 많은 여자였다. 드레스에 거액을 쓰고, 금박을 입힌 수레바퀴에 거액을 쓰고, '영원한 벽' 안에 장식한 커튼과 침구와 냄비와 자기磁器에 거액을 썼다. 자기는 네덜란드를 거쳐 '왕족' 애인의 개인 화물 궤짝에 실려왔다. 그렇게 해서 돌은 영국 왕도 갖지 못한 자기를 가졌다. 그러나 오늘 밤, 안개 짙은 겨울의 먹색 거리에서, 그녀가 노란 머리를 말없이 흔들며 기뻐한 것은 작은 그릇과 디저트 접시들 때문이 아니었다. 애인이 반 진심, 반 농담 삼아 사랑의 증표라며 그녀에게 밀교의 부적을 준 것이다. 정교하고 투명하고 단단한 자기 부적에는 연인들의 음탕한 모습이 파란색 부조로 새겨져 있었다. 가죽 끈에 묶어 걸자, 그것이 그녀의 마음을 편안하게 해주었다. 더듬는 손길이 있으면 반드시 그 부적에 닿게 되리라. 돌은 신나게 '코크 앤드 건'으로 들어가면서 부적을 살짝 매만졌다.

(사포는 그 페이지의 여백에 이렇게 적어놓았다. '이런 걸 하나 사려면 어디로 가야 하는 거지?')

밀짚이 깔린 바닥. 여기저기 홈이 파인 벤치들. 모닥불 연기에 훈제되는 돼지 통구이. 루지에로는 어디 있지?

한 소년이 어느 선원의 옷 단추를 아름답게 풀어헤쳐놓았고, 돌은 놀랍게도 부적이 부풀어오르는 느낌을 받고 꼭 붙잡았다. 한 남자가 그녀를 보고 웃음 지으며 '뒤'로 오라고 손짓했다. 돌은 고개를 저었다. 루지에로는 어디 있지? 돌은 두 개의 골반에서 흘러내린 페티코트 두 개 사이를 밀치고 나아갔는데, 보았던가…? 보았나? 모닥불 가에 가봤지만, 연인의 젖꼭지를 집게로 집고 있는 남자는 그녀의 사랑이 아니었다. 잘못 본 것이다. 루지에로는 어디 있지? 그녀는 물러서서 이 사랑의 추격전을 곰곰 생각해보았다. 어떤 남자라도 마음에 드는 골짜기를 내키는 대로 즐길 수 있는데 뭐 하러 가파른 언덕을 뛰어올라간단 말인가?

그녀는 술을 마셨다. 기다렸다. 배가 고팠지만 먹을 수는 없었다. '모닥불에 오줌누기' 놀이를 하던 남자들이 돼지에 오줌을 쌌다. 암모니아 구름 속에서 돼지가 쪄지고 있었다.

그녀는 한숨을 쉬었다. 기다렸다. 이게 다 사랑을 위해서일까? 루지에로는 어디 있지? 그녀는 자궁에서 갓 태어나 핏기도 가시지 않은 남자들도 갖지 않았던가? 씩씩한 남자아이들이 벌집을 찾아 손을 넣도록 가르치지 않았던가? 졸업 가운을 입고 사각모를 쓴 청년들을 유혹해 삼각자를 치우고 컴퍼스의 쾌락을 누리게 하지 않았던가? 점 하나를 찍고 그 주위로 확장된 원을 그리는 법을 그들에게 직접 보여준 그녀다. 미지의 해안으로 그들을 인도해준 콜럼버스가 바로 그녀였다. 연장이 아무리 소박해도, 지도를 그려 보여주고 야만인들을 교육시켰다. 그리고 그들을 각자 개인의 좌표로 작은 일지에 기록해두었다. 돌은 남자를 치수로 기억하는 걸 좋아했다. 길이뿐 아니라 폭과 여행 거리까지. 돌은 자비롭고 너그러운 '인형'이었다. 일거수일투족이 과학적이고 합리적이었지만, 음악과 시를 사랑하는 마음으로 치면 뉴턴이 부럽지 않았다. 돌이 처음 자격 증명을 광고했을 때, 뉴턴이 그녀를 찾아오곤 했다. 그런데 먹지도 않는 사과를 가져오기 일쑤였다. 자기 머리 위에 떨어졌다면서 유리구슬을 들여다보는 천리안처럼 경이로운 눈으로 사과를 바라보는 것이었다. 불쌍한 사람, 그는 돌에게 정신을 많이 뺏겼지만 결국 사과로 돌아가곤 했다.

뉴턴은 말했다. "이게 내 머리 위에 떨어졌어. 왜일까?"

"벌레 먹어서 그래요." 돌이 대꾸했다.

그녀는 아직 뉴턴에게 호감이 있었다. 일로 생각하면 호감이 있었지만, 사랑이라면? 전혀 전혀 전혀. 하지만 돌은 남자들을 좋아했다. 멍청하고, 소년 같고, 허세 떠는 남자들을. 정육점을 하는 그녀의 친구 잭 컷이 뭐라고 했더라? "돼지와 남자, 둘 다 허리가 튼실해야 돼."

허풍쟁이 한 사람이 그녀 옆자리에 앉더니, 족발을 먹으라고 권했다. 그녀가 원하는 건 족발이 아니었다….

시간이 흘렀다. 시간이야 흐르라지. 시간을 붙잡을 생각은 없었다. 시간은 그녀를 너무 오래 붙들고 있었다. 루지에로보다 나이를 두 배는 더 먹었으니. 시간은 흘렀고, 그녀까지 질질 끌고 갔다.

시계 다이얼 속에서 길을 잃은 돌은, 게이인 동행과 팔짱을 끼고 선, 키가 훤칠하게 크고 네모반듯한 어깨를 지닌 여자를 보지 못했다. 두 여자는 문간에 서 있었다. 그 여자는 약간 초조한 표정으로 남자들을 보며 속눈썹을 파닥이고 있었다. 찻잔들을 내려다보던 돌은 누군가의 시선을 의식하고 눈길을 들었다. 돌은 그의 얼굴을 황제처럼 만드는 반듯한 코를 알았다. 그 반암처럼 정갈한 선과 파리한 피부와 관자놀이의 보랏빛을 알았다. 그 꺾인 팔의 각도와 초조해 쑥석거리는 손가락을 알았다. 그 곧은 허리와 척추의 선을 알았다. 맛보지 않아도 그 새하얀 고기의 맛있고 묵직한 살점을 알았다.

그녀의 입술에는 족발의 흐물흐물한 점액질이 묻어 있었다.

그녀가 일어나서 다가가자, 그 여자는 얼굴을 붉히고 부채 뒤에서 살짝 절을 했다.

'동방의 부채들을 다 가져다가 숨어보라지, 내가 못 찾나.' 돌은 생각했다. 돌의 빛나는 머리가 동녘에서 떠오르기 시작한 지 오래였다….

그녀는 루지에로에게 팔을 내밀고 함께 어두운 자리로 가서, 자신의 깊숙한 주머니에서 《사포의 시집》이라는 책을 꺼냈다.

현명한 사포? 내가 우상이 아니라 이미지를 사랑할 만큼 현명한가?

책을 펼쳐봐. 뭐라고 쓰여 있지?

그리스인들은 예리한 예술적 본능으로 신부의 방에 헤르메스나 아폴론의 조각상을 놓아 황홀경이나 고통 속에서 신부가 그 예술작품처럼 사랑스러운 아이들을 낳을 수 있게 했다. 그들은 삶이 영성, 사유와 감정의 깊이, 휘몰아치는 영혼의 동요나 고요한 영혼의 평화뿐 아니라 예술을 통해서도 풍부해진다는 걸 알았다. 하지만 신부는 예술의 선과 색채를 통해서만 스스로의 형태를 빚을 수 있고, 프락시텔레스[66]의 우아함뿐 아니라 페이디아스[67]의 품위를 재생산할 수 있다는 것을 알았다. 리얼리즘에 대한 반대도 여기서 나온다. 그들은 순전히 사회적 근거에서 리얼리즘을 싫어했던 것이다. 리얼리즘은 결국 사람들을 추하게 만든다는 그들의 느낌은 정확했다.

우상이 아니라 이미지. 망막에 각인되어 눈꺼풀 뒤에서 반복되고 능형뇌[68]에 보관되었다가 감정의 주입을 통해 몸으로 돌아오는 이미지. 잊지 않는 두뇌를 통한 이미지의 힘.

---

66) Praxiteles(BC 370~330), 그리스 고전기의 조각가. 소년에서 청년으로, 소녀에서 여성으로 변화하는 시기의 부드러운 육체를 우아한 S자형 윤곽으로 묘사하는 탁월한 대리석조법을 구사했다.
67) Pheidias(BC 460~430), 고대 그리스의 조각가. 고전 전기의 숭고양식을 대표한다.
68) rohmencephalon, 척추동물의 개체 발생에서 뇌포 중 최후방 부분.

소피아, 내가 밤에 암반에 서 있는 너를 보았니? 내 머리 위로 밀려와 나를 덮어버린 아름다움의 파도를 타고 하얀 날개를 펼친 너를? 달을 향해 권투 선수처럼 주먹을 날리는 분점조分點潮[69]의 물결. 링 같은 항만의 바다와 보트의 로프에 기댄 달.

내가 너를 또 본 걸까, 아니면 내가 망막색소병증[70]에 걸린 걸까? 나는 프리즘 같은 백색으로 너의 색채들을 보았어. 어울리지 않는 옷을 입은 시스루의 천사.

너를 보았을 때 내가 본 건 무엇일까? 빛의 영향을 받은 분자의 배열? 나 자신의 환각? 너의 환각? 진정한 너 자신으로서의 너. 어둠을 떨치고 너를 휘감고 있던 그물을 훌훌 벗어버린 있는 그대로의 너. 검투사와 거미는 둘 다 그물을 쓰지만, 안전을 위해 쓰는 건 아니지. 누가 너에게 거짓말을 하고 너를 그물로 꽁꽁 묶어버렸지? 누가 그물을 던지면서 너를 위해서라고 말했지? 부자유한 자들이 훨훨 나는 이를 향해 품은 악의를 그물로 짜서 던진 걸까?

---

69) equinoctial tide, 춘분이나 추분 무렵 달이 적도 부근에 있을 때 일어나는, 일조부등日潮不等이 적은 조류.
70) Retinis Pigmentosa, 망막의 시각세포와 망막색소상피세포가 변성되는 흔한 유전성 망막질환. 야맹증이 나타나면서 시야가 점차 좁아지고 결국 시력을 잃게 된다.

아주 오래전의 이야기다. 나는 소용돌이처럼 무섭게 돌아가는 고통의 바퀴 속에서 쓰러진 그녀를 받아 안았다. 슬픔의 무게를 이기지 못해 무너진 몸을 받았다. 그녀는 과거로부터 추락해, 비실체적 현재를 지나, 그녀 사랑의 미래로 추락했다. 그녀의 사랑은, 자선이 그러하듯, 집에서는 시작되지 않는다.

실제로 일어난 사건은 다음과 같다. 3년 전 크리스마스 날 아침이었다. 높은 강둑에 눈이 첩첩이 쌓여 있던 크리스마스였다. 나는 친구들과 함께 있다가, 따뜻한 주연을 즐기는 친구들을 두고 거리로 내려와 얼음처럼 추운 도망자를 자처했다. 나는 혼자였다. 뼈다귀를 찾아 헤매는 앙상한 개 한 마리뿐. 나 혼자였다. 반들거리는 벽 위에 올라앉은 새까만 길고양이 한 마리뿐. 서리 내린 별들 사이에 나 혼자였다.

내가 혼자였던가? 나는 제때에 고개를 들어 고요한 지붕에서 움직이는 공기로 뛰어내리는 그녀를 보았다. 벌거벗은 채, 소리 없이, 적막한 공기를 가르며. 나는 그녀가 떨어진 곳으로 달려가 그녀를 찾았다. 내 머리보다 높은 곳, 늦게 내린 눈발로 아직 보드라운 하얀 제단 위에 의식을 잃고 쓰러져 있는 그녀를. 그녀의 입에서 피가 흘렀다.

나는 내 코트로 그녀를 꼭 감싸고, 문을 꼭 잠근 캄캄한 집 들의 문을 두드리며 대답을 구하려 했다. 빛이 그 통로를 환히 밝히고 성난 목소리가 경찰을 부르겠다며 위협할 때까지 몇 년이나 지났을까?

경찰이 왔다. 시끌벅적한 경찰차들이 그녀의 몸을 한가운데 놓고 음탕한 원을 그리며 돌았다. 문을 열어놓고, 경광등을 번쩍이며, 가족의 눈물을 끊고 스타카토로 딱딱거리며 무전을 했다. 하얗고, 살균된, 확실한 앰뷸런스. 크리스마스 당직을 서는 우울한 사람들이 허술한 들것의 양쪽 끝을 잡았다. 그녀의 몸을 덮은 담요. 그녀의 몸, 붉은 담요를 켜켜이 덮은 힘없는 꾸러미, 선혈과 코르크스크루처럼 비틀린 다리를 가리는 붉은 색.

나는 슬쩍 자리를 비켰지만, 그 전에 그녀의 손을 잡고, 그녀에게 키스했다. "다시 올게요"라고 말했다. "눈을 떠요, 눈을 떠봐요"라고 말했다. 나는 이 모든 말을 했다. 가족들이 경찰을 부르며 긴 복도를 달려내려오는 그 끔찍한 몇 분 사이에 이 말들을 다 했다.

나는 그녀가 죽을 거라고 생각했다. 그녀의 입술에 내 뺨을 대봤지만 숨결이 느껴지지 않았다. 내 목숨을 다해 그녀에게 키스했다. 목숨에서 목숨으로. 그녀가 최후에 살게 될

영지로 향하는 차가운 문으로부터 그녀의 손을 걷어낼 수 있을 만큼 따뜻한 온기로. 나는 말했다. "다시 올게요."

나는 다시 왔지만 그녀는 사라지고 없었다. 그 집은 캄캄했고 셔터가 내려져 있었다. 나는 정말로 다시 왔다. 한 번이 아니라 여러 번. 하지만 막막한 벽과 꽉 막힌 문밖에 없었다. 내 길을 인도해줄 만한 거라곤 그녀 손에서 나온 쪽지 한 장뿐이었다. "그저 살아 있는 것은 그저 죽을 뿐이다."

그녀는 죽지 않았다. 이상한 기적이 그녀의 목숨을 구했다. 부드러운 눈의 기적이 추락을 망쳤다. 차가운 눈의 기적이 피를 멎게 했다. 아무 관심도 없었던 날씨와 뜨거웠던 내 손. 우연한 계절과 지나가던 행인. 우연한 행운? 일상의 기적? 무엇이든 상관없다. 중요한 건 그녀의 목숨이니까. 그녀의 목숨, 그녀에게 피와 살보다 더 중요했던, 살인 인형보다 더 중요했던 목숨은 밤공기 속으로 휘발해 사라질 수 없었다. 그녀에게는 영혼이 있었고, 그 영혼은 살았다. 그녀가 무엇에 내몰려 지붕으로 올라가 몸을 던졌는지 나는 알지 못했다. 그러나 자살이 겉보기와 다르다는 걸 경험으로 안다. 조각난 삶을 꿰어맞추려는 시도는 지나치게 쉽다. 몸이 갈가리 찢긴 영혼을 따라가는 거다. 심장의 갈라진 금들과 움푹 팬

자국들은 합리적 척도로 잴 수 없다. 의료기구가 말을 듣지 않으면 의사는 환자 탓을 한다. 잘못된 곳이 아무 데도 없다고 말한다.

의사는 잘못된 곳이 아무 데도 없다고 말했다. 그녀는 건강했고, 직장이 있었고, 좋은 집안 출신이었다. 맥박도 정상이었다. 하지만 정말 그랬을까? 뭐, 약간 빨랐을 수는 있겠다.

심장마비heart attack. 그녀의 심장이 그녀를 공격했던 걸까? 어린 나이부터 순응의 수업을 들으며 훈련된 그녀의 심장이? 공공장소에서 입마개를 하고 한 줄로 서서 종종걸음 치는 법을 배운 그 심장. 십계명을 외우고 백 가지도 넘는 계명들을 따랐던 그녀의 심장. 부르면 오고 결코 목줄을 당기지 않던, 잘 조련된 개 같던 심장. 자기 몸의 뼈다귀들을 은밀히 갉아먹었던 그녀의 심장. 오랫동안 배를 곯다 못해 끝내 그녀를 먹어치운 심장. 그녀의 심장이 돌았다.

나는 그녀의 심장이 허공에서 공중제비를 하며 돌고 또 도는 것을 보았다.

한계를 무시하고 도약하는 그녀의 심장을 보았다.

나는 무릎을 꿇고 그녀의 몸에 걸터앉아 "살아! 살아!"라고 외치며 그녀의 심장을 양손으로 쿵쿵 두드렸다.

그녀가 눈을 떴다. 그녀는 살았다. 가속된 몸에 의식이 돌아온다. 핑그르르 도는 몇 초 동안 작동을 그만두기로 작정했던 그녀의 몸. 중력을 가르고, 빛을 가르고, 내면의 공간에서 나름의 임무를 띠고 여행했던 그녀의 몸. 남은 몇 초 동안 그 몸을 짓눌렀던 세월을 견디기에는 빈약한 그 몸의 우주복. 흔한 일이다. 눈앞에 스쳐 지나가는 과거를, 잊지 않는 두뇌에 저장된 이미지들을 보는 것은. 흔한 일이다. 모든 물질적 사물이 허망하게 사라질 때 이미지가 장악한다는 사실, 결국 이미지가 최후의 승리를 거둔다는 사실을 깨닫는 것은. 그 그림과 인상들은 근원과 단절된 지 오래지만, 여전히 여기에, 그 어느 때보다 생생하게 존재한다. 그것들은 영혼의 생기로 죽어가는 목숨에 맞선다.

그녀는 단 한 번의 붓놀림으로 색을 칠해 압축시킨 과거를 보았고, 그녀에게 다리를 놓아준 것도 그 색이었다. 시간을 탈출하는 다리가 아니라 시간을 통과하는 다리. 그녀는 추락하지 않고 스스로를 건넜으며, 스스로를 건너는 순간, 자유로워졌다.

자유. 발이 묶여 있던 노두에서 해방. 엉겅퀴와 소금의 험준한 구렁. 심장의 박동은 너무나 여러 번 돌아와서 오로지 고립에서 고향을 찾았다. 아픔으로부터 스스로를 지키고자 아름다움을 너무 많이 포기하고 생존의 대가로 목숨을 버린 고립된 심장.

후퇴보다 전진이 낫다. 상처에서 도망치기보다는 맞서 싸우는 편이 낫다. 그러나 그녀는 추락의 찰나까지 이 사실을 알지 못했고, 떨어지면서 날개를 달라고 기도했다. 자기연민이나 후회가 아니라 깨달음으로 기도했다. 죽을 필요는 없다. 싸울 수 있다. 너무 늦었던가? 아니, 그녀에겐 늦지 않았다. 그녀에게는 너무 늦지 않았다.

나는 그곳을 여러 번 다시 찾아갔지만, 잃어버린 것을 찾은 건 수년이 흐른 어느 날 밤이었다.

나는 밤에 걷는 것이 좋다. 그것은 나의 습관이다. 나 자신에게서 잉여의 낮을 털어버리려고 밤에 걷는다. 사물을 있는 그대로 비춰 보여주는 척 가장하는 과잉의 햇살을 털어버리려고. 자연광이라는 것은 존재하지 않는다.

크레인의 위협을 받고 있는 그 집 앞을 다시 지나치다가, 고개를 들어 난간이 활엽수와 만나는 지점을 보았다. 그 난간 위에, 그녀가 맨발로 균형을 잡고 서 있었다. 역사는 늘 반복되므로, 나는 두려워했어야 마땅하다. 웨딩드레스처럼 새 수의를 맞춰 입고 미래와 결혼한 과거. 그러니까 두려웠어야 마땅하다. 두 팔을 휘저으며 소리를 쳤어야 한다. 그녀의 우아함에 찬탄하며 조용히 서 있지 말았어야 한다. 하지만 나는 그녀가 떨어지지 않을 줄 알았다. 다른 이유로 위험을 감수하고 있다는 걸 알았다. 나는 그녀의 얼굴을 볼 수 없었지만 그녀는 나를 보았다는 걸 알았다.

내 옆에 누워. 너의 갈라진 땀구멍들을 나에게 보여줘. 가족의 발톱에 할퀸 그물 같은 상처와 네 손톱이 그들의 가구를 긁은 흔적들을 보여줘. 그들이 부인한 상처들을 나에게 보여줘. 가족생활이라는 전투가 치러진 전장이었던 너의 몸을 보여줘. 그들이 진을 쳤던 표식, 붉게 멍든 금들을 보여줘. 그들이 약탈하고 사라진 폐허를 보여줘. 내 옆에 누워서 보여줌으로써 치유를 받아. 숨길 필요 없어. 어둠도 빛도 숨길 필요가 없어. 있는 그대로의 네 모습을 보여줘.

"당신 내가 아는 사람이요?" 잭 경의 질문.

"따님을 뵈러 왔습니다."

"그애는 떠났소."

그 바로 다음날이었다. 체면을 차리면서 최대한 이른 시각에 찾아갔지만, 그녀와 마주치기에는 늦었다. 실마리가 있어서 그것을 따라갔다. 실마리를 따라 역으로 가서 아침 기차를 탔다. 눈에 보랏빛 리본을 그리던 색의 자취를 따라갔다. 그녀는 스스로를 풀어헤치고 있었다. 회색의 세월을 모두 떨쳐버리고 원색으로 줄을 긋고 있었다.

파편들이 한 조각 한 조각 돌아온다. 몸·일·사랑·삶. 나에 대해 알릴 수 있는 것이 뭐가 있을까? 나의 말? 나의 행위? 내가 쓴 글? 그렇다면 어느 것이 진실일까? 그러니까, 어느 쪽이 더 참될까? 기억. 허가 받은 나의 창작. 파편들이 모두 돌아오는 건 아니다.

나는 프로이트 추종자는 아니다. 기억되는 것은 돌에 새긴 차용증이 아니라 은유다. 메타포Metaphor. 메타Meta=저 위. 페레인Pherein=운반하다. 삶이라는 직설을 넘어 저 위로 운반되는 것. 중력의 문제를 회피하는 사고방식. 그 말들이 나를 실망시킬 일은 없다. 발화되지 않은 모든 하중으로부터 나를 해방시켜줄 수 있는 단 하나의 말.

날개 달린 말. 헤르메스처럼 날쌘 말. 불나방이면서 동시에 등불인 말. 그 자신을 넘어서는 말. 그 자신이고 그 이상인 말. 의미들을 짊어지고도 가벼운 연상聯想의 말. 의미의 그물에 휘감겨 구속되지 않는 말. 정확한 광폭의 말. 창녀도 수도사도 아닌 말. 거짓말을 당하지 않는 말.

나의 알파벳을 써서 뒤엉킨 그 나날들을 풀어볼까? A·B·C로 딱지를 붙이지 않고, 내 글자들을 더 난해한 속임수로 만들지도 않고. 인간을 다른 동물들로부터 구분하는 유의미한 특징은 두 가지다. 과거에 대한 관심과 언어의 가능성. 이 두 가지가 조합되어 세 번째 특징이 생겨난다. 바로 예술이다. 존재의 계산에 포함되지 않는 보이지 않는 도시. 예술은 의례에 불과한 고고한 허세를 넘어, 정치적 삶의 극적인 계책들을 넘어, 오랜 시간이 지난 후에도 좋든 싫든 남는다. 파괴되지 않고 현재형으로 남아 있는, 영원히 흘러가버린 시간.

그런데 지금은? 그렇다, 지금도, 나는 '나'라는 파편들에 여전히 도전장을 던지고 있다.

올려다보아라. 우리의 은하수, 은하수에 있는 천억 개의 별들. 나에게 아무 관심 없는 저 별들의 확신, 2000살 먹은 빛의 봉헌. 나에게 저 별들이 어떤 의미가 있다면, 수의를 장식할 보석들이라는 의미다. 나는 별들을 알 수 없다. 심지어 나 자신도 알 수 없다. 나 역시 파스칼의 공포를 갖고 있다.

"Le silence éternel de ces espaces infinis m'effraie(이 무한한 공간의 영원한 정적이 나를 오싹하게 한다)." 가도 가도 끝이 없는 저 망망한 우주와 울타리가 둘러쳐진 내 삶의 불균형을 무엇으로 상쇄할 수 있을까? 아마도 이것일 것이다. 내 왕국의 범위가 내 몸이라는 쿵쿵 박동하는 영토로만 규정되지 않는다는 사실. 나의 내면에는, 광막한 공간이 있다. 그 공간에 대한 소유권을 주장할 수만 있다면 말이지만. 증거? 내가 무슨 증거를 갖고 있을까―신은 아닐 테고. 왜냐하면 신이 존재한다면 선험적인 것이므로 증거가 될 수 있을 테니까. 하지만 예술이라면? 예술은 삶의 현실성에는 전혀 관심이 없고, 우리가 생각하는 대로 삶을 묘사하지도 않으며, 우리가 바라는 대로 삶을 표현하지도 않지만 삶이 된다. 재현이 아니라 그 자체로 세계의 핵심적 기운을 품고 있는 창작물들, 아니, 그 기운은 세계를 넘어선다. 예술은 별들을 아우르니까.

어떻게 하면 내 나날의 의미에 가까이 다가갈 수 있을까? 휘몰아치는 단어의 올가미로 그것들을 붙잡으련다. 그 말들을 옆구리에 조용히 차고 있다가, 씩씩하고 정확하게 빙글빙글 돌려, 시간이 나에게 덫을 놓기 전에 내가 덫을 놓아 시간을 붙잡는 거지.

내 옆에서 말을 달려라. 시간이 허락하는 많은 것, 그 많은 아름다움과 사랑. 우리가 건너는 사막은 풍요롭게 번영한다. 장관을 감상할 시간. 나는 일개 뷰파인더에 불과한가? 미소 지으며 지나치는 눈? 내가 발견하는 것에서 무엇을 찾아야 할까? 그 안에 나를 위한 무엇이 있을까? 영광과 찰나성, 만 지고 보려는 노력, 이해하려는 노력.

구원은, 만에 하나 온다면, 의식적일 것이다. 무지는 지혜로 이어지는 길이 아니다. 진지한 감정으로도 충분치 않다. 말이 나를 파악할 것이다. 나는 말한다, 고로 존재한다. 창조된 세 계의 말 없는 웅변에 맞서기 위해, 나는 말하는 법을 배워야 했다. 묘사하는 언어가 곧 내가 된다. 그러니 조심해라, 내가 어떤 존재가 되는지. 당신은 내 말을 통해 나를 알게 될 테니. 시간을 통해 전해져 내려온 말이 말을 통해 반환되리라.

언어, 언어는 자연스럽지 않다. 자연스러운 구석이 하나도 없다. 그러니 뭐 하러 그런 척한단 말인가? 자연광 따위는 없다. 내가 책을 읽는 불빛은 인공적이다. 페이지는 자체 발 광한다.

내 광 안에는 책이 산더미처럼 쌓여 있다. 읽지 않은 책이 아니라, 쓰지 않은 책들이다. 의미로 번역되지 않은 경험. 변신하지 못하고 썩어간 나날들. 무엇을 써야 할까? 회고록은 아니다. 망자들을 불러와라, 망자들을 불러와라.[71] 그나마 나에게 남은 빛은 촛농으로 흘러내려 꺼져버린다. 문제는 내가 거짓을 말하는 데 그치지 않고 진실을 말할 수 없으리라는 데 있다. 나는 기억하지 못할 테고, 내 앞에 장애물들이 첩첩이 있을 테고, 모든 사람들을 위해 어둑어둑한 역사를 창조해내야 할 것이다. 정직한 거짓말보다 더 유독한 것이 또 어디 있을까?

내 감정들로 직진하는 길은 가능성이 가장 희박한 우회로라는 것을 나는 안다. 진지한 감정이 아니라 진지한 형식이 나를 그곳으로 데려다줄 것이다. 그러니까 나는 깊이의 부재, 판에 박힌 반응들을 경계해야 한다. 나 자신이 아니라 다른 모든 사람들의 반응 말이다. 그것이 내가 정말로 느끼는 방식 아닌가? 이 행들이 빌려온 텍스트가 아니라 내 고유한 글이라는 것을 어떻게 알겠는가? 어떻게 알까? 형식화하는 구조를 그것들에 부여함으로써, 자기중심주의의 목욕탕에서 건져내야 한다. 내 것이지만 나는 아니어야 하고, 내 것이

---

71) Bring out the dead. 과거 영국에서 사형수들을 형장으로 부를 때 했던 관용적 명령어. 시체들을 불러오라는 뜻으로, 이때 'the dead'는 아직 죽지 않았으나 곧 죽을 사람들을 지칭한다.

지만 거리를 두어야 하고, 무늬와 형태로 내게서 분리되어야 한다. 언어를 통해 강제로 거리를 만들어내면 그 언어가 거리를 반환하리라. 올바른 말들을 찾기만 하면, 다시는 그 감정을 잃지 않으리라.

나는 당신을 사랑한다고 말하는 것만으로는 충분하지 않다. 당신이 그 말을 전에도 들어봤다는 걸 알고 있으니까.

나는 당신을 사랑한다. 이 말은 2600년 전에도 닳아서 해지지 않았다. 지금은 닳아서 해졌나? 아마도. 하지만 반복된 탓이 아니라, 팽팽히 잡아당긴 상태에서 압력이 가해진 때문이리라. 내가 전하고자 하는 의미를 말하는 다른 방법들이 있다…. 그 하중에 잘 맞는 다른 말들이 있다. 다른 말들이 나를 핀으로 '정직'에 못 박아 꼼짝 못하게 할 수도 있다. 그 정직한 말이 내 마음에 들지 않을 수도 있다. '사랑한다'는 말 속에는 너무 많은 것들이 숨어 있다. 나는 그 감상주의의 구름 속에 숨어버릴 수도 있다.

그러나 숨지 않을 것이다. 여기서는….

그녀의 얼굴이 생각에 잠겨 있다. 뒤로 넘긴 머리카락이 그림자처럼 얼굴을 도드라져 보이게 하고, 얼굴에 흐트러진 머리칼은 마치 베일 같다. 눈꺼풀과 입술에는 관능적인 데가 있다. 피부는 진주를 바른 듯하다. 그녀는 바다의 물질이다. 깊은 바다를 연상시킨다. 초록색 눈뿐 아니라, 움직이는 얼굴의 윤곽도.

그녀의 두상은 강인하지만 조야하지 않다. 섬세한 필라멘트 같은 뼈가 하얗게 조립되어 깨끗한 우리 같은 그녀의 두개골을 구축했다. 선을 따라 훑어보아라. 바닷물에 씻긴 조개처럼 섬세해서, 단단한 뼈라는 사실을 자칫 잊게 만드는 선. 그녀는 매끈하다. 무거운 머리가 매끈하다.

그녀의 얼굴을 들어 빛에 비춰보아라. 그녀 입의 명민함에서 나는 무엇을 읽을 수 있나? 그녀의 영혼이 숨 쉬는 갈라진 공간. 그녀가 입술에 품고 다니는 것은 나의 미래다. 그 미래를 나에게 말해줘…. 그녀의 입술이 내 입술에 포개어진다.

그녀는 광대뼈가 높다. 불안의 쌍둥이 빌딩. 그녀가 웃을 때는 초조해하고, 웃지 않을 때는 무장하고 있다. 그녀의 얼굴 안에 있는 그녀 나날의 움직임.

그녀의 목이 나를 벤다.

동량의 호기심과 미에 대한 욕망. 이 두 가지가 그녀의 얼굴에 화르륵 불길을 댕긴다. 그녀의 빛은 주변을 보이게 한다. 나무와 숲에서 온 건 아니지만, 타오르는 재주가 있는 나무의 불빛은 아니지만. 그녀를 태우는 빛은 고유의 빛이다.

그녀 얼굴 위에서 일어나는 빛의 유희는 극적이다. 황홀한 효과, 집중, 궁륭처럼 휘어지는 눈썹, 머리카락의 가장 행렬. 이 교묘한 무대장치에 자연의 뉘앙스와 예술의 세련됨이 있다. 그녀는 얼마나 굉장한 예술작품인가. 독창적인 동시에 유명하다. 그녀에게 갈채를 보낼까? 나는 거기서 그치지 않고, 더 나아가 오로지 그녀에게 어울리는 아름다움을 봉헌하리라. 말은 불타는 재능이다.

무엇이 먼저일까? 뮤즈에게서 영감을 얻는 시인? 아니면 뮤즈?

사포(레스보스인, BC 600경, 직업: 시인), 그녀 자신, 언제나 시인인 동시에 뮤즈. 작가이자 말. 그렇다면 이상하다. 그나마 얼마 남지 않은 그녀의 아름다움이 진부하기 짝이 없는 사실들 아래 매장되어야 한다는 것이. 그런데 사실은 그렇지 않다. 진실의 추구는 의도적 허위로 오염되었다. 심장에 손을 얹고 진실을 말하겠다고 맹세한 전기 작가는 과거를 범한다. 전기 작가는 묘지 도굴자이고 시체 도둑이다. 그는 파문을 불러일으키는 흙먼지를 거래하는 사이 살아 있는 영혼을 놓치고 만다. 전기 작가는 냄비와 프라이팬 같은 살림살이 목록, 날짜와 장소, 경매장과 시체 안치소를 한 방室에 처넣은 존재다.

그녀의 유해는 거의 남아 있지 않다. 그녀의 유해는 추문을 일으킨다. 충격과 쾌락을 주는 감질 나는 뼈들. 그러나 사포의 시행 한 줄 한 줄이 하나도 사라지지 않고 아직 남아 있다 해도, 전기 작가들은 그녀의 운율이나 각운 따위에는 신경도 쓰지 않을 것이다. 불타는 책에서 나온 단 하나의 불타는 질문만 있으리라. 소포클레스도 아니고, 분노하는 얼굴의 사보나롤라도 아닌….

레즈비언들은 침대에서 무엇을 하는가?

"저들에게 말해줘." 아홉 번째 뮤즈인 소피아가 말한다.

말해주라고?

"자서전이라는 건 존재하지 않아. 오로지 예술과 거짓말이 있을 뿐이야."

어서 오세요! 어서 오세요! 모두를 위한 예술이 있습니다. 몰래 한 번 보는데 2펜스. 무경험자라도 괜찮아요. 모두들 각자 보는 눈이 있는 법이니까.

대중문화도 예술 아닌가? 주관적이고, 낭만적이고, 민주적이고, 난해하지 않고, 양질의 언론에서 좋은 평도 받고. 그런데도 별로들 안 좋아하면 뭔가 잘못된 거다. 수상쩍지 않은가? 그게 대체 뭐라고? 이 말을 어디에 써야 하는 거지?

모든 걸 다 집어넣어, 모든 걸 다 집어넣는 거야. 토요일 밤의 열기를 위해 뒷골목에 서서 저들이 하는 말. 시간이 모자라는데. 모든 걸 다 집어넣기에는.

시계의 문화. 내 속에 잔뜩 쑤셔넣다 못해 결국 내가 터져버리면 그 흐물흐물한 잔해로 설치미술을 만들면 된다. 예술? 바보 같은 소리. 명상의 삶? 난 점심 약속이 있단 말이야. 얼마나 걸리는데?

점심 약속? 영원히. 영원히 점심 식사를 한다. 소처럼 하루 종일 우적우적 씹으면서, 왜 모든 살점은 풀인지 궁금해하면서.

너를 비웃는 시간이 나를 비웃는다. 비뚤어진 웃음을 머금은 시간의 모양은 들고 다니는 낫과 잘 어울린다. 창문을 통해 몰래 들여다보는 시간은 문 아래로 슬며시 칼날을 밀어넣는다. 시간, 우리가 도착하면 시간이 기다리고 있다. 사려 깊게도 시간은 시계를 돌린다.

　내가 어렸을 때 함께 잭 놀이를 해주던 후드를 둘러쓴 키
큰 남자. 낫으로 야생화를 잘라 화관을 만들어주었던 남자.
나는 그 화관을 벗기 싫었다. 나는 그가 희한한 꽃들로 만들
어준 아이의 왕관을 쓰고 그의 손을 잡고 그와 함께 갔다. 그
가 보폭을 나와 맞춰주어서 나란히 걷기가 어렵지 않았다.
그의 얼굴은 본 적이 없다. 손밖에 못 봤다. 그리고 저글링
하듯 허공에 던진 기나긴 날들.
　그가 조바심을 내기 시작한 것이 언제였더라? 우리가 서
둘러야 한다고, 더 빨리 서둘러야 한다고, 다급한 행선지는
말해주지 않으면서 서두르자고 우기기 시작한 것이 언제였
더라? 나는 갈 곳이 없었다. 어째서 따뜻한 햇볕을 옛날처럼
나른하게 즐기지 못했을까? 고요하던 낮과 빛나던 물. 수년
동안 지속된 오후들. 그가 바로 그 사람 아니었던가? 깨울 수
없고 깨어나지도 않던 강둑의 그 시커먼 그림자가 아니었던
가? 그 시절 그는 귀머거리였다. 기나긴 한 시간이 지나고 밉
살스러운 정각이 되면, 그는 다음 시각을 꺼내 보드라운 봉제
공처럼 뭉쳐 나에게 던져주었다. 그렇지만 나는 행복했고 까
맣게 잊었다. 그가 조바심을 내기 시작한 것이 언제였더라?

야생화를 사슬처럼 엮어 만든 화관, 수액 줄기와 태양 같은 꽃송이, 그것은 화석이 되어버렸다. 나는 그에게 단단히 묶여버렸다. 나는 그의 노예다. 이제 나는 해마다 소작농처럼 그에게 십일조를 바쳐야 하고, 눈에 띄게 시들어간다. 해마다 내놓을 것은 적어지는데, 그는 아무리 흉작이라도 반드시 자기 몫을 받아간다.

나는 그의 얼굴을 아주 가까이에서 보았다. 우리가 날마다 점점 더 빨리 움직이는데도, 이상하게 비뚤어진 비웃음은 나를 향해 미동도 없이 돌아온다. 다른 사람들도 있다. 우리는 모두 새카맣게 타버린 숯의 산에서 사슬로 줄줄이 엮여 죽음의 댄스를 추는 죄수들이다.

가발, 염색, 크림, 섬뜩한 시술과 늙은 양의 고기를 덮은 어린 양의 가죽으로 그를 속여야 할까? 나는 여기서 이렇게, 빌린 가죽을 뒤집어쓰고 뒷다리로 펄쩍펄쩍 뛰고 있다. 시대를 따라잡아야 한다. 시간을 따라잡아야 한다. 그가 조바심을 내기 시작한 것이 언제였더라?

너무 빨라. 무도화를 벗어 던져버리고 네 발로 기어. 나를 질질 끌고 가, 어떻게 끌고 가든 상관없어. 그는 내가 어떤 생물인지 아니까. 애걸을 해볼까? 그는 여전히 귀머거리다. 그럼에도 불구하고 나는 고래고래 악을 쓴다.

우리는 계속 간다. 윤곽이 흐려지는 몸과 사기당해 빼앗긴 영혼. 왜 아무도 영혼에 양분을 공급하라는 말을 나에게 해주지 않은 거지? 내가 가진 모든 것은 겉치레의 쇼일 뿐이야. 내가 소속된 모든 장소는 시간의 것이야. 예술? 바보 같은 소리. 명상의 삶? 어디서 그런 것을 구할 수 있지? 시간이 나를 계속 끌고 가면 그때 내 영혼은 어떻게 되는데? 그때 내 영혼은 어떻게 되는데?

내 영혼에 결별을 속삭여라. 돌바닥에 붉은색과 초록색의 그늘을 드리우는 스테인드글라스 속 내 영혼. 내가 거기까지 기어오를 수만 있다면, 저 높은 고지에서 훨훨 날아갈 내 영혼. 나와 함께 밤에 망을 보는 내 영혼. 내가 앉은 의자가 밤이고, 내가 먹는 식탁이 밤이고, 내가 잠드는 침대가 밤이고 또 밤인데도. 다른 희망이 모두 사라졌을 때 등불을 치켜들어 내 얼굴을 밝혀주는 내 영혼.

나는 희망한다. 그리고 내 안의 희망은 영혼을 위한 영혼에서 온다. 현재의, 사실의, 피상적 삶이 아니라, 이미지들로 구성된 정말로 견고한 세계. 이미지들로 구성된 정말로 견고한 세계가 결국 승리하기를 희망한다.

내 영혼에 속삭여라. 삶, 그건 너무 찰나적이라고, 그리고 삶을 형성하는 관념들은 육신이 아니라 영혼이라고, 삶이 끝나도 지속되는 이미지들은 육신이 아니라 영혼이라고. 최고의 나는 내 몸이 아니다. 최고의 나는 골격이 아니고, 꾸며진 피부가 아니다. 그런 것들은 비탈에서 비스듬히 쓰러져가는 나무들의 여린 풍경을 보고 기뻐한다. 올리브 나무, 포도나무, 땅, 무수히 많은 가느다란 바늘 같은 빛으로 나뭇잎의 캐노피를 가르고 침투하는 햇빛. 태양의 침술이 내 몸을 찌른다….

나는 치유된다. 닫히고 잠긴 문들을 통해 붉은 에너지가 밀물처럼 밀려든다. 척추에 닿는 햇빛이 눈에 색을 입힌다. 파란색과 핏빛의 주홍색 안료. 내 갈비뼈는 캐러멜 빛깔의 흙을 지지하는 암반이다. 나는 이 모든 것이며 그 이상이다. 왜 몸에서 영혼을 가르고 그 자신으로부터 영혼을 갈라낸단 말인가?

나를 사랑해줘, 소피아, 나 자신을 훑는 이 손, 피로 말해진 윤곽선. 내 손을 잡아봐. 거기서 무엇을 읽을 수 있지? 오랜 삶의 연대기와 잊힌 그 모든 상실들. 그러나 이야기가 다 끝나면 무엇이 남나? 다음에 무슨 일이 일어날지 네가 안다면 무엇이 너를 다시 나에게 데려다줄까? 오로지 말들뿐, 비행하는 휘어진 아름다움, 터프하지만 허공에 뜬 올가미. 그 자체를 목적으로, 지금 모습을 드러내는, 그 말들. 정보를 넘어서는 말들. 플롯으로 엮인 말들. 자체 발광하는 빛나는 자필 원고.

나를 읽어. 지금 나를 읽어. 네 입안의 말들이 네 위장을 고쳐줄 거야. 네가 될 말들. 네 심장으로 외울 수 있을 때까지 나를 낭송해. 펄럭이는 가죽 한 장을 들추면 말이 노래하지. 수술대 위에서 말이 노래해. 말이 무덤에서 흙을 뚫고 올라와. 재에서 와서 재로 돌아가고, 먼지에서 와서 먼지로 돌아가지만, 살아 있는 말.

내 영혼에 속삭여줘. 나에게 영혼이라는 것이 있나? 내가 느끼는 갈망에는 다른 해명이 없다. 갈망한다는 것은 변화하는 세상에서 무언가를 향한 열망을 느끼는 것… 무언가를 향한 공감을 느끼는 것… 또 얼마간의 슬픔, 얼마간의 상실을 느끼는 것.

나는 무엇을 갈망할까? 내가 잃어버렸다고 느끼는 건 무엇일까? 올려다보아라. 백억 개의 별들과 이 파란 행성. 옛날에 세계는 실재하는 수정의 벽과 물질적 천공으로 에워싸인

제한된 장소였다. 스텔라툼stellatum, 별들의 지붕, 이 작은 발군의 공간을 덮은 보호막. 피사의 캄포 산토[72]에 그려진 프레스코화를 보라. 영혼의 수중에 쥐여진 색칠한 장난감, 로고스, 그것을 통해 신은 만물을 창조하고 허공에게 말하는 법을 가르쳤다.

무수한 태양들의 암흑 속에 살고 있는 우리에게 그런 확실성은 존재하지 않는다는 것을 나는 안다. 위를 올려다보아라. 검은 하늘은 팽창한다. 이 속에서 나는 무엇인가?

나는 위로를 구하지 않는다. 그러지 않는 척하지도 않는다. 위로를 구하지 않지만 나에게 거짓말을 하지는 마라. 그것이 진실이 아니라면 내가 왜 이 새로운 우주의 야만성을 참고 살아야 한단 말인가? 물질적인 것 아니면 아무것도 없다는 사실을 내가 왜 용납해야 한단 말인가? 그것이 진실이

---

72) Campo Santo, 피사의 오래된 공동묘지. 전설에 따르면, 12세기에 피사의 대주교 우발도 데 란프란키가 그리스도가 십자가에 못 박혔던 골고다 언덕에서 배 다섯 척 분량의 흙을 가져와 이 묘지를 세웠다고 한다. 14세기에는 고대 로마의 조각과 대리석 석관이 이 묘지로 운반되었으며, 〈최후의 심판〉〈지옥〉〈죽음의 승리〉 베노초 고촐리의 방대한 프레스코화 연작 〈구약성서의 이야기들〉 등이 벽에 그려졌다. 2차 세계대전 중이었던 1944년 7월, 연합군이 소이탄을 떨어뜨려 납으로 된 지붕이 녹아내렸고, 그로 인해 뛰어난 예술품들이 사실상 전부 파괴되었다. 1945년부터 복구 작업이 진행 중이고, 복원 가능한 프레스코화는 분리해 다른 곳에 전시했다.

라면 나는 동물들이 그러는 것처럼 내 테두리 안에 모이는 것으로 만족할 것이다. 동물들은 자기 세계 바깥에 존재하는 것에 대한 관념이 없다. 생경함을 꿈꾸지 않는다. 먹이를 충분히 주고 적당한 서식지에 풀어놓으면 동물들은 수명이 길건 짧건 행복하게 살아갈 것이다. 그들은 죽음의 의미를 모른다. 고개를 들어 별을 쳐다보지도 않는다.

내가 키우는 고양이에게 달을 보여준 적이 있다. 물결이 거의 일지 않는 물웅덩이에 비친 달을. 내 고양이는 잔물결에 앞발을 담갔지만 아무것도 찾지 못하고 그냥 가버렸다. 나중에 고양이가 생쥐 한 마리를 찾아서 가지고 올 때까지, 나는 물웅덩이 옆에서 생각에 잠겨 있었다. 생쥐와 달. 어느 쪽이 더 위대한지는 고양이에게 생각할 거리도 못 된다. 고양이에게는 생쥐가 옳은 답이다. 하지만 나에게는?

내가 느끼는 갈망이 상품과 돈을 향한다는 것을 용납할 수 없다. 내가 그런 것을 욕망할지는 모르나 갈망하지는 않는다. 그것들을 얻는다 해도 쩍 벌어진 공간은 여전히 채워지지 않는다. 나는 그 공간이 채워지기를 원하는가? 뭔가를 못 찾은 것이 아니라, 뭔가가 빠진 느낌에 가깝다. 그것은 기억 못하는 어떤 것인지도 모른다. 플라톤은 그것을 시간에 대한 갈망이라고 이해했다. 태어나기 전, 영혼이 천박한 욕구와 육신의 구속에서 자유로웠던 시간에 대한 갈망. 플라톤에게 인간의 의무는 기억할 의무다. 이토록 왜소해 보이는 우리 모습에 맞서 진정한 우리의 모습을 기억하는 것. 영혼을 위한 영혼의 향상.

쉬운 일이 아니다. 너무나 많은 가짜 신들이 하나같이 "나를 보아라"라고 말하고 있으니. 돈의 신, 명성의 신, 질투의 신, 절망의 신들. 몸에 장식 띠를 휘감고 황금처럼 빛난다고 주장하는 물질세계의 모든 구리 신들. 이 세계가 대체로 모든 것이라는 전제가 논리적이라면, 그렇다면 소유하면 대체로 충분할 것이다. 가장 부유한 사람이 가장 만족한 사람이 될 것이다. 정말 그런가? 가장 유명한 여성이 가장 행복한 여성이 될 것이다. 정말 그런가? 많이 가지면 가질수록 더 나은 사람이 될 것이다. 정말 그런가?

온갖 물질적 창안으로 나를 메디치의 교황처럼 위로해다오. 황금 접시에서 게걸스레 배를 채우게 해다오. 땀 흘리며 채굴한 보석들로 내 몸을 치렁치렁 장식해다오. 천국이 얼굴을 붉힐 만큼 화려한 왕궁에서 살게 해다오. 물질의 삶이 전부라면 그것이 전부가 되게 해다오. 하나도 놓치지 않게 해다오. 나는 황금의 유물에 파묻힌 마이더스가 되리니. 진보.
진보… 오히려 과거 사람들이 더 많은 것을 알지 않았을까?
색정광 수도사들, 쥐를 먹고 산 수녀들, 끔찍한 교회 권력이
고약한 향을 아무리 피워올려도 그 냄새를 완전히 가릴 수는
없었다. 나병 환자의 불알과 기아로 변형된 인간의 형태. 이
모든 것에도 불구하고 영혼이 있었다. 육신의 한계를 비웃었
던 광적인 영혼 과잉. 과거에는 실제의 삶과 정말로 견고한
이미지들의 세계가 다르다는 것을 전혀 의심하지 않았다.

그런데 지금은? 황금은 없다. 영혼도 없다. 현대의 불행은
역사적으로도 새롭다. 서구의 금박 수레바퀴에 묶여 망가지
느니 갠지스 강의 거지로 사는 편이 낫다.

내 영혼에게 속삭여라. 우리는 먼 길을 왔다고. 그렇다, 정
말 그렇다. 여행자들의 상태나 도착보다 여행한 거리가 더
중요한가? 너무 먼 길을 너무 빨리 달려오는 바람에, 나는
정말 여기가 내가 있고 싶은 곳인지 물어볼 시간을 갖지 못
했다. 그리고 나에게 선택지가 주어지지도 않을 것이다. 이
런저런 질문들을 할 수 있을 정도로 좀 더 알게 되면, 다들
탑승을 완료하고 또다시 떠날 테니까. 세계여행 크루즈를 탄

사회. 그런데 어디를 가든 이미 가본 곳처럼 보이기 시작하는 것이 놀랍지 않은가? 새로운 것의 충격? 집어치워라.

그런 것은 집어치워라. 지금이 기억할 때다. 시간은 거꾸로 흐를 수 있다. 시간은 가만히 서 있을 수도 있다. 등 떠밀려 진보의 길을 황황히 떠날 필요는 없다. 진보라고 써놓고 '테크놀로지'라고 읽는 것을 향해. 예나 다름없는 물질적 세계, 다만 이번에는 DNA로 만들어진 우주복을 입었을 뿐. '테크노 방식으로 시간과 싸우기.' 심장이식. 새로운 불륜 상대. 새 자동차. 더 크고 더 좋은 폭탄. 노화 유전자를 태그해서 죽이기. 당분간 얼굴은 리프팅. 아이들한테는 닌텐도. 어른들한테는 가상현실. 방사능을 더 많이 쬔 음식 먹기. 아픈 것 같다고? 방사능치료, 화학치료, 장 청소, 유방절제, 우리에게는 돌봐줄 로봇이 있다. 머리카락이 빠진다고? 그러면 진짜 같은 가발을 쓰고 다음날 모낭 농장에서 하루 휴식을 취하도록 하자. 죽음이 두렵다고? 그럼 냉동고에 들어가면 되지. 여건이 되면 우리가 해동해줄 테니까. 죽음이 두렵다고? 신제품! 컴퓨터로 제어하는 관椎. 자동 청소 기능 탑재.

하늘의 왕국이 네 안에 있다.

아주 오래전의 일이다. 연보라색 바다에 파랑과 초록의 물고기들. 선체에 부딪는 깨끗한 색깔의 바다. 원색의 바다를 가르는 검은 배들. 침몰하는 돛을 덮치는, 몰개성적인 검은 바다.

이른 아침은 서늘하다. 열기 때문에 주황색으로 변하지 않은, 아직 빛바랜 노란색을 띠고 있는 태양. 공 같은 태양이 황금빛 안료로 칠해져 있다. 낮이 한창일수록 노랑 주황 빨강으로. 불로 제련한 순금과 모래로 씻은 옷을 내가 팔 테니 사라. 그녀의 머리는 햇빛을 받아 하얗게 빛났다. 그녀가 걸어간 자리에는 발자국이 남지 않았다.

환상이 있는 이 섬에서, 그녀는 정제된 태양을 통해 정화된 정신으로 장미꽃을 주워 달을 향해 뿌린다. 흰색에서 흰색으로, 순금의 낮으로 탈색되고 표백된 꽃잎들을. 낮은 시들고 그녀 역시 시들어간다. 무엇이 남았나? 그녀의 발밑에 알알이 밟히는 시간은 아니다. 세계가 스크롤처럼 말린다. 태초에 말들이 있었다. 그리고 종말에도.

나를 읽어라. 지금 나를 읽어라. 동굴을 빠져나오도록 도와줄 실타래 같은 시행들을 따라가라. 뒤로, 앞으로, 시간의 무의미로부터 시간에 구속되지 않는 모든 것들로. 모든 예술은 같은 시대에 속한다. 시간순의 연대기로 말고 방점으로 예술을 붙잡아라. "방점이 어디에 떨어지죠?"라고 물어라. 케케묵은 골동품 수집가처럼 굴면서 언제, 어디서, 따위나 묻지 말고. 예술은 고고학이 아니다. 그것을 어떻게 알아볼 거냐고? 그것이 주는 황홀경으로. 그것을 어떻게 알아볼 거냐고? 그것이 지닌 본질에 대한 충실성으로. 그것을 어떻게 알아볼 거냐고? 그것의 형태로. 여기에는 혼돈이 없고, 못생긴 날개들은 두드려 뒤집는다.

그리고 사랑은? 내가 타오르는 화롯불. 화려하고 헤프고 경계를 넘어 흘러넘치는 사랑. 우리는 위험을 넘어서야 안전에 다다른다. 왜소하고 서글픈 삶은 아무것도 붙잡고 매달리지 못한다. 그 속에는 아무것도 없으니까. 너는 뗏목이 아니고, 나는 선원이 아니야. 너는 약해지고, 나는 강인한 팔 이상이야. 나는 너를 잘 사랑하고 싶어. 아이들과 사물들 속에서 너를 잃고 싶지 않아. 너를 잘 사랑하고 싶지만, 그러려면 사랑 이상의 것으로 사랑해야겠지. 나 자신 안에서 나에게 잘 맞는 화려하고 사치스러운 감정을 찾아내 그 자리에 들어가 머물러야 하겠지.

사랑에 빠지는 것은 예술일까, 과학일까? 중력의 고집과 농익은 나무에서 떨어지는 심장. 유전자 풀? 아니면 오페라?

네가 선택해. 교회가 우리를 결혼시키면, 자, 그다음에는 하얀 가운을 입은 왜소한 남자들 차례지.

올려다봐. 지금은 별똥별이 떨어지는 계절이야. 빛, 2000살 먹은 빛, 아직도 눈부신 빛. 네 얼굴을 보여줘. 20세기의 빛에 비추인 네 얼굴을 보여줘. 네 눈에 별이 박혀 있다고 누가 나에게 말해줬더라? 천상의 것 같은 네 몸을 보여줘. 나는 별에 약해. 네가 수천억 개의 다른 별들에서 가스의 형태로 몸을 던졌던 거야. 정해진 테두리 없이, 고정된 부피 없이. 너는 어떤 공간이든 마음대로 채울 수 있었지만 네가 채운 공간은 나였어. 나는 네가 별들의 천장에서 떨어지는 걸 보았고, 그 추락의 순간에, 너는 정의되기 시작했지.

나는 결정화結晶化된 형태로 얼어붙어 명멸하는 몸을 집어들었고, 너의 평평한 얼굴 그리고 팔다리 하나하나의 견고한 기하에 키스했지. 다섯 점点의 너. 다리 둘, 팔 둘, 얼굴, 희망의 오각형, 그리고 네 손에 쥐여진 부적인 나.

나를 소환해, 그렇게 해. 시간의 쓰레기를 헤치고 나를 부르고 또 불러줘. 여기서, 저기서, 아무 데도 아닌 곳에서, 빨간 장미가 아니라 하얀 장미를 들고. 죽은 시인이 아니라 살아 있는 사랑, 내가 불러온 말들에 먼지가 쌓여 있으면 네 입 안에서 소생시킬게.

네가 출발했던 곳을 올려다봐. 희박한 공기 속 저 높은 곳. 저울질하지 않은 나뭇잎들을 헤치고 가속하던 너의 부피. 굴러떨어지던 네 몸과 그 밑에 없던 그물. 내가 파논[73]으로 네 피멍을 닦아줄게. 너는 성스러운 것, 완전체인 텔레즈마 telesma야. 내 손을 잡아, 네 심장이 아직도 뛰고 있어. 차근차근 소실되지 않고 내 손바닥에서 뛰는 너의 맥박이 느껴져. 내 손을 잡아, 그리고 그 손금에서 이날을, 그리고 맹세하지 않은 나머지 나날들을 전부 읽어.

***

동결된 그 밤, 별들의 미로에 갇혀 사라지는 빛 속에서 길을 잃었던 밤, 나는 네 손에서 쪽지를 받았고 나만의 쪽지를 너에게 남겼지. 대문자로 '승리'라고 쓰고 '넬슨'이라고 내 이름을 서명했어. 그리고 다가오는 의사와 경찰, 가족의 취조와 한밤의 구경꾼들로 구성된 진군하는 선단을 피해 퇴각했어.

"저 여자는 누구야?" 푸른 거리를 헤치고 떠날 때, 나는

---

73) Fanon, 로마 가톨릭의 성찬식 때 두르는 어깨띠.

그 사람들이 하는 말을 들었어.

    오래전의 일이다. 그녀에게는 클레이스라는 딸이 있었다. 그녀는 가장 유명한 고대 시인이었다. 그녀의 작품은 아홉 권의 책을 꽉꽉 채웠다. 그 외에는 그녀에 대해 알려진 사실이 거의 없다.

    현대의 학자들은 달을 장미에 비유했다는 이유로 그녀를 조롱했다. 르네상스 이후로 장미는 붉은색이었는데, 그것이 그녀에게 무슨 상관이었을까?

    그녀는 흰 장미만 들고 다녔다. 붉은 장미는 절대 들지 않았다. 꽃봉오리, 핀 꽃, 시든 꽃. 시든 장미들은 그녀 발치에, 축축하고 보드랍게, 떨어진 장미꽃들 그리고 뜨는 달. 나를 만져줘, 그렇게 해줘. 네 손은 희고 네 입술은 핏기가 없어. 저녁의 장의차 위로 너를 덮은 꽃들은 핏기가 없어. 달이 차올라 있는 동안, 이제 스러져버려. 짧아지는 낮과 대조를 이루는 도톰하고 풍성한 너의 입술.

    나를 사랑해줘. 그렇게 해줘. 너의 참된 심장은 황금의 궤야. 너는 내 가슴받이를 차고 있으니 창과 방패는 필요 없지. 너를 과녁으로 삼는 빛은 투명해. 빛에 맞아 쓰러진 너는 불길이 되어 폭발했어.

푸른 거리를 재빨리 달려가보니, 모퉁이에 세 남자가 있었어. 그들은 붉게 달궈진 숯이 든 냄비를 가운데 두고 머플러를 두른 채 서 있었지. 눈이 내려 하얀 시트처럼 깔리기 시작했어. 이 쓰라린 밤에 우리를 감싸줄 백색의 시트. 숯불 속에서는 나의 미래를 볼 수가 없어. 나에게 보이는 건 과거야, 칼날에 내 이름이 쓰인 이 밤의 칼 손잡이까지. 타오르는 숯불들이 노래해. 젊은 남자가 끊어지는 애에 맞춰 밴조를 타. 네 입을 벌려. 살아 있는 숯불들이 노래해.

***

말의 리듬이 삶에서 삶으로 전해졌다. 시간의 코드가 새겨지지 않은 언어의 리듬이 입에서 입으로 전해졌다. 말은 그의 것이 아니다. 그러니 말해라. 사랑은 그의 것이 아니다. 나를 말해라. 시간에 항거해 기록한 사랑. 말의 낙인으로 시간을 헤쳐 찍은 사랑. 사포, 기원전 600년경. 죽음 이후 2000년의 도시.

Picasso

피카소

피카소는 그 여자를 바라보았다. 부싯돌 같은 눈, 짜릿하게 바짝 선 머리칼, 자갈이 서걱거리는 목소리. 그녀가 말했을 때, 피카소는 바닷가에서 부서지는 파도 소리를 들었다.

그들은 얼마나 오래 그 기차를 타고 있었던가? 며칠? 몇 시간? 몇 달? 몇 주? 몇 년? 언제나? 한 번도 타지 않았던가? 그 기차는 죽어버렸다. 차장도 없고, 안내방송도 없고, 펄떡거리며 밀고 나가던 엔진도 없다. 그들은 죽은 기차에서 햇볕으로 뜨거워졌다. 햇볕은 두꺼운 유리를 통과하며 증폭되었다. 체격이 호리호리한 남자는 초조해하다가 기절했다. 피카소가 자동문을 쿵쿵 두드려보았지만 허사였다. 안전상의 이유로 아무도 기차 밖으로 나갈 수 없는 것이 분명했다. 현대 세계에서는 안전조치가 하도 많아서 그것이 위험의 주요 유발 원인이 되었다.

그녀의 어머니는 안전의식이 대단했다. 어머니는 이렇게 말했다. "오빠한테 꼭 붙어앉아 있어라. 오빠가 너를 돌봐줄 거야."

"사랑해." 오빠가 말했다. 그때 오빠는 열세 살이고 그녀는 아홉 살이었다. "사랑해."

그녀에게는 다른 친구가 하나도 없었다. 어머니는 바깥세상이 사악하다는 것을 알고 있었다. 그녀에게는 다른 친구가 하나도 없었다. 그래서 안전한 집 안에서 오빠와 선원 놀이를 했다. 오빠는 어뢰였고, 그녀는 목표물이었다.

"둘이 그 안에서 뭐 하니?" 문간에서 들려오는 어머니의 목소리.

"어뢰와 목표물 놀이요." 성기를 내 다리 사이에 집어넣고 있던 오빠가 내 입을 틀어막고 대답했다.

사랑해. 이 마법의 총알은 단 한 발로 희생자를 죽이고 살인자를 자유롭게 풀어준다.

사랑해. 우주가 그 실에 꿰어 걸려 있다.

"사랑해." 다시는 듣고 싶지 않은 말이었다. 그 닳아빠진 말을 다시는 듣고 싶지 않았다. 무뎌빠졌거나 거짓말의 숫돌에 날카롭게 벼려진 말들. 그런 말들은 언제 살갗을 꿰찌르지? 언제 진실이고 언제 허위이지?

사랑해. 가족생활의 살인무기.

부엌에서 나를 졸졸 따라다니며 감시했던 사람이 어머니였던가? 내가 방심할 때까지 참을성 있게 기다리면서. 어머니는 묵주에 꿴 거짓말들을 하나씩 헤아리며 하루 종일 나를 벌주고 내 파멸을 중얼중얼 기도했다. 나 자신도 내가 누구인지 알 수 없어질 때까지. 피카소가 존재하지 않게 되면 거짓말이 피카소의 옷을 입고 다닐 수 있도록. 침묵의 봉헌도 있었다. 어머니는 말없이 고기를 썰고, 나는 말없이 야채를 썰었다.

어머니가 급습한다.

"사랑한다." 작은 칼을 내 심장에 곧장 꽂아넣는다. 어머니는 피를 보고 싶어 몸이 달아 있는 것처럼 보인다. 나는 통증에 허리가 꺾여 고꾸라지지만 아무 느낌도 없는 것처럼 행동해야 한다.

"매정한 년." 어머니가 나에게 말한다. "네가 그래. 매정하다고."

나는 집을 떠나겠다고 어머니에게 말했다. 그래요, 그리고 내 심장은 내가 갖고 가겠어요. 내가 심장을 어딘가에 숨겨둔 걸 어머니는 안다. 나의 일부는 우리 가족의 사랑 어린 손길에도 여전히 죽지 않았다는 것을 안다. 저들은 아직 나를 자기네와 닮은 모습으로 빚어내지 못했다. 나는 아직 나 자신이다. 시간은 짧다. 저들이 나를 샅샅이 수색할 것이다. 내 가슴에 숨겨둔 심장을 찾아낼 것이다. 저들은 이미 내 폐와 간과 혓바닥을 게걸스럽게 먹어치웠다. 저들은 내가 왜 말하지 않는지 궁금해한다. 내가 왜 두려워하는지 모르겠다고 한다.

나는 두렵지만 치명적인 공포를 느끼지는 않는다. 아직 용기가 좀 남아 있고 이 정도면 충분하다. 오빠가 휘감긴 시트마냥 내 몸을 덮고 나를 자기 시체로 만들었을 때, 내가 기억하는 것은 레오나르도 가운에 살짝 칠해진 빨간색이었다. 오빠가 내 몸에 자기 정액을 향유처럼 발랐을 때, 나는 그 작은 빨간 조각을 통해 삶에 매달렸다. 내 몸을 깔고 엎드려 내려다보는 그 공허한 눈빛을 봐야 했을 때, 내 피가 응고되지 않도록 더 빨리 흐르게 해준 건 그 빨강이었다. 그 빨강이 그어버릴까 생각했던 혈관을 통해 생명을 밀어넣어주었다. 빛을 머금은 따뜻한 빨강. 내 찢어진 원피스 위에 걸칠 가운에 품위를 부여해준, 황금으로 장식된 빨강.

나중에, 순교자 성 세바스찬 병원에서 시간을 헤아리지도 않고 말없이 보낸 세월 동안, 지나치게 밝은 세상의 허튼 소리 속에서 멀쩡한 정신을 유지할 수 있도록 지켜준 건 반 고흐의 이상하게 활기 넘치는 노랑이었다. 질책하듯 쭉쭉 찢어 붙인 네온에 남은 빛. 혹독하고도 우호적인 목소리로 말하던 그 명랑하고, 명랑하고, 착하고, 착한 간호사들. 착하지, 파티 음식을 먹어요. '나의' 파티 음식. 파란 케이크, 초록색 아이싱, 훅 불어 끌 분홍색 촛불들. 착하지, 나를 훅 불어 꺼줘요, 내 생일에, 내 불꽃 모두를.

나는 스물한 살이다.

나는 책 한 권을 들고 내 방에 숨어 있다. 내 보고서에는 '내향적'이라고 쓰여 있었다. 내 보고서에는 '불통'이라고 쓰여 있었다. 내 보고서에는 '사회화가 완전히 되지 않았음'이라고 쓰여 있었다. 내 보고서에는 '차도가 없음'이라고 쓰여 있었다.

나는 발전하고 있었다. 반 고흐를 연구하고 있었다. 해바라기의 노랑. 옥수수의 노랑, 하늘의 노랑, 여자가 얼굴에서 쓸어내는 빛바랜 머리칼의 노랑. 등나무 의자의 노랑, 켜켜이 쌓인 땅의 노랑. 쟁기질한 밭, 진흙 이랑의 노랑. 집으로 돌아가는 그의 옷을 칠한 노랑.

나는 집으로 돌아갔다. 이번에는 옷을 제대로 차려입고 있었다.

난간과 날개의 결심, 그날 밤으로 생각이 자꾸만 자꾸만 되돌아간다. 나는 당연히 죽었어야 한다. 죽어야 한다는 것이 내 의도였으니까. 이것이 이야기의 다는 아니지만, 기억해내기까지 아주 오랜 시간이 걸렸다. 병원에서 말하니 내가 꾸며낸 이야기라고 했다. 어머니도 내가 꾸며낸 이야기라고 확신했다. 그런 식으로 생각하는 것이 손쉬우니까. 기억은 살인일 수 있다.

크리스마스 이브였다. 오빠와 친구들이 밤늦게까지 술판을 벌이고 있었다. 어머니와 아버지는 주무시러 올라가셨다. 어머니는 명절 때마다 그러듯이 펑펑 눈물을 흘렸다. 나는 내 방에서 그림을 그리고 있었지만, 욕실로 가려면 오빠의 방 문 앞을 지나야 했다. 물감이 담뿍 묻은 브러시들을 한 움큼 쥐고 조심스럽게 걸어가는데, 오빠의 방 문이 열리더니 오빠가 나와 나를 질질 끌고 들어갔다.

"사랑해." 그가 말했다.

나는 안간힘을 쓰며 저항했다. 오빠는 코발트와 크롬의 위페인트를 칠한 붉은 인디언이었다. 내 붓질이 표식을 남겼다. 내가 거짓말을 하는 게 아니라는 걸 보여줄 단서를 남겨야 했다. 나는 오빠의 얼굴에 칠해진 페인트를 밀어냈다.

오빠는 순식간에 나를 쓰러뜨렸다. 오빠는 덩치가 컸거니와, 탄탄하고 잘 빠진 몸에 황소 같은 고환과 루시퍼의 봉을 지니고 있었다. 그의 것은 두껍고 무거웠고 나는 아주 가벼웠다. 어머니는 내가 발레리나가 되기를 원했지만 사실은 그냥 나를 굶겨 죽일 생각이었던 것 같다.

저항하는 바보짓은 이제 하지 않았다. 10년 동안 매튜의 애정 어린 포옹을 받아보니 저항은 바보짓이었다. 매튜는 내 손목을 두 번이나 부러뜨렸고, 한 번은 내 골반을 탈골시켰으며, 2년 전 마지막으로 내 쇄골을 부러뜨렸다. 나는 아버지가 서재에서 오빠에게 하는 말을 들었다. 이제 다 끝났다고 생각했다. 다루기 힘든 말馬 따위에 대한 거짓말은 하지 않아도 되었다. 2년의 자유를 누리고 나자 나는 잊기 시작했다. 상처가 치유되지는 않았지만 잊기 시작했다. 내 몸이, 오빠가 뭐라고 말했더라? 그렇다, 내 몸이 무기 받침대라는 걸 잊기 시작했다. 오빠는 순식간에 내 몸을 자빠뜨리고 깔고 앉아 잘 길들여진 내 언덕들을 타고 달리기 시작했다. 나는 그가 오래전에 판판하게 갈아둔 경작지였다. 도전할 장벽은 사라졌지만 소유의식의 익숙한 쾌감은 여전했다. 내 몸, 내

피, 그곳은 수 에이커에 달하는 그의 땅이었다. 나는 그의 소작 농지였다. 그는 나를 꼼꼼히 조사했다.

"너무 말랐어." 그가 말했다. "엉덩이에 살이 하나도 없잖아." 그는 엉덩이를 찰싹 때리더니 나를 뒤집었다. 옆구리에 안장을 다는 법은 없었지만 그는 가끔 뒤에서 타는 걸 즐겼다. 그의 침대 옆에 놓인 시계가, 여전히 유치한 미키마우스의 다이얼로, 내 뼈로 만든 침대 기둥에 최후의 몇 분을 금으로 새겼다. 한 번. 두 번. 다 됐어. 아직 충분하지 않아? 이만하면 충분해. 내 몸을 덮친 그를 밀어냈을 때, 그는 잠들어 있었다.

남자의 무거운 몸. 내 폐는 사라져버렸다. 내가 원하는 것은 공기, 저 하늘의 모든 깨끗하고 신선한 공기였다. 매튜의 침대에서 나는, 고이고 정체되어 있으며, 여러 번 들이쉬고 내쉰 불건전한 악취가 아니라, 깨끗하고 신선한 하늘의 공기. 매튜의 침대에서는 정육과 하수구 냄새가 났다. 나는 옷이 벗겨진 상태였다. 그는 내가 몸에 걸친 것은 닥치는 대로 찢어버리는 버릇이 있었다. 그걸 생각했어야 하는데, 그때는 아픔 말고는 아무것도 느껴지지 않았다. 나는 내 아픔을 들고 집을 가로질러 꼭대기까지 올라갔다. 위태로운 다락방 계단을 올라, 쓰지 않는 마룻널을 지나 다락방 난간으로 나갔다. 나의 아픔은 시린 크리스마스의 얼음 같은 공기에 마비되어 한결 덜해졌다.

저 멀리서 크리스마스 노래 소리가 들려왔다.

난간에 걸터앉아 무릎 사이에 얼굴을 묻자, 내가 토한 토사물의 온기에 발이 좀 따뜻해졌다. 생각은 없었다. 감정도 없었다. 패배한 내 허파가 들어갔다 나왔다 들어갔다 나왔다 했을 뿐 그 너머로 생명도 없었다.

얼마나 오래 앉아 있었는지 기억나지 않는다. 마루를 가로질러 다가오는 발소리가 들려 코트를 걸치려고 손을 뻗었는데 코트가 없었고, 내가 할 수 있는 일이라고는 창문의 텅 빈 구멍에 눈길을 고정하고 기다리는 것뿐이었다.

"소피아?" 아버지의 목소리였다.

"소피아?" 아버지는 완강하게 나를 피카소라고 부르지 않았다. 그가 듣고 싶어하는 건 자기 이름이었다. 소피아. 지혜. 아홉 번째 뮤즈. 자기 토사물에 먼저 발을 담근. "이 아이에게 소피아라는 이름으로 세례를 주노라."

"아버지?"

"너 대체 오빠한테 무슨 짓을 한 거냐?"

"매튜." 나는 나의 죽은 목소리로 그의 죽은 이름을 말했다.

"물감을 뒤집어쓰고 반라로 마룻바닥에 드러누워 있잖니.

네가 자기를 공격했다더라. 그애가 이렇게 말했어. '아버지, 걔가 또 미쳤어요. 걔가 또 미쳤어요.' 대체 무슨 짓을 한 거야?"

"오빠가 나를 강간했어요."

"어린 것이 걸레처럼." 아버지가 나에게 다가와서는, 손을 치켜들었다. 나는 뒤로 움찔하며 물러났고, 아버지는 내가 토한 토사물을 밟았다.

"경찰에 고발할 거예요." 내가 말했다. 노래하듯이, 꿈속처럼. "이번에는, 좋은 의사하고 좋은 경찰한테 말할 거예요. 다 말해버릴 거예요."

나는 일어섰다, 아니, 일어섰던 것 같다. 경찰서로 걸어가려고 일어섰다. 나 혼자 가만히 뒀어도 추락했을 가능성이 있긴 하다. 그렇지만 사실, 내 의지로 떨어진 것이 아니다. 아무 두려움 없이 살짝 흔들거리고 있는데, 아버지가 나를 옥상에서 밀쳤다.

그녀는 아버지에게 가서 돈을 구한 적이 없다. 사랑을 구하러 갔을 뿐이다. 하지만 늘 빈손으로 나왔다. 아버지는 죽은 것만 사랑하는 사람이었다. 피카소는 옥상에서 떨어지면서 생각했다. "이제 아버지는 나를 사랑하시겠지. 아버지가 나를 사랑할 거야."

  잭 해밀턴은 결혼하기 전 아내가 확실히 죽었는지부터 확인했다. 아내의 아버지가 경영하던 산업단지에서도 죽지 않고 살아남은 활력은 다 팔아넘기고, 그나마 남은 명랑한 성정까지 죽여서 기계로 만들려고 수고를 들였다. 아내는 살면서 즐거워하면 안 되었다. 값어치 없는 것들에서 아름다움을 찾아도 안 되었다. 아내는 웃음이 너무 많고 너무 헤펐다. 아내는 오로지 그만을 위해 웃어야 했다. 그에게는 삶이 없고, 기쁨도 없고, 아름다움도 없었기에, 아예 그런 것들의 존재를 부정하는 법을 터득했다. 그는 자기만의 인공 세계에서 크나큰 만족을 느꼈다. 방부 처리한 것들로 수백만 파운드를 벌어들일 수 있었다.

  결혼식 날에는 돈으로 살 수 있는 최고로 값비싼 수의를 호사스럽게 걸친 약혼자의 시체를 가졌다. 죽은 그리스도의 표식 아래에서 그녀와 결혼하고 봉인된 방들로 데리고 들어가 아내로 하여금 그 속에서 자기 삶의 나침반을 찾게 했다. 그 방들 바깥에는 그녀를 위한 것이 아무것도 없었다. 그녀는 그의 아내였고, 그 집 안의 방들이 그녀에게 허락된 왕국이었다. 집 한가운데에 부부의 침대가 있었다. 그녀는 침대로 들어가 가만히 누웠다.

첫 아이는 사산아였다. 움직이지도 울지도 않는 아기. 아버지는 "정말 착한 아기"라면서 그 아이를 예뻐했다. 남자는 윗입술이 뻣뻣해야 하는 법이지. 소년은 아무 감정도 보이지 않았다. 아버지는 기뻐했다. 남자는 울면 안 되는 법이야.

소년에게는 고양이가 한 마리 있었다. 아버지는 가구가 상한다고 고양이의 발톱을 다 뽑아버렸다. 가구는 수천 파운드짜리였다. 고양이는 버려졌다. 아무도 고양이를 원치 않았고, 모두가 가구를 부러워했다. 고양이가 죽고 오랜 시간이 지나면 소년이 가구를 물려받게 되리라.

둘째 아이는 딸이었는데, 고요한 침대에서 생긴 사산아가 아니었다. 아기는 악을 썼다. 아버지가 의사들을 불렀지만 아기는 악을 쓰며 계속 울었다. 아기는 금지되지 않은 모든 소음을 냈다. 아버지가 집에 계실 때는 그 누구도 감히 입을 열어 말하지 않았다. "누가 말을 걸면 그때 말해라"라는 묵계가 있었지만, 아내와 아들은 서로 전혀 말을 섞지 않았고, 아버지가 등을 돌릴 때 가끔 속삭일 뿐이었다. 아기는 아버지의 묵계를 무시하고 소리를 질렀다. 어머니와 아들은 아기를 존경하고 부러워했으며 또한 미워했다.

죽은 가족과 살아 있는 아기는 교회에 갔고, 목사가 산상

에서 설교를 했다. 아버지는 주위의 신자석을 둘러보며 자기
가, 적어도 지금까지는, 거기서 가장 부자라는 사실을 확인하
고 흡족해했다. 어머니와 아들은 보이지 않는 눈으로 앞만 물
끄러미 바라보았다. 오로지 아기만 자체의 빛으로 색이 변하
는 스테인드글라스를 보았다. 싸늘한 바닥에 드리워진 빨강
과 초록의 사도들, 돌의 기치들이 모두 빛의 석판이 되었다.
아기의 작은 몸을 그 사도들만큼이나 환하고 반들반들 윤나
게 하던 난방기의 빛. 아기는 새로운 사도가 되어 빛났다.

　죽은 가족은 도저히 아기를 완전히 죽일 수가 없었다. 거
기 존재하는 빛은 무슨 빛이든 진짜였다. 가족은 암막 커튼
으로 아기를 감싸고, 납으로 밀봉하고, 석면의 훈육을 받도
록 조치했다. 밤이 되면 가족들은 검은 옷을 입고 아기 방 옆
으로 기어다니며 열쇠구멍으로 몰래 들여다보며 아기가 죽
었는지 확인했다. 하지만 죽지 않아서 가족은 그녀를 두려워
했다.

　"결혼을 시켜야 해." 독신 여성은 부자연스럽다는 걸 알고
있던 아버지가 말했다. "내 드레스를 입히면 되겠네요." 어
머니가 말했다. "냄새는 어떻게 없애볼게요." 집 안에서 언
제나 그 냄새가 났다. 향내제비꽃, 탈쿰 파우더, 걸어둔 정육
냄새. 하녀는 그 텁텁하고 들큰한 냄새를 에어로졸과 가구

세제로 위장하려고 항상 애썼다.

"하수구 때문이에요." 어머니가 말했다.

"이웃집 때문이야." 아버지가 말했다.

"쟤의 유화 물감 때문이에요." 매튜가 말했다.

"오빠 때문이야." 피카소가 말했다.

아버지가 기사 작위를 받았고, 어머니는 앓아누웠다. 시간이 흐를수록 자식들은 점점 더 오랜 시간을 함께 보냈고, 가끔은 한 침대에서 같이 잤다. 그야 잘못이랄 것이 없었다. 오빠와 동생 사이니까. 게다가 이불 커버 두 개를 따로 빨지 않아도 되고. 잭 경은 백만장자였지만 경제관념이 투철했다.

결혼하고 갓 죽은 부부가 되자마자, 못생긴 잭 해밀턴과 교육을 잘 받은 안달복달하는 아내는 가축 방목장 옆에 있는 퀸 앤 시대의 낡은 저택을 샀다. 당시 그 저택은 유행하는 스타일이 아니었고 동네도 가난해서, 아내는 몇 개 되지 않는 근처의 상점에 가는 것마저 두려워했다. 그녀는 절대로 지갑을 갖고 나가지 않았다. 그 시절에 잭은 부자가 아니었지만, 화려한 저택을 원했다. 게다가 그 집의 투자가치를 알아보았다. 그리고 투자에 관한 한 잭의 판단은 어김없이 옳았다.

몇 년이 지난 후, 이사를 가자는 아내의 간청을 가차 없이 거절하던 잭 경이 갑자기 그 집과 방목장을 묶어서 팔아버렸다. 어떤 사람이 최대한 서서히 죽어가기 위해 돈을 낼 용의가 있는 사람들을 위해 주거용 아파트가 딸린 새 민영 암 전문 병원을 그 자리에 짓겠다면서, 비밀에 부쳐진 액수를 제안해왔다고 했다.

레이디 해밀턴은 행복했다. 공인중개사에게서 브로슈어를 받아들고 행복해했다. 복도마다 돌며 이사를 관장하면서 행복해했다. 행복해서 목이 아파도 다시 노래를 부를 수 있었다. 그녀 속에서는 이미 오래전에 허물어진 어두운 집을 떠날 수 있어서 행복했다.

마름모꼴 용종이 몇 개 생겨서 그녀는 병원에 갔다.

"암입니다." 의사가 말했다.

"집을 떠나 다른 집으로 가는 거지." 위로랍시고 잭 경이 말했다.

어머니는 신혼 침대에 누워 값비싼 벽을 물끄러미 쳐다보았다. 아버지는 거대한 빅토리아 감성의 그림들을 소장하고 있었다. 반듯한 의자를 손으로 움켜쥔 붉은 치마 차림의 타락한 여자를 그린 도덕적 그림. 의사가 죽어가는 여자를 심각하게 진찰하고 있는 그림.[74] 인기 있는 그림들, 값비싼 그림들, 콜리어[75], 루크 필즈 경, 밀레이[76], 테크닉과 위선(무엇보다 진짜처럼 보여야 하니까)의 조합으로, 흔히, 예술이라고 불리는 것들[77].

아버지는 종종 사물을 똑같이 그려보라고 나에게 권했고, 나는 사물 자체가 거기에 있는데 왜 똑같이 그림을 그려야 하느냐고 묻곤 했다. "예술은 삶을 비추는 거울이란다." 아버지는 엘시노어 성[78]에서 험상궂게 노려보며 말했다. 사람들이 햄릿의 미친 소리를 진지하게 받아들인 건 불과 19세기 이후부터라고 말씀드릴 수는 없었다. 심지어 빅토리아 시대 사람들이 그토록 우러러보았던 네덜란드의 장르 화가들마저도 회화가 실제 사물처럼 보인다는 사실이 질감과 구성보다 더 중요하다고 보지 않았다. 19세기 중반까지, 사물을 있는 그대로 그리는 화가들도 정확히 재현하기만 하면 충분

---

74) 루크 필즈 경Sir Luke Fildes의 〈의사The Doctor〉를 말한다. 석유등과 새벽의 여명이 주는 빛의 효과를 살린 작품으로 현재 테이트 갤러리에 소장되어 있으며, 그림에 묘사된 의사의 따뜻하고 헌신적인 모습이 대중의 공감을 얻어 유명해졌다.

75) 존 메일러 콜리어(John Maler Collier, 1850~1934), 대중적으로 인기 있는 그림을 그렸던 라파엘 전파의 화가.

76) 존 에버렛 밀레이(John Everette Millais, 1829~1896), 라파엘 전파의 화가로 물에 빠져 죽은 오필리아를 그린 〈오필리아〉가 유명하다.

77) 본문에서 언급된 작품들은 대부분 여성을 성적 대상화하거나 이상화하는 빅토리아 시대의 회화들이다.

78) 〈햄릿〉의 배경이 된 덴마크의 왕궁.

하다고 생각하지는 않았다.

"가서 내 콘스타블 그림을 좀 봐라." 아버지는 말했다. "그러고 나서 네가 화가라고 말해봐."

나는 콘스타블의 그림을 보았다. 여러 번 보았다. 점잖고 용인 가능한 그 콘스타블이 1824년 파리 살롱전에서 엄청난 소란을 일으켰다는 이야기를 내가 당신에게 어떻게 해줄 수 있을까? 명암의 농담을 주지 않고, 색을 섞지도 않고, 원색 옆에 바로 원색을 배치했기 때문이라는 말을 어떻게 당신에게 해줄 수 있을까? 환한 색의 물감들을 뭉개고 찍고 번지게 한 화법이 앵그르를 숭배하던 사람들에게 엄청난 충격을 주었다는 말을 어떻게 당신에게 해줄 수 있을까? 무례한 원색뿐 아니라, 풍경을 재현하지 않고 드러나게 한 기법이 충격적이었다고. 그것은 스튜디오의 자연이 아니었다. 위험한 콘스타블, 하지만 이제는 길들여지고, 죽고, 정전正傳의 반열에 올라 아버지의 값비싼 벽에 걸려 있는 콘스타블.

피카소는 이런 말을 남겼다. "나는 화가지 포주가 아니다. 다른 화가의 작품을 팔아먹고 살지 않는다."

"이게 너야." 어머니가 당신이 그린 드로잉을 치켜들며 말한다.

"이게 너야." 실력이 꽤 좋은 만화가인 아버지가 말한다.

"이게 너야." 오빠가 말한다. 자기 말고는 아무것도 그리지 않으면서.

나는 지난 세월에 걸쳐 상당한 폴리오를 수집했고 내가 본 것이 내가 되었다. 내가 나 자신을 만질 수 없는데 어떻게 손을 뻗어 다른 사람을 만질 수 있을까?

너를 만지라고. 나는 못해. 나를 만지겠다고? 너는 못해. 존재하지 않는 것을 어떻게 만지겠다는 거야? 엑시스테레 엑스시스테레Existere Exsistere[79]: 나와서 서다, 두드러지다. Ex: 밖. Sistere: 서다. 사람을 두드러지게 하는 건 무엇일까? 자아 감각. 다른 모든 사람들의 거짓말을 넘어 고유한 나만의 형태를 빚어 두드러져야 한다.

복제가 훨씬 안전하고, 뭐니 뭐니 해도, 훨씬 돈이 된다. 복제는 항상 신나게 돈을 벌어들이는 사업이었지만, 정확한 날짜를 달력에서 콕 짚어보자면 1829년이다. 니엡스[80]와 다

---

79) 존재existence의 어원인 라틴어 existere는 'ex(out)'와 'sistere(stand)'를 합친 말이다. 즉 '나와서 서다' '두드러지다'라는 뜻이 된다.

80) Joseph Nicéphore Niépce(1765~1833), 프랑스의 사진제판 발명가. 1826년 세계 최초로 사진 촬영에 성공했는데, 이것을 헬리오그래피라고 했다. 헬리오그래피는 '태양광선으로 그리는 그림'이라는 뜻이다.

게레[81]가 사진술을 발명한 해.

그것이 우리 부모님의 결혼식 날인가?

그것이 나인가?

카메라는 결코 거짓말을 하지 않는다….

평화로운 공기를 가르는 사이렌의 몸. 나의 몸, 구제불능이지만 구원받은 몸. 태양을 담고 나를 내려다보는 얼굴. 바다를 품고 나를 다그치는 목소리. 메마른 흙에 생명수. 동토를 녹이는 태양. 나를 만져줘. 너의 손, 네 심장의 특사.

오래전의 일이었다. 나는 높은 곳이 두려웠다. 기억의 두려움. 그런 두려움을 한꺼번에 극복하고자 다시 지붕으로 올라갔다.

밤은 차가웠다. 회색 슬레이트 지붕들마다 서리 때문에 광택이 났다. 반짝이는 지붕 표면에서 별빛이 교차되고 반사되

---

81) Louis Jacques Mandé Daguerre(1787~1851), 프랑스의 무대장식 화가. 사진술의 선구자. 17세에 파리의 무대장식 아틀리에에 들어가 오페라 극장 전속으로 승진했다. 1822년 무대효과를 위해 디오라마 기법을 고안했으며, 1829년부터는 화학자 니엡스와 함께 본격적인 사진술 연구를 시작해 니엡스가 사망한 후에 완성했다. '다게레오타입daguerreotype'이라 명명된 이 근대적 사진기법은 1839년에 공식적으로 발표되었다.

었다. 별빛 총총한 지붕에 비스듬히 기대 누워 하늘을 바라보았다. 내 숨결이 싸늘하고 하얀 원뿔형으로 발사되어 사라졌다. 차가운 불을 뿜는 입에서 나오는 차가운 불. 불은 꺼지지 않았지만 활활 타오를 힘도 없었다. 어떻게 해야 내가 아는 나 자신이 될 수 있을까? 어떻게 해야 활활 타오르는 재능을 지닌 땔감이 될 수 있을까?

돌계단에 부딪는 건, 아버지의 발자국. 석조 부벽 뒤에서는, 아버지의 목소리. 시리고 유려한 공기를 가르는 건, 스모킹 재킷을 걸친 아버지. 아버지, 제한된 공간을 가득 채우는 부피의 환각.

나는 그를 죽이기로 결심했다.

승리.

그날 아침, 아버지는 늘 앉던 자리에서 아침 식사를 했다. 나는 부엌칼을 들고 그를 찔렀다. 하지만 아버지는 꿈쩍도 않고 토스트에 버터를 발랐다. 어머니와 오빠는 날씨가 어쩌고저쩌고 중얼거리고 있었다. 뭐라더라? 돌풍이 도시를 휩쓸었다던가?

나는 칼날을 뽑아 2번 척추에 쑤셔넣었다. 뼈가 파사삭 박살나는 소리, 신경이 피아노 줄처럼 팅, 하고 끊어지는 소리가 들렸다. 카본 스틸 나이프를 버터 칠을 한 살에 다시 한 번 쑤셔넣었다. 어머니가 테이블을 치우기 시작했다.

절박해진 나는, 침입자를 대비해 아버지가 갖고 있는 장총으로 아버지를 쏘았다. 이중 탄환이 아버지의 두개골을 산산조각 냈다. 나는 아버지를 꼬드겨 공장으로 데려가 당신의 방부제 실린더를 통해 가스에 질식하게 만들었다. 목욕물에 황산을 부어넣어 에나멜 틀 속에서 녹아 돼지 파테[82])가 되는 꼴을 지켜보았다. 바닥에 들러붙은 찌꺼기까지 박박 긁어 개들에게 먹이고, 개들이 다 토하고 목에 걸려 컥컥거리는 모습을 지켜보았다. 이 모든 짓을 다 했는데도 아버지는 끝내 죽지 않았다. 죽은 자를 죽인다는 건 불가능하다.

시간이 흐름에 따라, 나는 증오를 호흡하고, 증오를 먹고, 밤마다 베고 자는 베개 속을 증오로 통통하게 채웠다. 그리고 생경하고 이상한 마비 증세를 느꼈다. 아버지를 없애버리려는 시도가 거듭되면서 나는 오히려 그를 닮아가고 있었다. 그의 분노, 그의 불행, 그의 술책, 그의 고통이 내 혈관을 타고 순환했다. 내가 미워할수록 아버지는 오히려 즐거워했다.

---

82) Paté, 돼지의 비계와 살을 향신료와 함께 갈아 차갑게 굳힌 요리. 빵이나 크래커에 발라 먹거나 편육처럼 잘라 먹는다.

나는 아버지와 닮아가는 데 그치지 않고 아버지가 될 테니까. 죽은 자는 그렇게 스스로를 복제하니까.

나 자신을 다치지 않고 그를 다치게 하려면 무엇을 할 수 있었을까? 이미 그 무엇보다 아버지를 아프게 하는 사실은 무엇일까? 나는 살아 있고, 아버지는 다른 모든 사람들을 자기 손으로 죽였지만 나는 아직 죽이지 못했다는 사실. 나는 매일 그의 면전에 삶을 던졌고, 그의 친족이 되기를 거부함으로써 음습한 죽음의 찬미를 모욕했다. 죽은 자들은 자기들끼리 있을 때만 번영한다.

승리.

더 많은 생명을 한계가 없는 시간 속으로.

그 집에서 걸어나오던 아침, 나는 그 집이 허물어지고 있다는 걸 알았다. 높은 창가에서 말없이 손짓 몸짓을 하는 우리 가족의 모습이 평온한 유리 너머로 미친 형상을 그렸다. 흐릿한 판유리 너머로 휘두르는 팔이 표시하는 분노와 복수심이 흐릿해지고, 더욱더 흐릿해졌다. 제 손으로 불행의 바퀴를 돌리는 검은 노들. 너무 늦었다.

저택은 창가의 인형들을 중심으로 자그맣게 줄어들었다. 매일이 매일을 갉아먹은 나의 과거는 적당한 사이즈로 축소

되었다. 과거에 소모되지 않은 시작이 있을 것이다. 상처 밖의 시작. 두려움 밖의 시작. 나는 중력에 파괴되지 않았다.

중력. 중력의 꼬챙이. 그녀는 자기 집에 둘러쳐진 난간을 기억하고, 화살에 깊이 찔린 성자 세바스찬을 생각했다. 무심한 열차 안에서, 한순간, 두려움이 다시 그녀의 옆자리를 슬그머니 차지하고 앉았다. 그녀는 고개를 들어 머리카락에 태양을 품은 맞은편의 여자를 보았다. 바다를 품은 그 여자의 웃음소리를 들었다. 그리고 그 여자가 누구인지 알아보았다.

승리.

어느 창녀의
철저하고 정직한
회고록

"부인이 그를 중력의 꼬챙이에 꿰어 꼼짝 못하게 만들었습니다."

"아니에요, 그렇지 않아요!" 돌이 외쳤다. "들어온 건 반드시 나가게 되어 있단 말이에요."

"물론이지. 지당한 말이야." 미스 맹글은 재판 과정을 보지 못하도록 눈가리개를 하고 있었지만 막간을 세심하게 헤아려 추임새를 넣곤 했다.

돌은 기분이 좋지 않았다. "그건 아주 섬세한 물건이라고요…."

"부인, 혹시라도 그것이 부러지면 어떡합니까?"

루지에로는 부르르 떨었다. 머리를 베개에 묻고 하반신은 허공에 치켜든 채로 부르르 떨었다.

"부인, 저는 수술을 제안합니다." 뉴턴이 말했다.

"제가 이의를 제기할 수는 없어요." 돌이 말했다. "저도 항간의 평판을 고려해야 하니까요."

('그러면 나는? 나는?' 루지에로는 서글픈 마음으로 생각했다.)

"그저 압력의 문제일 뿐이에요." 돌이 말했다. "선생님께서도 저서에 그렇게 말씀하셨잖아요." 돌은 《프린키피아 마테마티카Principia Mathematica》의 영어 번역서를 탁자 위에 내려놓았다.

"압력?" 뉴턴이 말했다…. "'압력'이라. 그러면 지식이라는 굉장한 확실성으로… '양배추 수프'를 권합니다."

"양배추 수프요?"

"부인, 지금 당장 제일 큰 냄비에 양배추 수프를 잔뜩 끓여서 이 재수 없는 남자한테 먹여요. 그렇게 하면 이 엉덩이(뉴턴은 그 엉덩이를 찰싹 때렸다)의 내벽에 큰 압력을 창출하게 될 겁니다. 압력이 엉덩이를 둘러싼 대기의 압력과 동등해지거나 더 커지겠지요."

"그러니까 방귀를 뀌면 빠질 거라는 말씀이세요?" 돌이 물었다.

푸르른 돌, 잎이 무성한 돌, 잘게 썰어 끓인 돌, 순가락과 양념통을 곁들인 돌, 수없이 모욕당하고 오물을 뒤집어쓴 돌. 그녀는 약 두 시간에 걸쳐 양배추 네 통과 시궁창 같은 냄새가 나는 6파인트의 육수로 수프를 끓였지만, 단 한 번의 돌풍도 일으키지 못했다.

***

"이제 그만!" 턱 밑이 초록색으로 물든 루지에로가 외쳤다. "이제 됐소!"

"이 정도면 됐어요." 돌이 기운 없이 국자를 내려놓으며 말했다.

"선생님, 이제 계산을 하세요." 돌은 뉴턴에게 그의 저서를 건네주며 말했다.

"부인, 무슨 계산 말입니까?"

"저 죄 없는 엉덩짝에서 음탕한 핀을 뽑아내는 데 필요한 힘을 계산하시라고요."

('이게 핀이면 얼마나 좋겠어.' 루지에로는 생각했다.)

긴 침묵이 흘렀다. 침묵이 이토록 긴 적은 없었다. 뉴턴은 썼다. 엉덩이의 부피(b)m는… 그리고 끼적끼적 뭐라고 쓰더니, 서글픈 표정으로 돌을 바라보았다.

"힘을 생각해요." 돌이 말했다. "압력을 생각하시라고요." 돌이 말했다.

"힘을 생각하고." 뉴턴이 말했다. "압력을 생각하고." 그리고 이렇게 썼다.

$$\pi r^2 l \times P$$

r=지름, l=소실된 길이….

"소실된 길이요?" 돌이 물었다.

"그러니까, 삽입된 꼬챙이의 길이 말입니다, 부인." 뉴턴이 대답했다. "그리고 P=대기압."

"물론이지. 지당한 말이야." 미스 맹글이 느닷없이 말했다.

"맹글 부인이 가장 좋아하는 작가가 선생님이세요." 돌이 설명해주었다.

뉴턴은 공식을 보았다. "공식을 쉬운 영어로 설명해줄게요. 토끼 여섯 마리가 양 한 마리와 똑같은 양의 풀을 먹고, 양 한 마리가 노새 반 마리만큼 똥을 싼다면, 이 골치 아픈 핀을 뽑아내는 데는 불알이 멀쩡한 곰 한 마리가 필요하다는 것이 확실합니다."

돌은 새삼스럽게 존경스러운 눈으로 뉴턴을 바라보았다. "한 마리 구해올게요." 돌은 이렇게 말하고는 집 밖으로 뛰어나가 방목장을 가로질러 도살장으로 들어갔다. 돼지 멱을 따는 칼보다 더 빨랐다.

도축업자 잭 컷은 말을 빙빙 돌리는 사람이 아니었다.

"이런 세상에, 부인." 그가 말했다. "내가 이 오른손으로 빼내드리겠습니다." 그가 '치프사이드의 불곰'이라고 불리는 데는 다 이유가 있었다.

잭 컷과 돌이 고상한 숙녀의 방으로 돌아왔을 때, 뉴턴, 루지에로, 미스 맹글은 모두 깊이 잠들어 있었다. 들리는 소리라고는 코 고는 소리뿐이었다.

"앙 푸앵트[83]로 가겠습니다." 잭 컷은 120킬로그램에 육박하는 남자다운 덩치를 발끝으로 가볍게 세우고 터키 깔개를 가로질러 갔다.

"민감하게 다뤄요. 아주 세심하게." 돌이 속삭였다.

"송로버섯 숲을 뒤지는 돼지의 코처럼 민감하게 할게요."

"그렇지만 부드러워야 해요." 돌이 애원했다.

"소녀의 치맛자락처럼 부드럽게 할게요."

"조준은 확실해야 해요."

"암사슴을 덮치는 수사슴처럼 확실하게 하겠습니다."

잭 컷은 거대한 한 손으로 자기磁器 꼬챙이를 잡고, 헤라클레스와 동정녀 마리아를 합친 엄청난 고함 소리와 함께 술병 마개를 따듯 펑 뽑아냈다. 그러자 루지에로가 갑자기 엄청난 방귀를 연속으로 분출하며 수평으로 도약해 침대 위로 날아올라, 경악한 뉴턴의 눈앞에서 넉넉히 30초 이상 똑바로 누운 자세로 공중에 떠 있었다. 도살업자로 말하자면, 반동력이 너무 강했던 나머지 창밖으로 튕겨나가 그 아래 시궁창에

---

83) en pointe, 발레에서 발끝으로 서는 자세.

처박히고 말았다. 오직 미스 맹글만 뒤척이지도 않고 푹 잠들어 있었다.

"이분은 성녀예요." 돌이 숙녀분의 눈가리개를 풀어주며 말했다.

"물론이지. 지당한 말이야." 미스 맹글은 잠을 자면서도 말했다.

루지에로… 루지에로… 길고 긴 밤 시간 내내 연인 옆에 앉아 보초를 선 사람은 키스하는 돌과 애무하는 돌, 살살 어루만지고 연고를 발라주는 돌이었다. 그리고 앉아서, 함께 누워서 세심하게 쾌락을 즐길 때, 돌은 자기 연인의 중간 신체 부위에 대해 매우 희한한 사실을 발견했다….

사포는 여백에 이렇게 썼다. 실마리(헨델, 독일인, 1685~1759, 직업: 작곡가), 'Di cor mio, quanto t'amai(나의 마음, 너를 얼마나 사랑했는지).'

Handel

헨델

그 남자는 책을 베고 누워 있었다. 뒤통수에 뜨거운 느낌이 들었지만, 이마가 더 뜨겁고 끈적거렸다. 마치 머릿속 전체에 달궈진 숯이 들어찬 것 같았다. 입안에는 재가 들어 있었다.

눈을 떠보니 열차의 무채색 천장이 보였다. 그는 답답한 공기에 진저리를 치며 의식적으로 호흡을 했다. 그의 삶 속 죽은 것들이 전부 그를 깔고 앉아 공기를 다 마셔버리고 있는 느낌이었다.

그는 벌떡 일어났다. 너무 급하게 일어나는 바람에, 기차가 마치 안구 정중앙에서 빙글빙글 돌며 튀어나가는 장난감처럼 보였다. 무채색 무늬의 좌석들이 핑글핑글 돌고, 원목

무늬의 테이블이 핑글핑글 돌고, 가만히 있는 기차가 핑글핑글 돌았다.

뒤틀린 얼굴들이 무수한 팔들의 만화경 속에 붙들린 그에게 덤벼들었다. 빙글빙글, 위장의 토사물 그리고 룰렛처럼 돌아가는 기차. 그는 쓰러졌다.

두 주먹을 단단히 쥐고 쓰러졌는데, 황당하게도, 안전유리에 쿵 부딪혔다. 공포스러운 꿈속에서, 그는 메스꺼운 와중에도 빨간색의 작은 홀더에 걸려 있는 망치를—도끼였던가?—보았다. 깨어져 박살나는 플라스틱 속에 손을 넣었는데, 어딘가, 아주 멀리에서, 둔하고 듣기 싫은 종소리가 울리더니, 교실로 돌아가라고, 수술실로 돌아가라고, 산소농도가 낮다고, 누가 그를 만나러 문 앞에 와 있다고 경고했다. 문. 보호와 단열 용도의 고무로 밀봉된 문을 발견한 그는 온 힘을 다해 도끼를 휘둘러 양문 가운데를 찍었다.

진공이 확산되었다. 문은 덜컹거리며 열렸고, 딱 자루를 끼워넣을 만한 틈새가 생겼다. 그러자 천사들이 내려와 그의 부상당한 양팔을 붙들어주고 있다는 생각이 들었다. 그는 문짝을 잡아당겨 뜯어버렸다.

도끼를 툭 떨어뜨리고, 덜렁거리는 강판 밖으로 나가 콘크리트 항만을 밟고 섰다. 저 앞에 벼랑, 바다, 버려진 백사장,

그리고 빛.

그는 그 책을 갖고 있었다.

수년 전 그는 자동차 사고를 당했다. 말끔하고 잘 포장된 미끈한 도로를 착실히 달리고 있었다. 그런데 운전대를 꺾으려 할 때 차가 말을 듣지 않았다. 차는 가죽과 강철로 된 미천한 상자 주제에 반란을 일으켜 그를 덮치고 또 덮쳐왔다. 중핵中核에서 곧추선 아스팔트가 전면 차창을 통해 그의 면전으로 닥쳐왔다. 그때 그는 〈투란도트〉를 듣고 있었는데 CD가 튀면서도 끝까지 고장 나지는 않았다. 라 스페란자, 라 스페란자, 라 스페란자, 어째서 그는 죽지 않았을까? 그는 이 생각을 자주 했고, 그때마다 그 천운의 이유가 무엇인지 알고 싶었다. 아직도 이해하지 못한 건 왜인지 궁금했다. 두 번째 삶. 무엇을 위해 이 삶을 덤으로 얻었을까? 그저 예전에 하던 일을 되풀이한다면, 이번에는 반복으로 무뎌져 있을 텐데? 형체도 알아보기 힘든 차에서 기어나온 그는 꿋꿋이 2마일을 걸어가다가 경찰차에 발견되었다. 그는 말했다. "문제는 전혀 없습니다, 경찰관님. 나는 의사거든요." 그리고 갈기갈기 찢긴 운전면허증을 보여주었다.

나중에, 한참 뒤에, 다시 건강해진 후에, 나는 쇼크 상태의 후유증으로 내가 무슨 짓을 했는지 농담조로 말하곤 했다. 병원에서 그 오랜 세월을 일하며 많은 다른 사람들에게서 수없이 보고 치료했던 쇼크의 후유증 말이다.

"이상한 건 말이야, 정말로 내가 멀쩡하다고 믿었다는 거지. 팔이 부러지고, 발목에 금이 가고, 화상을 입고, 피를 철철 흘리고 있었는데 말이야. 그런데도 내가 멀쩡한 줄 알았다니까."

물론 쇼크의 생리적 기제는 알고 있었다. 당연히 잘 알고 있었지만 마음은 여전히 불편했다. 상처투성이의 삶을 살아가면서 그는 또 다른 어떤 방식으로 스스로를 기만했을까?

* * *

그는 계속 걸었다. 날카로운 불꽃놀이로 머리가 터져나가고, 허파가 살가죽 아래에서 힘차게 펌프질을 했다. 주머니 속을 주섬주섬 뒤져 알약 하나를 꺼내 삼켰다. 좀 있으면 나아질 것이다, 벌써 한결 나았다, 시체들로 가득 찬 깡통 영안실에서 탈출했으니. 콘크리트 선가船架 언저리를 따라 비틀거리며 계속 올라갔다. 거친 선가 언저리에서는 잡풀이 무성했다. 풀은 사람들이 지나다니는데도 콘크리트가 갈라진 틈을 찾아내 계속 자라났다. 그는 컨테이너 항만의 기름 냄새와 생선 비린내를 등지고 진짜 벼랑 쪽으로 나아갔다. 거기서 탁 트인 풍광이 바라다보이면서도 바람을 피할 수 있는 조망 지점을 찾아냈다. 그런 다음 책을 펼치고 읽었다.

나, 헨델, 연인, 바보, 사제, 광인, 의사이자 사망 증명서. 나에게는 끝이 오기 전에 남은 것을 이야기할 시간밖에 없다.

하루하루 연명하던 악몽의 도시에서, 나는 새 암 전문 병원의 원장이었다. 물론 민영이었지만, 낡은 도축장 위에 소규모의 자선 병동을 설립할 예정이었다.

부지는 완벽했다. 퀸 앤 스타일의 저택이 있는 10에이커의 가축 방목장이 있었는데, 이 계획을 위해 보존하기로 했다. 그곳은 도시 빈민 구역에 자리해 있었다. 용인할 수 있는 사람들과 타락한 자들을 가르는 경계에 있었다. 설립 인가 단계에서 시위를 하는 사람도 없었다. 두드려맞다 심장이 멎어버린 자들은 입을 열지 않는다. 그곳은 말하지 못하는 사람들의 도시였다.

나는 그 선택을 인정했다. 그 부지는 내가 아는 사람의 땅이었다. 그 사람 아내의 두통, 우울증, 기타 온갖 흔한 여성

질환들을 치료해주었다. 그녀가 후두암에 걸렸을 때도 나는 놀라지 않았다.

그 남자, 잭은 합성물질과 방부제를 만들어 당대 귀족[84]의 반열에 올랐고, 상당히 젊은 나이에 투자 개념으로 그 부지를 샀다. 부동산을 사려고 아내의 주식을 팔았으니, 자기가 자수성가한 사람이라는 허풍은 엄밀히 말해 정확한 것은 아니다. 하긴, 아내를 자기 갈비뼈로 여긴다면 얘기가 달라지지만. 잭은 자기 아내를 자신의 갈비뼈로 취급했다.

도시를 떠날 계획을 세운 날, 아주아주 여러 번 세웠던 계획을 또 세운 날, 잭이 나에게 전화를 걸어와 급히 자기 집으로 와달라고 했다. 그는 뜬금없이 무례한 전화를 받은 것이 자기 쪽인 양, 가타부타 설명도 없이 전화를 끊어버렸다. 나는 짐을 다 꾸리고 문단속까지 한 참이었다. 지체할 여유가 없었다. 날씨가 점점 나빠지고 있었다. 그래서 그 일을 동료한테 넘기기로 마음먹었다. 하지만 기억나는 익숙한 전화번호를 돌렸더니, 그날이 그래서, 그런 날씨라서, 그 왕진 요청을 맡아줄 수가 없다는 답변이 돌아왔다. 아무튼 잭은 친구

---

84) life peer, 본인과 부인은 로드lord · 레이디lady라는 칭호를 쓸 수 있으나, 다음 세대로 물려줄 수는 없는 귀족 작위.

라서 나를 부른 것이었다. 잭은 자기가 돈을 준 적이 있는 사람은 무조건 친구라고 했다. 다음번에 공짜 서비스를 얻으려는 속셈이었다. 잭은 그것을 '올드보이 네트워크'라고 불렀는데, 틀린 말은 아니었다. 우리는 성장하는 데 성공하지 못한 '늙은 소년'들이었고 그물처럼 서로 얽혀 있었으니까. 절망적으로, 무기력하게, 영원히.

나는 〈파르지팔〉을 들으며, 육신이 없는 거리와 더러운 공기를 헤치며 걸어갔다. 바그너는 왜 클링조르를 계획대로 카스트라토 역할로 만들지 않았을까? 마법사에게는 마술 지팡이가 있으니 고환 따위는 필요 없는데. 변화를 일으키는 자라면 그 자신이 변화해야 하는 법 아닌가? 애초에 루시퍼에게는 성기가 없었으나, 신에게 반항한 후로 대중의 질시와 두려움을 자아내는, 괴물처럼 축 처진 불알과 두툼한 봉을 갖게 되었다는 전설도 있다. 그것들을 잘라버리면 남자가 짐승과 함께 으르렁거리는 일은 없으리라. 그것들을 잘라버리면 남자는 다시 천사들과 노래하게 되리라.

마지막 카스트라토의 노래를 녹음한 왁스 실린더 레코딩이 있다. 그 목소리는 피리처럼 높고 여릿하며 이 세상 소리 같지 않고, 아름답지는 않지만 유혹적이고, 남자 목소리가

아니지만 여자의 목소리도 아니다. 클링조르, 마법사, 파트[85]
를 바꾸는 자.

나는 로마에서, 그렇다, 내 귀로 직접, 카스트라토의 노래
를 들어본 적이 있다. 레코딩은 없지만 나와 함께 잠깐만 기
다려준다면 연주해줄 수 있다.

거리를 헤치고 그 집으로 갔다. 납빛 하늘을 배경으로 서
있는 납의 집.

현관문은 열려 있었다. 넓은 복도 안, 널찍한 원목 층계를
따라 물감이 채찍을 후려친 것처럼 칠해져 있다. 채도 낮은
줄무늬 벽지에 마구잡이로 후려친 듯 번져 있는 노란 황토색
은 터져나오려는 태양 그 자체처럼 보였다. 전형적인 오트밀
색이었던 카펫은 빛의 살가죽을 얇게 벗겨내는 도리깨질 자
리로 쓰였다. 한심한 줄무늬가 칠해져 있던 공간을 관통해,
넘어서, 아래로, 너머로, 컬러리스트의 혁명을 외치는 적갈
색·크롬색·황토색들이 방점으로 찍혀 있다.

노란색들을 본 나는 소리 내어 웃고 싶어졌다. 그 끔찍한
날 나는 웃고 싶었다. 서커스 코트를 차려입은 그 수수한 집

---

85) 합창의 파트와 인간의 신체 부위를 모두 의미한다.

은 우스꽝스럽기 짝이 없었다.

"그애가 미쳤소." 잭 경이 나에게 다가와 말했다. "그애가 이렇게 했소. 소피아가 이 짓을 했단 말이오. 이게 다가 아니오. 거실이 초록색이 되었소. 부엌은 주황색이 되었고. 내 서재, 내 서재는 핏빛 빨간색이라오."

"따님은 어디 있습니까?"

"다락방에. 당신이 정신감정을 해줘야 해요. 지금 당장." 그는 갈색 지폐들이 꽉꽉 들어찬 검은 유광 가죽 지갑을 꺼내 나에게 내밀었다.

"입원시키기 전에 2차 소견을 받아야 합니다."

"그러면 가서 하나 사와요, 빌어먹을. 저기 전화기가 있소."

잭 경은 합판으로 된 거실 탁자에서 전화기를 집어들었다. 손을 떼자 끈적끈적한 원색이 묻어났다. 그는 전화기를 마룻바닥에 던지고는 발로 차서 모퉁이로 치워버렸다. 그의 아들이 호텔 목욕 가운 차림에 웰링턴 장화를 신고 거실로 달려내려왔다. 그는 머리카락이 부분적으로 파랗게 물든 채 벌벌 떨고 있었다.

"내 옷." 그가 속삭여 말했다. "내 옷에 전부 다. 횟가루가. 그애가 내 옷에 전부 횟가루를 갖다 부었어요."

나는 그들을 바라보았다. 잭 경의 구두는 두툼한 카펫 위 끈적끈적한 물감 속으로 가라앉고 있었고, 전화기는 활짝 열린 현관문 옆에서 망가진 채 앵앵거리고 있었다. 그의 아들은 하얀 타월 가운에 고무장화를 신고 검은 머리칼 사이사이에 까마귀 깃털을 꽂고 있었다. 잭 경의 부인은 유월절의 독실한 신자처럼 물감이 덕지덕지 처발라진 문기둥을 꼭 잡고 매달려 있었다. 눈알이 뒤집혀 안쪽을 보고 있었다. 그래서 그녀는 우리를 볼 수가 없었다. 나는 그들을 보았다. 그들이 한 사람씩 계단을 오르기 시작했고, 나는 그들 뒤를 따라갔다.

"그애는 미쳤소. 미쳤어. 이런 짓을 하다니. 그애는 미쳤소."

다락방 문은 밖에서 빗장이 질려 있고 안에서 잠겨 있었다. 잭이 문에 어깨를 부딪치더니 울부짖는 비명 소리를 냈다. 특별 제작한 독특한 문은 두께가 적어도 6인치는 되어 보였다.

"나쁜 년!" 그가 외쳤다. "나쁜 년, 못된 년, 죽여버릴 테다."

그 순간, 아들 매튜가 그 외침을 이어받아 하얀 타월 가운을 훌렁 벗어던졌다. 그가 고무장화만 신은 꼬락서니로 온몸을 던져 문과 씨름한 결과, 마침내 문이 부서져 안으로 쿵, 하고 똑바로 무너졌고, 매튜는 그 문짝이 바다의 뗏목이라도

되는 양 사지를 쫙 뻗고 그 위에 누워 헐떡거렸다. 그는 버둥
거리다가 간신히 일어났고, 나는 문손잡이에서 그가 사정한
흔적을 보았다.

"그년은 어디 있지? 어디 있어?"

그녀는 떠나고 없었다.

나는 다시 자동차를 타고 몇 마일을 운전했다. 비가 묵직
해져 눈으로 변하자, 미끄러지지 않으려고 갓길에 차를 세웠
는데, 앞쪽에 가벼운 발걸음으로 씩씩하게 걷고 있는 젊은
여자가 보였다. 나는 차창을 내리고 태워주겠다고 제안했다.
나는 의사라고 말해 여자를 안심시키려 했다. 여자의 얼굴은
보이지 않았지만 목소리가 들렸고, 그 목소리에는 노란색이
묻어 있었다.

그녀가 나를 믿어야 할 이유가 뭐지? 도대체 내가 뭔데?

정말 내가 누구냐 말이다. 남자는 무엇으로 정의될까? 직
업? 자식들? 치과 진료 기록? 하얀 가운을 입고 있을 때는
쉬웠다. 사제의 흰 칼라를 달고 있을 때는 더 쉬웠다. "이 남
자는 신을 섬긴다. 부디 돌아가라."

나는 반품되었다. 선고는 무죄였다.

나는 연민의 고치에 휩싸여 부두를 떠났다. 음악적인 목소리, 말할 때 살짝 흔들리는 길고 섬세한 손가락, 그리고 친절한 얼굴을 지닌 친절한 남자. 헨델. 자유의 몸.

문제의 여인은 합병증이 있었다. 하지만 그때는 이미 너무 늦어서 내가 무엇을 어떻게 할 수 있는 처지가 아니었다. 그녀는 너무 늦었다.

그런데 나는? 나도 너무 늦었을까?

나는 아침 열차 시각에 맞출 수 있기를 바라며 역까지 차를 몰았다. 그날의 하중이 목에 걸려 있었고, 약간 퀴퀴한 냄새까지 풍기기 시작했다. 나에게는 기도할 말도 없었다.

비루한 거리에 반들거리는 노란 광택제를 칠한 건 눈雪에 증폭된 유약한 태양이었을까? 나는 내 눈에 묻은 노랑을 걷어낼 수가 없었다. 난 황달이 없었거니와, 그건 질병의 병색 짙고 끈끈한 노랑이 아니라, 시신경을 가로질러 확고하고 깔끔하게 쭉 그은 원색이었다.

우리는 우리가 본다고 생각하는 것을 보지 않는다, 나는 그것을 안다. 색은 빛의 간섭이 일으키는 현상이다. 빛이 잘 구워진 눈 위에 갈색 크러스트를 만든다. 오염된 하늘에서 내린 비스킷 빛깔을 띤 눈. 아침의 색채, 그 순간에서 은총을 찾을 수 있다면 안 될 것 뭔가? 내 회색 심장이 다시 불붙는다.

나, 헨델, 도망자이자 일탈자.

그는 아늑하게 바람을 막아주는 매끈하고 근사한 자리에 등을 기대고 있었다. 턱을 덮을 정도로 옷깃을 바짝 세우고 재킷 주머니에 손을 쑤셔넣은 채. 눈을 감고 있었고 바람이 그를 씻어주었다. 차가운 바람-물이 뺨에 튀었다. 뺨이 길어지고 푹 꺼진 느낌이었다. 바다에 가까워지자, 강물에서 점점 더 짠 맛이 났다. 그는 울고 있었다.

그는 애끊는 통곡을 했다. 통곡하며 울고 또 울자, 오래전에 사라졌다고 생각했지만 그의 피부와 뼈에 새겨져 있던 잃어버린 날들과 치명적인 우유부단함이 흘러나왔다. 고통을 저장한 탱크에서 그것들이 철철 흘러내렸다.

그의 안구 뒤에는 새삼 발견한 눈물이 고일 자리가 없었다. 눈물샘에서 눈물이 줄줄 흘러내렸다. 눈썹 뼈를 주먹으로 쑤셨지만, 눈물은 꼭 쥔 손가락들 사이사이로 흘러내렸다. 이제는 도저히 막을 수가 없었다. 그가 입은 옷이 늪처럼 축축하게 젖었다. 머리 위에 왜가리 한 마리가 내려와 앉았다.

여전히 그 빛. 색이 빠졌지만 구름에 가려지지 않은 빛. 바다와 모래 사이에 롤러커터의 날을 굴린 듯 깔끔하게 잘린 금속성의 빛. 그래서 바다와 모래가 전혀 섞이지 않고, 타락한 회색의 또렷한 선만 남았다. 시야에 셔터를 쳐버린, 수의를 두른 빛.

여전히 그 빛. 갈매기들이 힘겹게 그 빛을 헤치고 날았다. 그 빛이 파닥거리는 갈매기 날개를 밀어냈다. 습기로 묵직해진 박정한 새의 빛. 축축 늘어지는 공기.

염전 같은 슬픔 위에서 남자는 저물어가는 하루를 물끄러미 바라보았다. 그의 고통에는 위안이 있었다. 어떤 깨달음, 일생 대부분의 시간 동안 등을 돌리고 살아왔던 무언가와 마침내 똑바로 대면했다는 인식. 처벌이 따르지는 않으나 삶의 본질을 대가로 요구하는 범죄로부터 도망치느라 소모한 그의 삶. 그의 내면에는 죽은 곳이 있었으나 이성으로는 결코 그것을 깨울 수 없었다. 로프로 둘러쳐져 사랑이 찾아올 수 없었던 무덤. 책들, 그림들, 그토록 큰 의미로 다가왔던 음악에 대한 열정, 가까이 다가온 그녀의 얼굴, 그는 언제나 그 앞에서 심장을 유보했다. 감정이 소스라쳐 깨어날까 두려워 그는 날마다 마음속에서 감정을 죽였다. 그가 아직 살아 있다고 전제한 사람들이 미처 보지 못하고 지나친 매일의 자살.

펠로 데 세Felo de se[86]. 신이 금지한, 자기 자신에 대한 범죄.

신부님, 제가 죄를 지었습니다.

육신의 죄입니까, 양심의 죄입니까?

양심의 죄입니다….

뜨끈한 피 칠갑을 한 작은 아기. 앞에서 내가 했던 이야기에는 후일담이 있다.

이 도시의 오랜 법에 따르면, 여성성을 증명하기 위해 의사 두 명의 소견이 필요하듯, 자선 병원에서 합법적 낙태 수술을 받으려면 의사 두 명의 동의가 필요하다. 이 규칙은 성공을 거두었고, 낙태는 극히 드물게 시술되었다. 시술되었다. 무대 뒤에서는 늘 그렇듯, 연습 없이, 규제 없이, 제대로 된 장비도 없이. 하지만 썩 훌륭한 값을 받으며 만사가 별 탈 없이 굴러갔다.

2차 소견을 원하는 젊은 여자가 소개를 받고 나를 찾아왔다고 하면, 내가 왜 거절했는지 아마 이해가 되리라, 안 그런가? 나는 가톨릭교도이다. 이 문제로 나와 말씨름을 해봤자 소용없다. 레스 입사 로퀴투르Res ipsa loquitur[87]. 사실이 아니

---

86) 자살.
87) 과실추정칙.

야, 헨델, 그건 사실이 아니야. 사물은 자기 입장을 말할 수 없지 않나, 안 그래? 그렇다, 인정한다, 말할 수 없다. 하지만 무지는 굉장히 마음을 편하게 해준다. 가톨릭교도 중에 신학자는 극소수다. 생각은 소수에게 맡기고 순응은 다수에게 맡기는 것이 우리 방식이다.

낙태는 우리에게 복잡한 문제다. 낙태에 대한 우리의 생각은 수백 년에 걸쳐 바뀌었기 때문이다. 아니, 가톨릭 칙령이 바뀌었다고 해야 하는 걸까? 우리의 생각은 같은 문제를 두고 메스껍도록 어지럽게 빙글빙글 돌고 있다. 잉태된 배胚가 영혼을 얻게 되는 시기는 언제인가?

19세기 중반까지는―물론 이것이 유일한 관점은 아니었지만―남자는 40일째에 영혼을 얻고 느려터진 여자는 80일이 될 때까지 기다려야 한다는 의견이 유력했다. 이 이론을 수용한다면, 참된 생명이 없는 무생물 배아Foetus Inanimatus와 하느님의 선물이자 신성불가침인 생물 배아Foetus Animatus의 구별이 가능하다. 그러나 첨단기술의 복된 부재 덕분에 아이의 성性을 확실하게 감별할 길이 없었고, 따라서 교회법은 흔치 않은 상식을 발휘해 산모의 목숨이 위험에 처했을 경우에 한해, 잉태 후 80일까지 낙태를 허락했다. 과학이 모든 것을 정확히 진단할 수 있게 되기까지는 '치명적 위험' 역시 논란거리였고, 평범한 교구 사제들이 내린 수많은 결정에는, 물론 뒷문을 통해 살짝 공감의 요소가 끼어들 여지가 있었다.

1869년, 교황 비오 9세는 모든 배아는 잉태 후 100만분의 1초 내에 영혼을 갖게 된다고 공포했다.

나를 찾아온 여인은 젊고 가난하고 미혼이었으며, 교육도 받지 못했고 아름답고 불법을 일삼는 가톨릭교도였다. 우리는 이야기를 나누었는데, 이야기를 나누는 동안 여인은 나를 보지 않고 바닥에 끌리는 내 옷자락만 물끄러미 내려다보았다. 나는 내 입장, 내 책임, 이 사안의 심각성을 엄준히 고려했다.

우리 신부님이라면 뭐라고 말했을지 나는 알고 있었다….

"그 창녀한테 알아서 자기조절을 하라고 해."

그래, 그렇게 말하자. 안 될 이유도 없잖아?

"진찰은 받으셨나요?"

"네."

"다른 문제는 없고요?"

"네."

"산모와 아기 둘 다 건강합니까?"

헨델   325

(소견서를 다 읽었으면서 나는 왜 그 여자한테 이런 고역을 겪게 했을까?)

"의사 선생님들은 그렇게 말씀하세요."

"직업이 있으시죠?"

"아기를 낳으면 없어지겠죠."

"왜 조심하지 않으셨나요?"

(그 창녀한테 알아서 자기조절을 하라고 해.)

여자는 대답하지 않았지만, 나는 그녀의 얼굴에서, 섬세한 키틴질의 군살에서, 조심하고 또 조심했던 그 모든 나날들이 단 한 번의 충동적 행위로 풀어헤쳐진 것을 볼 수 있었다.

여자는 갔다. 나는 단 한 번 펜을 휘갈겨 여자의 아이에게 삶이라는 저주를 내렸다. 아이를 먹이고 입히고 목욕시키고 머리를 닦아주고 울면 잠에서 깨어 돌봐주고 무서워하면 옆에서 자 주는 것은 내 일이 아닐 터이다. 아침마다 나가서 아이가 먹을 것을 벌어오고 밤마다 집에 돌아와 아기를 달래주는 것은 내 일이 아닐 터이다. 아기를 위로해주는 것도, 희망을 가득 품고 태어난 그 작은 생명에게 이 세상에는 희망이 없다고 말해주는 것도 내 일이 아닐 터이다.

어떻게 말한단 말인가. "네가 태어난 이 더러운 방은 십중

팔구 네가 죽을 더러운 방이 될 테고, 그 사이의 기나긴 세월
은 전부 회색 걸레 같을 거야"라고.

어떻게 말한단 말인가. "너는 살아가는 동안 날마다 네 목
숨 값을 치러야 할 거야"라고.

이제 사회적 프로그램 같은 건 다 없어졌다. 독신 여자가
임신을 하는 건 국가의 돈을 뜯어먹고 살기 위해서라는 걸
우리 모두 알게 됐으니까. 하지만 정말 그렇더라도, 그것이
아무리 사실이라도, 결국 이렇게 되면 우리는 뭐가 된단 말
인가? 머리는 잘린 채로 손가락이나 흔드는 존재들? 그 창녀
한테 알아서 자기조절을 하라고 해. 그런데 조절할 '자기'가
없다면? 품위도, 확신도, 목표의식도, 영혼도, 세상에서 차지
할 자리도, 앎도 전혀 없다면? 그녀에겐 없었다. 그녀에겐 그
런 것이 하나도 없었다. 그중 하나도 가질 여유가 없었다. 그
여자가 실제로 돈을 번다 해도 그런 것들을 사기에는 턱없이
부족하다는 걸 알게 될 것이다. 돈을 벌어도, 못 벌어도 똥통
같은 처지는 변하지 않는다.

여자는 갔다. 십중팔구 다시는 볼 일이 없을 것이다. 십중
팔구 여자는 뜨개바늘과 마약 한 봉지로 시술하는 뒷골목의

남자를 찾아갈 것이다. 십중팔구 아기는 쓰러져가는 판잣집에서의 출산, 감염된 시트, 마른 젖과 싸구려 이유식을 견디지 못하고 죽을 것이다. 십중팔구 아기는 감기에 걸리면 폐렴으로 발전할 것이다. 그래도 어떻게 살아남을 경우, 나머지 다른 아이들과 함께 시궁창을 채우게 되리라.

그렇다고 내가 무엇을 어떻게 할 수 있었을까? 내 아기도 아닌데.

하지만 아기가 있었잖아, 그렇지 않아, 헨델?

그렇다. 아기가 있었다. 안개로 얼룩진 바람 불던 밤. 마구잡이로 들이받는 숫양들처럼 수직의 기둥이 되어 비좁은 길거리들을 들쑤시던 안개. 갈색의 분노, 일산화탄소 알갱이와 흙먼지.

나는 무엇을 기대해야 할지 알지 못했다. 어쩌면 그 여자의 이름을 알아봤을 수도 있지만, 내가 가진 차트에 적힌 이름은 지난겨울에 본 그 여자의 이름이 아니었다. 하긴, 그녀가 이름 따위에 집착할 이유가 어디 있다고? 나 역시 내 이름에 목매지 않는데. 나는 그 폐가에서, 여기는 사람 살 곳이못 된다는 걸 보여주기 위해 오렌지색 습포를 몸에 두르고 있는 한 남자를 만났다. 그는 자기가 아기의 아버지라고 말했다. 그 몸집 큰 근육질의 남자는 겁에 질려 있었다. 여자를 병원으로 데려가려 했지만 여자가 가기 싫다고 했다고.

케로신과 감자칩 냄새가 풍기는 닳아빠진 계단을 올랐다. 그 방 한쪽 구석에는 차체가 없는 자동차 엔진이 놓여 있었다. 침대라고 할 수도 없는 잠자리가 놓여 있었다. 남자는 어시장에서 가져온 커다란 상자 속에 신문지를 채워넣어 그것을 만들었다고 뿌듯하게 말했다. "아기를 위해서요." 그러더니 하나뿐인 등받이 없는 의자를 앉으라고 나에게 주었다. 그 여자가 나를 보았다. 나를 알아보았을까? 알아봤다고 생각한다면 나만의 기분 좋은 착각일까? 우리는 다 똑같다. 돈과 권력을 지닌 남자들, 몇 킬로그램 더 쪘거나 빠졌을 뿐. 우리의 재단사들은 다 같은 거리에서 나란히 상점을 내고 일한다. 우리는 다 같은 파이브 샤토[88]의 같은 빈티지 와인을 마신다. 대부분 같은 종류의 차를 몰고 같은 신문을 읽는다. 그렇다, 우리는 우리 시대의 개인주의자들이다.

그녀는 얼마나 사랑스러웠던가… 필사의 마돈나. 짙푸른 피곤의 주름이 눈가에 잡혔고, 진통 때문에 주먹의 손등 뼈

---

88) Five Chateaux, 세계 최고로 손꼽히는 다섯 가지의 프랑스 특등급 와인.

가 풀을 먹인 듯 빳빳했다. 유약했고, 피막처럼 야위었지만, 아직 피로가 그녀의 젊음마저 앗아가지는 않았다.

나는 아기의 아버지가 아니었지만, 그녀의 몸을 직접 꿰찌른 것이나 다름없이, 내가 그녀를 이 순간까지 몰아온 장본인이라는 것을 알 수 있었다. 그래서 다른 남자를 치워버리고 싶었다. 이건 뭔가 사적인 일, 그녀와 나 사이의 일이었다. 우리는, 그녀와 나는 내밀한 사이였다.

나는 물을 가져오라고 심부름을 시켜 그를 내보냈고, 푹 꺼진 침대에 누운 그녀 옆을 보고 앉았다. 여자는 다리에 통증이 있었고, 나는 다리를 위아래로 꼼꼼히 주무르기 시작했다. 통증이 덜해지자, 여자는 기뻐하며 몸을 뒤로 젖혀 누웠다. 여자들은 내 손길이 기분 좋다고들 말한다.

나는 입고 있던 셔츠를 찢어 아기를 받을 천으로 써야 했다.

"벌거벗은 사람은 의사가 아니에요." 여자가 나를 보고 웃으며 말했다.

나는 창피했다. 누구든 내 몸을 보는 것이 끔찍하게 싫었다. 내 몸은 옷을 걸치는 곳일 뿐 그 이상의 의미가 없었다. 더러운 방구석을 밝히고 있는 것이 그나마 흐릿한 불길이라 다행이라고 생각했다. 내 살갗이 훤히 드러나는 것보다 훨씬 나았다. 여자가 나를 보지 않기를 바랐다.

"똑바로 누워요." 내가 말했다. "쉬어야 합니다."

내가 여자보다 훨씬 더 파리했다. 따뜻한 돌멩이 같은 그여자의 몸에 비해 내 몸은 도마뱀붙이처럼 희었다. 빛을 너무많이 받은 도마뱀이었다. 그때 누가 들어왔다면 무슨 생각을했을까? 내가 돈을 주고 여자를 사고 있다고? 그렇다, 돈은쉽게 들어오지만 애정은 훨씬 어렵게 얻는 남자들이 다 그러듯, 내가 쾌락을 사고 있다고 생각했으리라. 여자인 내 친구들은 남편의 버릇에 대해 허심탄회하게 털어놓기도 한다. 그남편들은 당연히 자기의 모험담을 자랑 삼아 나에게 늘어놓는다. 사실관계는 같아도 이야기가 늘 일치하는 건 아니다.

땀을 줄줄 흘리며 아기를 받는 사이, 침묵과 정적이 내려앉았다. 산모는 용감했고, 쌕쌕거리며 타오르는 불꽃 소리를지울 정도로 큰 소리를 내지도 않았다. 침대가 삐걱거리고,쌕쌕 타오르는 불길은 타닥타닥 소리를 내며 거의 다 꺼져간다. 커튼은 바람과 맞서 싸우며 힘없이 파닥거렸다. 그 여자의 허벅지 사이에 있어 무릎을 꿇고 고개를 숙인 나는, 내가구원하는[89] 존재가 아기인지 나인지 알 수 없었다. 여자한테

---

89) deliver, '구원한다'는 뜻도 있지만, 아기를 받는다는 의미도 있다.

서는 철과 타르와 야생 버섯 냄새가 났다.

나는 그 여자의 성기에 키스했다. 출산하고 있는 여자의 거대한 성기를 최대한 한입에 담고 키스했다. 초란처럼 부푼 클리토리스에 혀를 대자, 오르가즘에 달한 여자의 노른자 아래에서 아기가 꿈틀거리기 시작했다. 나는 얼굴을 떼고 때맞춰 어린 딸의 머리를 잡고 꺼냈다. 아기의 몸은 탯줄로 묶여 있었다. 내가 탯줄을 이로 물어 끊고 아기를 거꾸로 뒤집어 살짝 때리자, 아기는 제 허파를 발견했다. 밝은 빨간색의 아기가 파란 공기 속에서 악을 쓰며 울다 보랏빛이 되었다.

산모가 깔깔 웃었고, 나 역시 웃었다. 나는 셔츠로 피가 번진 내 입가를 닦았다. 그런 다음 그녀를 부드럽게, 부드럽게 닦아주었다. 나에게는 할 수 있는 말이 없었다.

나는 그녀에게 상당한 액수의 돈을 남겼다. 그것을 숨겨두면서 다른 남자가 찾지 못하기를 바랐다. 그리고 이삼 일 후에 다시 와서 봐주겠다고 약속했다.

그러나 23년이 지나도록 그들 중 아무도 보지 못했다.

삶을 구성하는 것은 무엇일까? 사건일까, 아니면 사건들에 대한 기억일까?

기억은 어디까지가 창작일까?

누구의 창작일까?

* * *

거울을 봐, 헨델. 오징어처럼 표백된 살, 자칫 파삭 부서질 듯 허약해진 골격, 허옇게 바랜 네 몸을 비추는 거울을. 보이는 것 중에 정말로 너인 것은 무엇이지? 네가 익숙해졌다고 생각하는 남자? 다른 모습이 아닌 지금의 모습으로 네 형태를 빚어준 유전자 풀? 그 파란 눈과 야릇한 눈빛을 너에게 준 그 유전자들? 네 친족에게서 물려받은 힘과 실패들? 그게 너인가? 더 깊이 봐, 네 생각들 중 다른 사람이 너 대신 생각해준 것은 어디까지지?

말을 하라고, 이 앵무새야!

나는 어떤 종류의 앵무새인가?

나는 폭넓은 범위를 다룰 수 있고, 억양도 훌륭하다. 말할 때는 썩 그럴싸하게 들린다. 나 자신조차 설득될 때가 자주 있다. 그런 속담이 있지 않았나? 맹인들의 국가에서는 외눈박이가 왕이라고? 하지만 무의미한 소리만 내는 자들 사이에서 자신의 사유를 명확히 표현할 수 있는 사람은 어떨까? 예전에는 내가 말을 하면 사람들이 존중하며 경청했지만, 지금은 의심의 눈초리만 돌아온다. 이유가 잘못됐기 때문이다. 나는 내가 가짜라는 걸 안다. 왈왈 짖어대고 횡설수설 허튼 소리를 하는 자들이 자신이 진짜라고 믿는다는 사실은 아이러니이다. 마치 말을 잘 못하는 것이 진실을 말하는 것과 같다는 듯이. 언어 능력이 전혀 없으면서, 바로 그 무능력이 감정적 진정성을 확보해준다는 듯이. 기자와 소설가들한테 속아서 하마터면 그것을 믿을 뻔했다. 인위성 없이 쓰는 것이 정직한 글쓰기라고. 하지만 언어는 인공물이다. 인간도 인위적이다. 우리 중 그 누구도 루소가 말한 인간이 아니다. 진솔하고 조련되지 않았으면서 고결한 야만인은 없다. 그렇다면 우리의 참모습을 인정하고, 우리는 교육받은 대로 만들어지는 존재라고 전제하자. 그러고 나면 적어도 선생을 선택할 수 있게 될 테니까. 나는 내가 남한테서 주워들은 말들, 핏줄처럼 얽힌 전통의 맥, 특정한 부류의 교육, 빌려왔지만 개인적 습관으로 위장한 방법론들로 구성된 존재라는 것을 안다. 내가 '개인'의 개념과 정반대에 있는 존재라는 것을 안다. 그러나 앵무새가 말을 해야 한다면 노래하는 스승한테서 배우게 해라. 앵무새가 노래하는 법은 못 배울지 모르지만, 적어도 노래가 뭔지는 알게 될 테니까. 그런 이유로 나는 음악·그림·책·철학·신학 같은 최고로 좋은 것들 사이에서 나 자신을 숨기려 애써왔다. 단테처럼, 나의 위대한 스승은 죽었다. 살아 있는 내 친구들은 개인적으로 나를 꽤나 고상하고 빳빳한 인간으로 생각하지만, 우리는 모두 박제된 존재들이다. 내 것인 양 가장하고 당당하게 돌아다니는 다른 사람들의 생각들이 우리의 껍데기 속에 잔뜩 쑤셔넣어져 있다. 일간신문과 24시간 방송하는 텔레비전의 백치 같은 허튼 소리가 우리 안에 잔뜩 쑤셔넣어져 있다.

자, 나는 내 껍데기를 채울 속을 선택하려 애써온 한 마리의 늙은 새다. 내 속을 최고의 것들로 채워다오. 나의 두려움, 나의 부적격이 최고의 농도를 희석할 수는 있겠지만, 적어도 최고가 뭔지는 알게 될 것이다. 적어도 스스로보다는 나은 기준을 설정해놓고 삶을 살아가고 싶지 않은가?

병원에서 골반 수술을 전공하는 내 동료 한 사람은 크로스워드 퍼즐을 내려놓더니 왜 귀찮게 오페라 같은 것에 신경을 쓰느냐고 물었다.

"플롯이 너무 말이 안 되고 황당해." 그가 말했다.

"나는 플롯은 신경 안 써."

"그럼 음악은, 음악이 너무 인위적이야."

"자네의 골반 수술과 달리 말인가?"

"나한테 똑똑한 척하지 마, 헨델."

"그럴 생각은 꿈에도 없어. 하지만 이보게, 자네가 매일 포장음식, 최신 의학기술, 깜박이는 스크린 앞에서 보내는 순간처럼 지극히 인위적인 것들에서 행복을 느끼다니 이상하다는 생각은 들지 않나? 자네의 삶은 마음먹는 대로 사계절이나 시간과 무관하게 흘러갈 수 있고, 원한다면 밤을 낮처럼, 낮을 밤처럼 살 수도 있어. 그런데도 예술이 자연스럽지 않다고 비판한단 말이야. 예술이란 원래 자연스러우라고 존재하는 것이 아니야."

"예술은 삶의 거울이지," 그가 교훈조로 말했다.

"내 뒤에 줄을 서게, 햄릿."

"대시인 셰익스피어를 반박할 수는 없지."

"대시인께서 자기모순을 일삼으실 때도 말인가? 햄릿의 대사 한 줄은 셰익스피어의 예술관과는 전혀 상관이 없어. 그러면 이아고의 독백이 셰익스피어의 윤리관이 되게.《폭풍우》를 읽어보고 어디 한번 예술이 삶의 거울이라고 말해보게."

"내가 뭘 좋아하는지는 내가 알아."

"자네는 전혀 몰라. 뜬금없는 충동에 맹목적으로 순응하면서 자기가 자유로운 영혼인 줄 알 뿐이지. 오늘 밤은 뭘로 할까? 매춘부? VIP 특별 초대 전시회? 뮤지컬? 쓰레기 베스트셀러? 샴페인의 반값이고 아무런 수고도 요하지 않지만 맛은 전혀 떨어지지 않는다는 양조장의 보증서가 곁들여진 스파클링 와인? 자네는 광고와 유행과 습관과 미디어의 노예야. 자유인이라 자처하며 좋아하겠지만 사실 자네는 알지도 못하는 규칙들에 얽매여 있단 말일세…."

그 동료는 다시는 나에게 말을 걸지 않았다.

말하라, 앵무새여… 존재의 무작위적 본질에서 탈출하기 위해 나는 예술가들처럼 한다. 나 자신에게 가장 엄격한 규칙을 부과한다. 그 규칙들이 결국 무작위라는 것이 불가피하게 밝혀진다 해도 말이다. 언어, 음악적 구조, 색과 선, 예술가들은 자기 나름의 규율로 규율의 모델을 제시해준다. 가끔 예술가들이 제멋대로 일탈하는 것은 더 심오한 질서를 위해서이고, 그들이 고집하는 규율은 자유를 위한 것이다. 최고의 모델을 베끼지 않고 달리 어떻게 나 자신을 단련하는 법을 배운단 말인가? 역설적이지만, 인위적이고 기계적이기 일쑤인 규율의 본질이 고갈되지 않는 자유를 창출한다. 초

창기 위대한 수도원들의 혹독한 규칙이 모든 비본질적인 것을 차단하되 온전히 열린 영혼과 정신을 지향하기 위해 만들어졌듯이 말이다. 물론 규율은 깨어지기 위해 존재하는 것이지만, 정말로 깨지면 다시 만들어야 한다. 글자가 살인을 하고 영혼이 삶의 원천이 되면 모든 예술은 주기적으로 나름의 규칙을 깨뜨리고 새롭게 태어나 활력을 되찾는다. 교회는 용감하지도 현명하지도 못했다. 나는 사제가 되고 싶었지 교통경찰이 되고 싶었던 것이 아니다. 영적 통찰로 가는 길을 열고 싶었지 시시한 경범죄에 딱지를 떼고 벌금을 매기고 싶었던 것이 아니다. 그래서 나는 교회를 떠났다. 그리스도의 가르침 때문이 아니라 인간의 도그마 때문에. 그리고 다시 교회로 향하는 지금, 나는 안다, 주님의 용서를 구할 일이지만, 그것은 내가 나 자신을 믿기에는 너무 약한 인간이기 때문이라는 것을.

***

나 자신. 축적된 부분들의 총합. 메뉴들, 콘서트 프로그램들, 혈압 차트, 읽은 책들, 주워들은 대화들, 비합리적인 두려움, 반복되는 꿈들, 잃어버리고 되찾은 사랑, 유년기의 불행,

성년의 보상, 영화표들, 휴가들, 당신과 함께 보낸 그날, 책갈피에 끼워 말린 하얀 장미, 라 모르톨라.

나를 활짝 열어라, 이 모든 것과 그 이상의 수천 가지 것들, 일탈, 소화消化, 확산, 논문, 딜레탕티슴, 꾸물거리는 버릇, 쇠락, 해리解離, 딜 피클. 습관으로 변하지 않도록 소금물에 절여진 남자. 저 앵무새에게 대사를 가르치면 어순을 바꿀 테고, 그러면 당신은 앵무새가 당신에게 말을 하고 있다고 착각할 수도 있다. 앵무새는 당신에게 말하는 게 아니다, 자기 자신에게 말하는 거다. 워낙 새로운 존재라 새로운 말은 하나도 할 줄 모른다.

말라해, 앵새무… 이건 누구의 대사지?

죽어가는 하늘을 가로지르는 얇은 합판 같은 빛. 부서진 구름의 테두리를 엮어 단일한 위협의 사각형을 만드는 번갯불. 바다는 검게 변해 시커멓게 밀려오는 파도로 모래사장에 그림자를 드리웠다. 색이 빠진 모래와 스며나는 물, 원유 드럼통처럼 바윗돌에 고여 얇은 막같이 번들거리는 바닷물. 저 너머 항구 근처에서는 거대한 탱크로리들이 디젤을 뿜고, 탱크로리의 왜소한 시종들이 매연을 마셨다. 미동도 없는 트럭들, 정신없이 분주하게 오가는, 노란색의 딱딱한 모자를 쓴 막대기 같은 사람들, 따발총처럼 들들거리는 방수포. 폭풍우가 닥쳐오고 있었다.

남자는 낙과落果처럼 탱탱하게 영근 첫 빗방울을 맞았다. 하늘이 흔들렸고 발밑의 땅이 진동을 되풀이했다. 그는 작은 새들의 피콜로 소리와 방목장의 마소가 경고로 두드리는 케틀드럼 소리를 들었다. 다음 순간, 미미한 고요의 음표가 들리고, 하늘이 번개에 꿰찔렸다.

강해지는 천둥이 내는 여호와의 베이스 소리.

바다, 부들부들 떠는 물거품 아래 안달하던 바다는 힘이 세지고 길어져서 검은 근육의 2온음표들로 화해 밀물의 부표선浮漂線을 넘고 부두에 부딪혀 철썩이며 고조되었다. 인간 점들은 여덟 배로 강해진 힘에 질질 끌려갔다. 남자는 머리 뒤에서 미친 듯 휘몰아치는 소리를 들었다. 돌아보니 풍력 발전소의 프로펠러가 흐릿해져 하얀 눈알로 변해 공포의 부채꼴로 그에게 돌진해오고 있었다. 병색 짙은 폭풍 속에서 기이하게 발광하는 눈알들이 수술실 조명과 비슷해 보여서 그는 끔찍한 순간을 연상했다. 마취에서 깨어난 환자가 정신을 차리고 흐릿하게 헤엄치는 거대한 조명들을 초점 흐린 눈으로 바라보았던 순간, 불빛은 가까웠다, 지나치게 가까웠다. 그리고 환자를 내려다보는 초록색 마스크를 쓴 외과의.

그녀는 눈을 뜨고 자기 가슴을 손으로 만졌다.

한두 번 본 광경이 아니었다. 양철 쟁반에 얹힌 젤리 같은 조직과 지방, 흐물흐물한 죽은 살갗과 쓸모없어진 젖꼭지. 키위처럼 썰어낸 그 유방들, 얼룩덜룩하게 변색된 부드러운 살점을 가지고 그가 무엇을 할 수 있었을까? 그는 그것을 긁어내 쓰레기통에 버렸다. 쓰레기통에 유방들이 가득 찼다. 시골에서 일하는 동료 의사는 그걸 가져다가 돼지 사료로 썼다지만, 안 될 건 또 무엇인가? 나폴레옹은 세상에서 가장 아름다운 유방으로 알려진 동생 파울리나의 젖가슴을 석고로 떴다고 한다. 헨델은 로마의 나폴레옹 박물관에서 그 유방의 석고 주형을 자주 보았다.

나는 로마에서 성장했다. 우리 집은 스페인 계단에서 조금 떨어진 곳에 있었다. 어머니는 날마다 스페인 계단에 가서 거지들에게 첼로를 연주해주셨다. (사람은 빵으로만 살 수 없는 거야.) 아버지는 바티칸의 세무 신탁 전문 변호사였다. 나는 열두 살 때 영국으로 돌아와 학교에 입학했지만 그때는 이미 늦었다.

커튼을 드리운 실내에서 흘러간 폐쇄된 저녁들에 대해 무슨 말을 할 수 있을까?

　일요일 저녁이면 고위 사제들이 모여 카드놀이를 하고, 포트와인을 마시고, 신학을 논하는 관례가 있었다. 독실한 믿음뿐 아니라 날카로운 업무 능력 덕분에 다들 좋아했던 우리 아버지는 종종 그 자리에 초대를 받아 가셨고, 나도 시간이 되면 따라갔다.

　천장이 높고 둥근 그 방은 그리스도 그리고 간통 현장에서 붙잡힌 여인의 프레스코화로 장식되어 있었다. 그 방에서, 아니, 바티칸의 모든 방에서 내가 본 여자라고는 그 프레스코화 속 여자뿐이다. 복된 성모 마리아는 여자가 아니다.

　가구, 르네상스, 제국, 제3공화국, 값을 따질 수 없는 보물은 금테를 두른 붉은 커버로 덮여 있었다. 방 안의 조명은 샹들리에와 벽걸이 촛대였다. 디캔터들도 꽉꽉 채워져 있었다. 부富, 안락함, 신사다움, 훌륭한 취향과 이성 그리고 부, 안락함, 신사다움, 훌륭한 취향과 이성으로 정교하게 잰 어조로 우리는 보류성교保留性交, Coitus Reservatus[90]의 난점을 논했다: Quando fornicare non è fornicare?(오입질이 오입질이 아닌 때가 언제란 말인가?)

---

90) 사정을 의식적으로 억제하는 성교.

성적 윤리라는 추상적 퍼즐에는 맛깔나고 외설스러운 쾌감이 있다. 부부의 침대에서 아내의 몸을 깔고 엎드려 단단하게 발기한 상태로, 최신 발행된 칙령을 어설프게 뒤지는 사람은 우리 중 아무도 없었다. 독신의 미묘함: 넣을 때는―언제? 뺄 때는―언제? 참을 때는―여자도 그래야 하나? 요구할 때는―여자가 그럴 수 있나? 우렁차게 터져나오는 폭소와 신성한 팔꿈치들로 음탕하게 쿡쿡 찌르기: 'Una scopata è sempre una scopata(씹은 언제나 씹인가)?'

이 모든 것과 한 소년의 불타는 얼굴.

나에게는 친구가 하나 있었다. 늙은 추기경이었는데, 세속적 지혜가 뛰어나고, 교활하고, 전통적이다 못해, 심지어 반동적인―영원히 뒷걸음치는 교회에서 반동이라는 것이 가능한지 모르겠지만―인물이었다. 동시에 그 추기경은 오로지 가톨릭교회에서만 용인되는 모순으로, 물론 조용하게, 신앙의 개인적 괴벽과 좀 더 평범한 배경에서는 용납될 수 없었을 행위를 즐겼다.

사제가 되라고 나를 부추긴 장본인이 바로 그였다. 그는 내가 엘리트만 들어갈 수 있는 최고의 명문 신학교―교황의 친위대―에 다닐 수 있도록 등록금을 내주었다. 바티칸시의 정책 결정자이자 신학자들. 교황이 무슨 변덕을 부리든

성경의 권위를 빌려 비위를 맞추는 데 도가 튼 궤변론자들.

교황이 망신스러운 짓을 벌인 적이 한두 번이 아니다. 교황들에게는 하나같이 각자의 괴벽과 오점, 무조건 신봉하는 진실과 무조건 질색하는 것들이 있는데, 겉으로는 불변이라고 주장하는 가톨릭 진리의 총체 속에 그 온갖 변덕들을 아우르고 바늘땀 하나 보이지 않게 봉합해야 한다. 교황들이 한 말이 서로 앞뒤가 맞지 않는 일이 허다하고, 심지어 교황이 자기가 확신하는 진리를 밀어붙이느라 위대한 주님의 말씀마저 부정하는 경우도 많다. 신학자들은 그런 일을 농담으로 받아들인다. 그들의 관심사는 오직 교회의 힘과 권위이다. 그들은 권력과 권위와 헌금을 보호하면 된다. 그러기 위해 검은색을 하얗게 칠할 수도 있다.

실제로도 그렇게 한다.

바로 그것이 내가 따라야 할 소명이었다. 부와 영향력을 모두 가져다주는. 돌발사고와 설계, 이 두 가지가 어우러져 원래 가려던 길을 갈림길로 만들었다.

나는 돌발적 사고였다. 불행히도 신앙을 품었던 것이다. 그렇다, 진심으로 신앙을 품었다. 열의에 불타는 소년으로

서, 나는 불타는 성화처럼 믿음을 봉송할 생각이었다. 가난한 자와 가진 것 없는 자들 가운데로 나아가 복음을 전하고자 했다.

그러나 그들은 복음을 원치 않았다. 그들은 콘돔을 원했고, 나는 그들에게 콘돔을 주어야 한다고 생각했다. 나는 무료로 나눠주는 성서 사이에 콘돔을 슬쩍 끼워준 죄로 사제직을 박탈당했다. 브라질에서의 일이다.

그리고 설계?

성 베드로 성당에서 마지막으로 노래를 부른 카스트라토는 1924년에 죽었다. 나의 추기경은 그와 친했고, 그를 사랑했고, 그의 목소리를 녹음했고, 개인 소장품으로 보관했다. 정열과 상실에 흠뻑 젖은 섬뜩한 밀랍 실린더들에는, 교회음악뿐 아니라 오페라도 있었다. 나의 친구였던 추기경은 오페라를 진심으로 애호했고, 그 카스트라토는 이제 여성의 소관으로 넘어간 모든 위대한 오페라 아리아를 그를 위해 불러주었다.

카스트라토의 역사는 희한하다. 그리스 교회에서는 12세기부터 카스트라토를 활용했지만 시스티나 성당에서는 16세기 중반이 되어서야 카스트라토가 노래를 부르게 된다. 문제는 당연히 구약의 신명기, 고환이 으깨진 남자를 신의 전당에 들이지 말라는 율법 때문이었다. 그러나 교회가 당면한 문제는 더 현실적이고 심각했다. 여자들이 교회에서 노래를 부를 수 없는 마당에 성가대를 어떻게 구성할 것인가. 소년 소프라노가 상당한 역할을 담당했지만 충분하지는 않았다. 완전히 발달한 남성의 목소리가 필요했다. 카스트라토의 목소리는 매우 강인하고, 심지가 굳으며, 울림이 크고 음역대가 높았다.

공식적으로 카스트라토는 슬픈 돌발사고의 소산이었다. 교회에서는 돼지한테 물린 남성을 가장 선호했다. 오묘한 주둥이와 무서운 이빨이 적당한 높이에서 맞물리면 돼지치기가 팝 스타로 다시 태어났다. 세속의 무대와 오페라하우스에서 카스트라토는 매혹적인 아이돌의 삶을 살았다. 엄밀히 말해 거세는 범죄였으나, 정자 보따리 두 개를 기꺼이 금덩어리와 맞바꾸는 가족들은 얼마든지 있었다. 수술은 아이가 사춘기에 도달하기 전에 시행되어야 했다. 발기를 애써 막을 필요가 없었다.

정교한 균형. 교회가 거세를 용인하면 법을 어기게 되고, 돼지가 물었다는 핑계를 받아들이면 하느님이 보시는 앞에서 오점을 남기게 된다.

정교한 균형. 그러니 카스트라토에 대해 일체 따지거나 묻지 않으면 된다. 그것이 교회가 400년에 걸쳐 해온 선택이었다.

핏불 테리어 버금가게 악독하기로 소문났던 16세기의 교황 식스투스 5세는 카스트라토를 특별히 선호해서, 여자들을 교회 장벽 밖으로 쫓아낸 것도 모자라 대중적인 무대에도 서지 못하게 함으로써 카스트라토를 연이어 출세시켰다. 1588년에는 로마와 교황령에서 여성이 아무런 역할도 맡지 못하게 되었다. 이 조치는 프랑스 혁명 때에야 비로소 원상 복구되었다. 자연히, 아니, 칼날의 도움을 받아 카스트라토 계층은 곧 훌쩍 늘어났다. 동시에 식스투스 5세는 '참된 정액verum semen'을 만들 수 없다는 이유로 카스트라토의 결혼을 금했다. 이 조치는 보리 설탕을 휘젓는 막대기처럼 제멋대로 휘어지는 가톨릭 윤리를 또 한 번 뒤틀었다. 환관들은 빠는 수밖에 없어졌다. 내 친구 추기경이 동성애자였고 그 카스트라토는 그의 애인이있다는 걸 나는 안다. 두 사람은 나이 차이가 아주 많이 났다. 당시 사제였던 추기경은 젊었고, 카스트라토는 헤아릴 수도 없을 만큼 나이가 많았다. 살아온 세월의 햇수가 아니라, 어떤 세월을 살았는가가 중요했다. 그 카스트라토는 골동품이었다. 시간이 헤아려지지 않는, 다른 시대에서 온 사람이었다. 붉은 벨벳 의상과 금목걸이로 치렁치렁 치장하고 방 안으로 천천히 들어오는 사람이 바로 그인가?

두 사람은 추기경이 열 살이던 1900년에 연인이 되었다. 그후 24년간 서로 사랑했고, 카스트라토가 죽자 내 친구는 일흔 살이 되던 1959년까지 마음의 문을 꼭 닫고 자선사업에 온 힘을 쏟았다. 나는 열 살 소년이던 그때 그를 만났다.

추기경은 우리 부모님과 함께 식사를 하고 있었다. 딱딱하고 격식을 차린 가족의 범절에 따라 처음 인사를 한 후, 나는 기회가 생기자마자 신나게 내 방으로 도망쳤다. 당시 내 방에 기차놀이 세트가 있었는데, 불이 지펴진 보일러가 내 작은 증기 기관차를 움직이는 모습을 보려고 방 불을 끄고 타원형 철로 한가운데 앉아 있었던 기억이 난다. 그대로 잠이 든 것이 틀림없다. 눈을 떠보니 주위가 캄캄했고, 저 멀리 스페인 계단에서 나는 소리는 들렸지만 우리 집 안에서는 아무 소리도 나지 않았다. 나는 증기를 뿜으며 멈춰버린 기차 옆에서 힘겹게 일어났는데, 그때 그의 얼굴을 보았다. 겁이 났지만 소리를 지르지는 않았다. 그가 손을 내밀었고, 나는 그 손을 잡고 걸어가 침대에 걸터앉았다. 어머니가 들어와 나에게 어서 옷을 벗으라고 말했고, 추기경은 잘 자라는 인사와 함께 나에게 강복해주었다. 어머니는 창가에 작은 등불을 놓고 나갔다.

나는 옷을 벗었다. 반바지, 긴 양말, 올 스웨터와 두꺼운 흰 셔츠. 벗은 옷을 잘 개어 샌들 위에 놓고, 베개 아래에 손을 넣어 잠옷을 찾았다. 추기경이 손을 내밀어 내 어깨를 어루만졌다.

"네, 신부님?"

그는 말없이 고개를 저었고, 나는 그의 지시가 벌거벗은 그대로 누우라는 의미임을 알 수 있었다. 내 밝은 금발 머리가 얼굴로 흘러내렸다. 그는 붉은 망토와 사제복 차림으로 나를 내려다보고 서서 긴 손가락으로 내 몸을 찬찬히 연구했다. 열 손가락에 빠짐없이 반지를 끼고 있었다. 소년의 피부에 그 손가락들이 얼마나 이상하고 딱딱하게 느껴졌는지 모른다. 그는 내 페니스에서 한순간 손길을 멈추었다가, 한쪽에는 엄지를 다른 쪽에는 검지를 대고 나를 괴롭혀 끝내 오르가즘에 이르게 만들었다.

그 반지의 새김눈이 지금도 기억난다.

추기경은 아주 부드러운 태도로 나에게 이불을 덮어주고는 아래층으로 내려갔다.

그가 내 어머니에게 하는 말이 들렸다. "E un bravo ragazzo. L'ho benedetto(착한 소년이군요. 강복해 주었습니다)."

옛날에 나는 성가대에서 노래를 했다. 저기 고개를 젖혀 맨살의 목덜미를 드러낸 내가 있다. 신의 남자 애인, 찬미의 분출구가 있다. 나는 노래했다. 나의 추기경은 나를 지켜보았다. 창백한 손으로 난간을 꼭 움켜쥔 채로.

주위에서는 우리의 우정을 독려했다. 추기경은 나를 갤러리·콘서트장·식당에 데리고 다녔다. 한밤에, 어두운 초저녁에, 추기경은 촛불을 하나 든 채 파들파들 떠는 나를 데리고 바티칸 지하실로 내려가 벽 속에 밀봉된 카라바조의 은밀한 그림들, 소실된 미켈란젤로의 작품들, 중세 순교자들의 유골, 이교도의 몸뚱어리를 보여주었다.

"이것은." 그가 말했다. "우리 주님이 최후의 만찬 때 드셨던 은제 성배란다."

"이것은." 그가 말했다. "신성모독자의 사악한 침대란다." 고문할 때 쓰던 나무 형틀은 양끝에 윈치가 달리고 날카로운 쇠 꼬치로 뒤덮여 있었다. 스페인 종교재판 때 사용한 형틀이라고 했다.

"이것은." 그가 말했다. "혹시 그리스어를 아니?" 내가 고개를 흔들자, 그는 나를 보고 웃었다. "사보나롤라는 메디치가의 안뜰에서 이걸 태우게 했단다. 사리분별이 밝았던 그 가문 사람들은 불에 태우기 전에 먼저 사본을 만들어두었지. 이 지하실 밖으로는 한 번도 새어나간 적이 없어."

추기경은 묵직한 갈색 페이지를 넘겼다.

그리고 하얀 달이 떴다.
내 사랑이 더 하얗다.
쓰디쓴 염전에서 지은
소금처럼 하얗다.

***

그는 자칫 바스러질 듯 파삭한 페이지들을 다시 천으로 쌌고, 그 이상하게 제본된 책을 납으로 된 서랍 속에 다시 넣었다. 나는 추위 때문에 벌벌 떨고 있었다.

"절묘하게 아름답구나. 여성적이지만 강해, 강인하지." 그는 한기를 덜어주려고 두 팔로 나를 안아주었다. "이성異性의 소년 여인. 이해가 가니?"

"아니요, 추기경님."

"우리 성性의 소년 여인. 이 말의 의미는 알겠니?"

"아니요, 추기경님."

그가 한숨을 쉬었다. "매우 유서 깊고 고결한 전통이란다. 그래, 그 자체로 사람을 고결하게 만들지. 보르게세 추기경도 로마에 자기만의 소년을 두지 않았더냐?"

"네?"

"사랑하는 아이야, 너 아직 카사노바의 회고록을 읽어보지 않았니? 저런, 내가 네 나이 때는 묵주 기도처럼 그 책을 외웠단다. 여기 있단다, 그 신사가 직접 쓴 원고야. 물론 우리가 압수한 것이긴 하지만…"

추기경은 웃음을 터뜨렸다. "자, 이리로 오렴."

나는 그 건조하고 추운 방에서 추기경의 무릎 위로 올라가 앉았다. 이윽고 추기경은 한 치의 갈라짐도 없는 굵고 풍부한 음성으로 나에게 책을 읽어주었다. 청년의 목소리였다. 기쁨과 활력으로 충만했다. 보지 않고 목소리만 들었다면 그의 나이를 가늠할 수 있는 유일한 단서는 한 단어, 한 단어에서 뽑아내는 은근한 암시, 그 헤아릴 수 없는 가능성뿐이었으리라. 추기경은 신선한 햇것을 보면 기뻐했지만, 그 속에서 더욱 황홀한 타락의 시작을 보았다. 새 와인을 강복했으나, 술통을 쓰다듬는 손길에는 갓 태어난 아기와 장래의 신부新婦를 품는 귀족의 기대가 담겨 있었다.

　1762년 로마. "우리는 알리베르티 극장에 갔고, 프리마돈나 역할을 맡은 카스트라토는 로마 전체를 매료시켰다. 그는 보르게세 추기경의 고분고분한 총아였고 어린 애인이었으며, 밤이면 밤마다 추기경 예하와 얼굴을 마주하고 식사를 했다. 잘 만들어진 코르셋을 찬 그는 님프처럼 허리가 날씬했고, 믿을 수 없지만 형태나 아름다움에 있어 그 어떤 여인에도 뒤지지 않는 젖가슴마저 소유하고 있었다. 그 괴물은 바로 그것을 무기로 삼아 매우 무서운 파괴력을 행사했다. 이 불행한 돌연변이의 본질을 잘 아는 사람이라도, 그 젖가슴을 한 번만 보면 형용할 수 없는 매력에 사로잡혀 정신을 차릴 새도 없이 광적인 사랑에 빠져버렸다. 그 유혹을 뿌리치려면, 아예 느끼지 않으려면, 독일인처럼 냉정하고 세속적이어야 했다. 앞으로 부를 아리아의 리토르넬로[91]가 연주되는 사이 무대 위를 걸어다니는 그의 발걸음은 제왕처럼 위풍당당하면서도 관능적이었다. 박스석에 특별히 눈길이라도 줄 때, 검은 눈을 상냥하고 겸손하게 살짝 굴리기만 해도 관

---

91) ritornello, 간주부.

객의 심장이 만신창이로 터져나갔다. 남자로서 그를 좋아하는 사람들에게 사랑을 유발하려는 의도가 명백했다. 여성으로서 그렇게 했을 리가 없다."

"그 사람이 남자였어요?"
"그래, 귀여운 아이야."
"그런데 여자였어요?"
"그래."
"하느님은 그런 존재를 만들지 않으셨잖아요."
"하느님은 만물을 창조하셨단다."

우리는 낡은 돌계단을 천천히 다시 올라가 단철 창살을 넘어 커다란 문을 지나 추기경의 거처로 향하는 통로로 들어섰다.

그는 나에게 자신은 변성기가 지난 남자가 가성으로 노래 부르는 것이 끔찍하게 싫다고 말했다. '부자연스럽다'고 했다. '남자답지 못하다'고. 진정한 소프라노였던 카스트라토의 목소리와는 천지 차이라고. 시술은 남성성을 전혀 저해하지 않았다고 그는 말했다. 어차피 여자는 남자로부터 떼어낸 일부다. 그러니 여자를 남자한테 집어넣지 말라는 법이 어디 있는가? 남자에게 여성성을 돌려주면 '여성이라는 문제'는 사라진다. 완벽한 인간. 하느님은 그를 남자이자 여자로 창조하셨다.

밤. 어린 소년과 늙은 남자. 어린 소년은 거대한 침대 한구석에 몸을 웅크린 채 흘러내린 앞머리로 얼굴을 가리고 책을 읽는다. 그 머리칼이 기적을 목도하듯 소년을 바라보는 노인과 소년 사이에 얇은 장막을 드리운다. 소년은 기적이다. 삶, 아름다움, 순수함, 희망, 그리고 그런 모든 것이 썰물처럼 빠져나간 노인에게 소년은 불꽃이다. 뒤늦게 붙어 더욱 환하게 타오르는 불길이다.

음악. 노인은 리하르트 슈트라우스의 〈장미의 기사〉를 오래전부터 듣고 있었다. 그와 그의 연인은 1911년 드레스덴에서 막을 올린 그 첫 공연을 보았다. 카스트라토는 마리 테레즈가 연기한 역할, 즉 젊은 애인이 다른 사람을 사랑하도록 도와주는 세련되고 부유한 마르샬린 역을 노래하고 싶다는 충동에 애가 닳았다. 카스트라토는 사랑하는 소년이 나이가 들고 자신이 늙어가는 것을 두려워하곤 했다. 하지만 두려워할 필요는 전혀 없었다. 추기경은 그의 마르샬린을 사랑했고 더 젊은 눈에서 아름다움을 전혀 찾지 못했다.

지금까지는.

음악. 탐욕을 넘어서는 부자였던 카스트라토는 자기만의
오페라를 연출해 녹음했다. 갈망했던 역할을 노래했고, 녹음
중에 줄곧 추기경을 품에 안고 있었다. 지금, 그 오페라의 녹
음본이 과거의 실린더를 통해 재생되어 결말로 다가가는 지
금, 추기경은 최후의 삼중주를 들었다. 목소리라기보다 차라
리 절규에 가까운 이상하게 높은 G음계와 A음계를 들으면
서 추기경은 흐느껴울었다.

"Hab' mir's gelobt, ihn liebzuhaban in der richtigen
Weis."

(나는 그를 올바른 방식으로 아끼고 간직하겠다고 약속했다.)

어린 소년은 책을 보던 눈길을 들어 넓디넓은 침대를 엉
금엉금 기어갔지만, 친구를 어떻게 위로할지 알 수가 없었
다. 친구의 눈물은 사라진 것들로부터 흘러 이미 바다가 되
었고, 미래는 그 바다에 빠져 죽었다.

추기경이 말했다. "Es sind die mehreren Dinge auf der
Welt, so dab sie eins nicht glauben tät', wenn man sie

möcht' erzählen hör'n. Alleinig, wer's erlebt, der glaubt daran und weib nicht wie."

그리고 소년이 말했다. "세상의 것들이 다 그러하여, 사람들한테 말을 해줘도 믿지 못하리라. 체험해본 사람들만 믿지만 어떻게 믿어야 할지 모른다…."

음악. 두 사람은 함께 앉았다. 엄청나게 나이 든 사람, 아직 충분히 어린 또 한 사람. 소년과 남자, 추기경의 망토, 소유권과 양도증서. 두 사람은 홍수를 헤치고 가야 했고 소년이 남자를 짊어지고 가야 했다. 성 크리스토퍼와 그의 예수 그리스도. 세상의 죄를 짊어지고 그 무게에 짓눌리는 무구한 어린아이. 감당할 수 없는 짐이었다. 하지만 그는 짊어지고 싶었다. 친구를 업고 가고 싶었다. 빨간색과 금색 옷 그리고 보석으로 치장한 친구를. 검은 물을 헤치고 노래하며 두 사람 모두 쉴 수 있는 곳까지 가고 싶었다.

시술 날짜를 합의했다. 부모님께는 말하지 않기로 했다. 부모님은 내가 예하와 함께 베네치아 팔라초 레초니코의 개인 아파트에서 휴가를 보낼 거라고 알고 계셨다. 충분히 난방을 할 수 없는 거대한 방 안에서 나는 모닥불 옆 소파에 누왔고, 그는 나에게 로버트 브라우닝의 시를 읽어주었다.

이 말을 하는 지금도 프라 리포 리피[92]가 절로 뇌리에 떠오른다. 젊은 처녀의 키스를 받고 뺨이 새빨갛게 달아오른 모습으로. 저기 제왕다운 남성의 사파이어들이 박힌 번쩍이는 터번을 쓰고 무서운 사울이 서 있다.

나는 터키의 환관처럼 되지는 않았다. 그 하렘의 남자들은 모든 것을 잃었고, 머리띠에 작은 은 파이프를 꽂아 자신의 지위와 낙인을 훤히 드러냈다. 공직을 상징하는 배지로 쓰지 않을 때는 요도를 대신하는 파이프였다.

아니, 나는 작지만 결정적인 절제 수술을 받았고, 지금도 흔적이 남아 있다.

우리는 곤돌라를 타고 이 성당에서 저 성당으로 여행했고, 마돈나, 우리의 마돈나, 자궁과 남근의 마돈나, 완벽해지기 위해 남자가 필요 없는 소년-여인에게 촛불의 봉헌을 바쳤다. 이단이라고? 물론 그랬지만 애초에 여자가 남자에게서 나왔다는 구약의 전제가 그런 해석보다 더이상하다. 남자 어머니와 여자 아버지. 거기에 완성이 있다. 옛 언약과 새 언약. 엄밀히 따져서 말하면 두 언약은 함께 읽어야 한다. 두

---

92) Fra Lippo Lippi, 브라우닝의 시에 나오는 불경한 천재 화가이자 신부.

언약을 함께 읽으면 결론이 너무나 파격적이라 가톨릭교회가 아예 무시하는 쪽을 선택한 것도 놀랍지 않다. 그리스도 안에서는 남성도 여성도 없다. 주님은 남성과 여성을, '그들'을 창조하셨다. 주님의 모습을 본떠서.

우리는 야트막한 검은 보트를 타고 이 모든 것을 논했다. 깊은 밤, 굽이쳐 흘러가는 운하를 따라, 추기경의 붉은 옷과 소년의 하얀 옷이 오렌지색 불길 아래 훤히 보였다. 여자들은 우리를 보고 예를 표했고, 남자들은 짐만 부릴 뿐 아무 말도 하지 않았다. 예하는 그들에게 강복했으나 나에게 훨씬 더 큰 복을 내리셨다.

베네치아. 성스러운 도시. 경이와 세속의 돌로 세운 도시. 본질적으로 세계로부터 떨어진 섬으로 만들어진 도시.

아시나르테테asynartete[93]의 도시. 서로 이어지지 않는 두 개의 리듬. 세속과 성스러움, 그 기이한 침상에서 태어난, 예술.

노인과 소년은 그 거리들을 따라 떠다니며 계획을 짰다.

---

93) 고대 그리스어. 분절된, 일관성이 없는.

아파트를 한 채 사서 방학이 되면 여기에 다시 오리라. 그림과 책과 음악과 대화가 있을 것이다. 소년은 아름다움을 사랑하는 법을 배우고, 남들이 선망하는 유쾌하고 예쁜 누이로부터 진짜 아름다움을 알아보는 법을 배울 것이다. 소년은 날이 벼려질 테고, 벼려지는 과정에서 예민해질 테고, 그의 매끄러운 숫돌, 단단한 석영인 노인에게 돌아와 더 날카로운 희열을 맛볼 것이다.

빛. 황금의 도시의 금빛. 소년에게 비추어 대천사로 만드는 빛. 날개의 위계.

그 빛은 산호초를 찬란한 석판으로 만들었고, 그곳을 굽어보는 물가의 집들이 그리는 선을 불태워 각인했다. 집들과 부식하는 물의 에칭. 불, 물, 움직이는 고체, 생명수aqua vitae의 녹아내리는 신기루. 그것들은 진리인가, 진리의 이미지인가?

보트 속 소년은 물속에 손을 넣고 끌어 물에 잠긴 도시를 갈랐다. 그의 움직임에 집들이 해체되었다가 곧 다른 물에서 다시 조립되어 전체를 이루었다. 그는 물에서 눈길을 들고 자신이 본 이미지들의 유구한 복사본을 보았다. 그가 어지럽혀도 전혀 개의치 않는 여자들이 왔다 갔다 하는 노란 집들. 그는 무엇을 믿어야 할까? 그들의 세상일까, 아니면 그의 손에 있는 이 다른 세상일까? 실제의 삶일까, 상상으로 충만한 삶일까. 그가 물려받을 수 있는 세상일까, 아니면 그가 발명할 수 있는 세상일까?

발명: 이 말의 의미는 변했다. 엄밀히 따지자면 이 말은 라틴어 invenire, inventum에서 왔고 '위에 온다'는 뜻이다. In=위에. Venire=온다. 그러므로 성십자가 현양 축일(the feast of the Invention of the True Cross)은 326년 콘스탄티누스 대제의 어머니 헬레나가 예루살렘에서 십자가를 발견한 사건을 기념한다. Invent. 창안하거나 고안하거나 만들어내는 것이 아니라, 존재하는 것을 발견하는 일. 플라톤도 동의하겠지만, 존재할 수 있는 모든 것은 이미 순수한 형상으로 존재한다. 다만 우리가 가장 익숙해진 형상들이 소위 현실의 삶이라는 이름으로 통용될 뿐이다. 일상적 체험의 세계는 잉여적 형상의 세계다. 형상은 거칠어지고 값싸지고 쉬워지고 편리해지고 닳아빠지고 클리셰가 되어, 발견한 물건이 아니라 잃어버린 물건이 된다. 그렇다면 발명이란 너무 많이 써서 죽어버리지 않은 형상들을 우리에게 돌려주는 일이다. 곧 예술이 하는 일이다. 그런데 나는? 나는 왜 내가 사랑하는 예술을 실천하면 안 되는 걸까?

그러나 존재할 수 있는 것이 정말로 존재한다면, 기억은 발명인가, 아니면 발명이 기억인가?

나는 그 시절을 다시 돌이켜 생각한다. 우리는 행복했다. 우리의 쾌락에 골똘히 잠긴 채 내가 발명한 도시에서 안전했던 그때보다 더 행복했던 적을 나는 기억하지 못한다. 쾌락의 운하가 무한한 바다로 흘러갔다. 세상에 다른 장소는 없었다. 이곳이 세계였고 그 세계는 우리 것이었다. 낭만적이라고? 그렇다, 그런 것 같다. 브라우닝을 탓해야 하겠지만, 솔직히 그렇기도 하다. 단성單聲의 쾌감이었지만 더 큰 총보總譜의 제약 속에 있었다. 이른 낭만주의였지만 아직 감상으로 타락하지는 않았다. 우리는 서로에게로 가는 통로였다.

나는 그때도 훗날에도, 그의 몸을 본 적이 없다. 뚱뚱하고, 혈관이 튀어나온, 은밀한 육신. 그의 육신에 나는 혐오감을 느꼈을까? 모르겠다, 하지만 지금도 그를 생각하면 카노바[94], 보티첼리, 카르파초[95], 님프와 천사들의 육신, 가슴에 품은

---

94) Antonio Canova(1757~1822), 이탈리아의 조각가. 신고전주의의 대표자로, 고대 조각을 연구하고 모방했다.
95) Vittore Carpaccio(1465?~1526?), 이탈리아의 화가. 베네치아 파에 속했으며 종교적 제재 및 전설을 소재로 풍속화풍의 그림을 그렸다.

하느님, 하느님의 가슴을 한 아름다움, 뼈로 만든 튼튼한 궤 짝이 떠오른다.

나는 끝내 그의 몸을 보지 못했지만 그의 목소리는 내밀하게 알고 있다. 저녁이면 정원에서 나를 부르는 그의 목소리를 들었다. 내 이름을 입에 담고 오솔길을 걷는 그의 발자국 소리. 그는 프레데릭이라는 나의 세례명이 아니라 다른 이름, 자신만의 이름으로 나를 불렀다. 사랑과 유희와 우리가 공유한 기쁨을 담아서 내 이름을 불렀다. 헨델. 나는 이 이름을 간직했지만 동명의 다른 이를 잃었다. 자신이 부린 마술 속에서 행복했던 작곡가. 그러나 마술의 공간은 사라졌고 관문에는 검이 걸려 있다. 나는 돌아갈 수 없다.

우리는 로마로 돌아왔고, 한동안은 별 다른 어려움이 없었다. 나는 노래를 불렀다. 우리는 함께였고, 내 부모님은 바쁘셨다. 그러다가 내가 수두에 걸렸다. 일주일쯤 어머니가 딱지가 앉은 곳에 칼라민 로션을 발라주고 치킨수프를 먹여주었지만 열이 오히려 더 높아졌고 결국 의사를 불렀다. 의사는 흔한 방식으로 나를 진찰했다. 가슴에 청진기를 대고, 겨드랑이에 체온계를 꽂고. 그러더니 내 사타구니를 살펴보았다. 나는 너무 아파서 신경 쓸 겨를이 없었고, 몸이 다 낫고 정신을 차려보니 이미 영국의 사립 남학교에 입학해 있었다.

재빨리 대리석 층계를 내려가던 의사의 발소리와, 저 아래에서 그가 언성을 높이며 뭐라고 소리쳤던 것이 기억난다. 아니, 기억난다고 생각된다. 아버지가 나를 보러 왔다가 집 밖으로 뛰쳐나갔다. 아버지는 자선 크리켓 시합이 아니면 절대로 뛰지 않는 양반이다. 어머니는 "너 앞으로 다시는 그 남자 못 만날 줄 알아라"라고 말했다.

스캔들은 없었다. 무슨 일이 있었는지 모르겠지만, 편지들이 오갔다 해도 난 전혀 보지 못했고, 우리는 그 일을 입 밖에도 내지 않았으며, 내가 의학을 공부하겠지만 사제로 일할 생각이라고 말했을 때도 누구 하나 뭐라고 중얼거리지 않았다. 내 명의의 신탁이 있었고, 부모님은 그 신탁에서 돈을 빼내 쓰고 있었다. 최소한 내가 그 정도의 보상은 받아야 한다고 생각하셨을 것이다. 추기경은 세상을 떠나면서 전 재산을 나에게 물려주었다. 나는 굉장한 부자였다.

그 따분한 회색의 학교에서 보낸 비 오는 나날들 동안 나는 하루도 빠짐없이 그를 생각했다. 한때 내 심장이었던 외로운 방, 빛바랜 방에 있는 노인. 내 심홍빛 심장은 회색이었다. 펄떡이며 혈관을 흐르던 내 피도 회색이었다. 사방 벽과 내 발 아래의 돌도 회색이었다. 돌로 깎아 만든 예수교 대학. 그는 어디에 있었을까? 검은 곤돌라 속 붉은 옷을 입은 남자, 색칠한 천장 아래 붉은 옷을 입은 남자?

누구의 자상刺傷이 해를 끼쳤을까? 그의 상처, 아니면 그들의 상처?

나는 장례식에 가지 않았다.

나는 그의 서류를 갖고 있다. 그가 사망한 후 개인적으로 나에게 송부되었다. 그 속에는 그가 나에게 보낸 편지가 한 장 들어 있었는데, 이제야 비로소 묵직한 봉인을 뜯어 그가 직접 손으로 쓴 글씨를 다시 읽었다. 몽블랑 만년필촉과 카트리지를 사용해 워터마크가 찍힌 바티칸의 편지지에 쓰인 편지를. 로소 추기경 예하.

사랑하는 아이야,

내 사랑을 너에게 약속했을 때, 나는 다른 이를 향한 네 사랑마저 사랑하겠노라 나 자신에게 약속했다. 너를 사랑에 빼앗길 수도 있다는 걸 알았으니까.

하지만 무심함에 너를 빼앗길 줄은 짐작도 못했다.

어째서 그 많은 편지에 답장을 한 번도 하지 않았느냐?

성가대 난간에 꼼짝도 않고 서 있지만 나에게 들리는 건 네 목소리가 아니구나.

물가에서 기다렸지만 끝내 너는 오지 않았구나.

내 곁에 네 자리를 남겨두었지만 그 자리는 여전히 비어 있구나.

우리가 함께했던 모든 시간에 아무것도 남지 않았더냐?

***

남자는 편지를 접어 봉투에 넣고 다시 책갈피에 끼웠다. 루이 14세를 위해 금사로 짠 헝겊으로 그를 위해 싸서 성모 마리아의 어깨 근처에 던져두었던 그 책. 심판의 마돈나. 이 제 너무 늦었다. 그의 친구는 너무 오래 기다렸다. 이미 기다 릴 수 있는 한계까지 기다려주었다.

그 책: 근사하고, 황당하고, 부를 초월하고, 시간에 대항하 는 부적, 발명이자 기억.

그 책. 손으로 쓴 말. 인쇄된 말. 빛을 발하는 말. 봉화 같 은 말. 돌에 새겨져 바다에 던져진 말. 나타났다 사라지고 사라졌다 나타나며 눈부신 장검으로 대기를 가르는 벼락의 경고. 민족과 민족을 갈라놓은 말. 영혼을 뜨개질해 봉합하는 말. 시간을 지나 실을 잣는 말. 붉은 색과 금색으로 쓰인 말. 인간의 형상을 한 말, 신성한 말.

그 책은 그의 것이었지만 그의 것이 아니다. 자필원고는 642년 알렉산드리아의 거대한 도서관의 약탈과 유린을 피해 보존되었다. 너덜너덜해진 정본은 자기 침대 속을 채우는 데 썼다고 주장한 장난꾸러기 소년에 의해 로마 시장의 가판대에서 팔렸다. 적어도 그것이 전해오는 이야기이다. 그럴싸하지도 않고 황당무계한 전설. 그래서 추기경과 소년은 각자 그럴싸한 해명을 고안해냈다. 헨델은 길고 어둑어둑했던 바티칸의 오후들, 혼자 라틴어를 만들어내고 킬킬 웃던 친구를 떠올렸다.

"세네카가 한 말이라고 할까?" 은빛 단어들 위에 펜을 달랑거리며 그가 말했다.

"하지만 진짜가 아니잖아요."

"사랑하는 아이야, 뭐가 진짜인지 너는 아니?"

페이지들은 잘려서 제본되었고, 그 책이 이상한 세기들을 지나 이상한 여정을 하는 사이 새 페이지들이 덧붙여졌다.

작품들도 연대기적으로 배치되지 않았다. 그 책을 소유했던 사람들, 그 책이 거쳐간 사람들은 모두 작가·학자·비평가·괴짜·수집가로서 각자의 성정과 열정에 따라 나름대로 공헌을 했다. 책은 시계에 빚진 바가 전혀 없었다.

《오디세이아》의 여기저기 흩어진 연들, 피타고라스의 드로잉들, 《소크라테스의 재판》, 《시론》, 오비디우스와 그가 쓴 드라마 《사포와 나룻배 사공 파에온》, 코이네 그리스어[96]로 쓰인 요한복음의 파피루스가 알렉산드리아로부터 왔다. "너희는 마음에 근심하지 마라."

그 책을 더 깊이 파들어가면, 알프레드 왕이 직접 번역해 친필로 적은 14세기의 고전 《철학의 위로》가 있다. 21세기의 과학자들과 그들이 정립한 《무無의 통합이론》 같은 학생 수준의 추론을 여전히 앞서가는 책이다.

헨델은 페이지를 넘겼다. 비드[97]의 《영국 교회와 민족의 역사》. 프랑스에서는 《장미의 로망스》, 그리고 그 곁에, 수세기를 건너, 플레야드 파[98]의 소장 시인 한 명이 위대한 루아

---

96) BC 4세기 후반에 제정된 고대 그리스의 공통어.
97) Bede(672? 673?-735), 앵글로색슨 시대의 신학자이자 역사가. 사학·자연과학·음악 등 광범위한 분야를 연구해 라틴어로 약 40권의 책을 저술했다.
98) 프랑스 시인 롱사르의 문하에 있었던 일곱 명의 시인. 아틀라스의 일곱 딸 이름을 따서 'la Pléiade'라고 불린다.

르 강과 하얗게 펼쳐진 백사장을 회상하며 쓴 시 한 편.

그가 들은 그 노래들은 무엇이었더라? 죽은 연인들, 아벨라르와 엘로이즈, 파올로와 프란체스카, 크리세이드[99]의 기나긴 탄식, 그리고 몬태규와 캐퓰릿의 불행.

그는 어느 뚱뚱한 기사와 함께 런던의 하얀 거리에 있었던가? 나중에, 혼자서, 진흙에 뒤덮인 금박 천막에서, 아쟁쿠르의 전투를 앞둔 잉글랜드의 헨리 5세가 되었던가?

그 책은 멈춤 없이 서명도 없는 여정을 앞뒤로 오가며 계속했고, 어두운 숲 그늘 아래 다른 세계로 통하는 관문이 열리자 베르길리우스가 단테를 기다리며 그 복된 얼굴을 보여주고자 했다.

여기 또 무엇이 있었던가? 바이런이 소장했던 보카치오의 작품 세 편. 채프먼의 호메로스를 키츠가 베긴 사본, 그리고 괴테의 책 갈피에 오스카 와일드가 펜과 잉크로 쓴 한 줄 "삶의 비밀은 예술이다."

책은 멈춤이 없었지만 아직 끝나지 않았다. 꿰매어 붙인 페이지들 중 여러 장이 여전히 백지였다.

헨델은 그 책을 바라보았다. 연필로 그린 추기경의 자화

---

99) 영국 작가 제프리 초서의 장편 서사시 《트로일러스와 크리세이드》의 여주인공.

상, 추기경의 문장紋章이었던 장검 아래 적힌 개인 전화번호. 헨델이 사랑했던 여인을 그린 드로잉. 팔라초 레초니코의 정원에서 딴 장미.

그 세월은 어디로 갔을까, 어디로 가고 있을까, 어째서 아직도 이토록 그를 아프게 할까?

그들 세 사람은 함께 앉았다. 헨델·피카소·사포가 노란 비를 맞으며 함께 앉았다. 폭풍에 대비해 짐을 모두 꾸린 태양은 노란 헝겊을 남겨놓고 떠났다. 비가 관통해 지나가는 빛의 작은 네모.

검은 바다 노란 비.

그들은 이야기를 했다. 헨델·피카소·사포, 세 사람은 함께 비를 은신처 삼아 이야기를 나누었다.

헨델: 저게 그 사람일까요? 검은 물 위에서 기다리는 검은 보트 속 붉은 옷을 입은 사람? 저 멀리, 시간의 악취가 나는 공기에 부패되지 않은 그가 보이는 것 같아요. 그 마지막 날과 오늘 사이의 순간들을 가지고 시계는 무슨 짓을 한 걸까요?

그가 "오늘·내일·모레"라고 말하는 소리를 여러 번 들었지만, 무슨 뜻인지 알아듣지 못했어요.

세상일이란 대부분 그러해서, 사람들은 이야기를 들어도 믿지 않죠. 경험하는 사람들만 믿지만 어떻게 믿어야 할지를 몰라요.

피카소: 아기가 하나 있었어요. 우리 아버지가 다락방에 살러 온 스페인 하녀를 마음에 뒀어요. 그 여자의 몸은 태양 빛깔이었어요. 빛이 하나도 없는 어두운 집에서 그 여자는 머리카락으로 금실을 활짝 펼쳤죠.

갈색 머리에 태양의 갈색 같은 햇살을 품은 그 여자는 재주가 하나 있었는데, 바로 생명이었어요. 그러니 얼마나 무서운 일이에요. 그런 여자가 납골당 같은 집에서 죽은 사람들의 시중을 드는 하녀로 취직했으니 말이에요.

개버딘 양복을 입은 우리 아버지가 여름 원피스를 입은 그녀의 몸을 보고 그 옷을 찢어발겨, 하얗게 표백하는 공기 속에 그녀의 벌거벗은 몸이 드러났어요. 아버지의 헐떡거리는 옷 아래에서 벌거벗고, 독극물 같은 아버지의 피부 아래에서 벌거벗었죠. 아버지는 벌거벗은 그녀를 가졌고 벌거벗은 그녀를 내쫓았어요.

여자는 우리 어머니에게 의사를 찾아 임신중절 수술을 부탁해달라고 간청했어요. 하지만 의사는 가톨릭교도였고 결국 아기는 태어났죠.

그녀가 얇은 원피스 차림으로 그 집으로 걸어간 날은 총 안처럼 쌓인 눈에 파묻힌 추운 날이었어요. 그녀는 찢어진 빳빳한 셔츠를 둘둘 말아 아기를 감쌌어요. 그러고는 노크도 하지 않고 아기를 거대한 홀 안에 작은 덩어리처럼 부드럽게 놓아두고 소리 없는 눈 속으로 사라져버렸죠.

헨델: 잃어버린 것은 결국 발견되는 법이죠.

사포: "한때 불길처럼 타올랐던 격정이 비현실적인 것이 아니라면 무엇일까요? 철석같이 믿었던 것이 믿을 수 없는 것이 아니라면 무엇일까요? 직접 해본 일이 개연성 없는 일 이 아니라면 무엇일까요?"

헨델: 너무 늦었을까요?

피카소: 너무 늦지는 않았어요.

사포: 말은 사랑으로 되돌아와요.

남자는 일어나서 책을 가지고 바다를 향해 걸어가기 시작했다. 폭풍의 태양이 노란 실개천이 되어 그의 어깨를 타고 흘러내렸다.

그는 빛을 자기 몸 언저리에 꼭 붙들었다.

그 빛이 봉합된 하늘에서 후광과 망토가 되어 떨어져내렸다. 사각형과 원형의 빛들이 갈라진 구름 사이로 떨어져 해변, 절벽, 남자와 보트, 그 모든 부서진 조각들에 단일한 의미를 부여했다. 파편이었던 것이 아니라 이제야 비로소 파편화된, 그러나 이제 알아보기 시작한 길고 완만한 움직임이 된 그의 과거, 그의 삶.

아직도 그 빛. 경이로운 결을 지닌 빛이 그를 감싼다. 짜이지 않은 천을 두른 14세기 중반, 이탈리아 문예부흥기의 천사. 그의 손에 들린, 손잡이가 없는 창槍-빛. 걸어갈 때마다 싹이 트는 지팡이.

그는 노래하기 시작했다. 표시된 장소로부터 노래했다. 그 책, 그의 몸, 그의 심장. 비탄이 숨겨졌던 장소, 한 번이 아니라 여러 번 은폐되었던 장소. 그 목소리는 강인하고 가벼웠다. 태양이 그의 혀 아래에 있었다. 그는 무한한 공간의 남자였다.

두 여자는 벼랑 끝에 함께 서서 내다보았다. 아니, 들여다 보았을까? 빛의 액자에 표구된 것은 세계가 아니었고, 세계 의 닮은꼴도 아니었고, 다만 세계의 생경한 대응물이었다. 그곳에서 알려졌다고 생각되었던 것은 다시 던져졌고, 알려 지지 않았던 것은 드러나기 시작했으며, 알려질 수 없었던 것은 여전히 신비를 간직하고 있으나 공포를 상실했다.

그들은 이 모든 것을 보았고, 황금 잎사귀 속의 바다와 절 벽의 보랏빛과 진주도 보았다.

너무 늦지 않았다.

B.H. 19500

B.H. 19500

291 ♩= 88

(Aug in Aug mit Octavian)

291

Sophie. und nicht fra - gen, wird mir heiß und kalt. Und spür' nur dich und weiß nur eins

Marschallin. Ma - del dort wird er so glück - lich

Octavian. dich, spür' nur dich, So - phie, und seh' nur dich und weiß von nichts als

B.H. 19500

In Got..tes Namen.

(sie geht leise links hinein,
die beiden bemerken es garnicht.)

294

우리 모두 예술이 진실이 아니라는 것을 알고 있다. 예술
은 우리가 이해할 수 있도록 진실이 주어질 때 그 진실을
깨닫게 해주는 거짓말이다.

– 파블로 피카소

지넷 윈터슨의 《예술과 거짓말》은 위험한 소설이다. 정치,
문화, 예술, 종교와 사회, 우리가 살고 있는 세계를 가장 뜨
겁게 뒤흔드는 위태로운 뇌관들을 모두 건드리기 때문이다.
페미니즘과 문학, 성과 정체성, 가족 안에서의 성폭행, 종교
음악과 거세, 아동성애. 하나같이 유리 파편보다 날카롭게
진영을 가르고 가차 없이 전투태세를 취하게 만드는 주제다.

자칫 무심코 뱉은 말에 엄청난 무게가 실리고 분쟁의 십자 포화에 갇히게 된다. 그러니까 바꿔 말해서, 절대로 '무심코' 해서는 안 될 이야기들이다.

그래서 이 몽환적으로 아름다운 책은 역설적으로 지금, 우리의 시대에 통렬한 의미를 갖는다. 시대의 쟁점을 작두삼아 벌이는 아슬아슬한 굿판처럼, 예술과 거짓말의 영역에서 뚜렷하게 움켜쥐기 어려운 틈새의 진실을 찾는다. 두툼하고 모호하고 구체적인 것을 납작하고 선명하고 보편적인 쟁점으로 환원할 수밖에 없는 진영의 사각지대를 조명한다. 예술과 거짓말은 같은 주제에 대해 도덕이나 정치, 철학과 전혀 다른 기능을 수행한다. 세상의 모든 전선戰線이 얼마나 얇고 흐릿한 실금인지를 살피고 밝힌다.

"사랑에 대해 이야기하는 것은 건축에 대해 춤을 추는 것과 마찬가지야."

이 책을 번역하면서 떠오른 어떤 영화[100]에 나오는 대사다. 이 책의 완벽한 한 줄 요약이다. 형용할 수 없는 것을 형용하려는 불가능한 시도. 지넷 윈터슨의 《예술과 거짓말》은

온갖 형태의 사랑에 관해 말하기 위해 건축과 미술과 시와 음악과 오페라에 대해서 춤을 추는 소설이다.

이 소설은 아름다운 미궁이라는 말이 잘 어울린다. 처음부터 끝까지 소소한 단서들을 좇아 미로를 더듬어 나가는 체험이다. 독서의 여정을 끝마치면, 전혀 다른 지점에서 출발한 등장인물들이 한데 모이고 어지러운 이야기의 가닥들이 하나의 타래로 엮이는 순간, 퍼즐을 풀고 미로를 탈출하는 후련한 쾌감이 기다린다. 그리고 소설 전편에 걸쳐 어딘가로 질주하는 은빛 열차의 마지막 목적지, 지중해의 환한 햇살이 넘실거리는 탁 트인 바다, 각자가 꿈꾸는 각자의 낙원, 그 자기만의 풍광에 다다른다. 얽히고설킨 플롯이 최후의 아름다운 삼중창에서 완벽한 해결과 조화를 찾는 오페라처럼 말이다.

이제 이 아름다운 미궁의 모험을 마친 독자 여러분과 함께 저자가 심어 놓은 암호들을 해독할 키워드 몇 개를 살펴

---

100) 〈플레잉 바이 하트〉라는 제목으로 한국에 개봉했고 원제는 〈Dancing About Architecture〉다. 범작 내지 졸작이었지만 대사 한 줄만은 롤랑 바르트라도 감탄했을 거라 생각했던 기억이 있다.

보고자 한다.

1. 첫 번째 키워드: 젠더 스왑과 퀴어 문학

젠더 스왑Gender Swap 또는 젠더 벤딩Gender Bending은 요즘 공연과 영상 예술계의 뜨거운 화두다. 과거에 당연히 남자가 맡았던 역할들을 여자가 맡아 연기하는 퍼포먼스의 신경향을 말한다. 특히 2017년과 2018년 현재 셰익스피어 작품의 연출에서 젠더 스왑보다 더 핫한 키워드는 없을 것이다. 2017년에는 〈폭풍우〉의 프로스페로가 여성 마술사로 바뀌어 공연되었다. 2018년 여름 현재 글로브 극장은 햄릿을 비롯해 호레이쇼, 레어티즈는 여성으로 오필리아는 인도계 청년으로 캐스팅해서 〈햄릿〉의 젠더 헤게모니를 뒤엎었다. 젠더스왑은 퍼포먼스 뿐 아니라 헐리우드에서도 열풍을 일으키고 있다. 과거 남자배우들로 인기를 몰았던 흥행작들을 여성배우들로 다시 캐스팅해 리메이크하는 영화들이 속속 등장한 것이다. 누구나 잘 알고 있는 유명한 텍스트와 인물들이 여성을 중심으로 재조정될 때, 은폐되어 드러나지 않았던 젠더의 역학이 드러난다.

《예술과 거짓말》은 소설로 젠더 스왑을 구현한다. 무엇보다 이 소설에서, 예술계의 남성적 생산성의 화신인 피카소는 친오빠의 성폭력에 시달리는 여성 화가로 바뀐다. 종교음악의 대부인 헨델은 생전에 음악적으로는 사랑했고 삶에서는 증오했던 카스트라토가 된다. 예술과 거짓말의 정점인 오페라를 위해 '만들어진' 제3의 성이다. 이야기 속의 이야기일 수도 있고, 이야기를 읽는 독자일 수도 있는 창녀 돌 스니어피스(스니어피스Sneerpiece라는 성姓 자체가 남자의 물건을 비웃는다는 의미를 포함하고 있어 '인형'이라는 의미의 이름 돌Doll과 충돌한다)는 전통적으로 남성이 차지한 전지적 화자와 독자의 역할 모두를 대체한다. 넬슨처럼 위풍당당하게 범선을 몰고 나타나는 사포의 캐릭터 역시 글쓰기와 읽기라는 행위의 양면에서 젠더 스왑의 가능성을 보여준다.

지넷 윈터슨은 이 소설을 1994년에 출간했다. 대단한 예지력이라고 할 수도 있고, 너무 빨랐다고 할 수도 있다. 젠더 스왑이라는 용어 자체도 없던 시절이니 평단에서 극단적으로 호불호가 갈리는 반응이 쏟아진 것도 놀랄 일은 아니다.

다시 말하지만 이 소설은 1990년대에 속하지 않는다. 바로 지금, 우리의 시간에 속한다.

2. 두 번째 키워드: 리하르트 슈트라우스의 오페라 〈장미의 기사〉

지넷 윈터슨은 이 책의 마지막에 영화의 엔딩 크레딧이 올라갈 때 깔리는 배경음악처럼 악보를 싣고 있다. 누구나 궁금해 할 이 악보는 리하르트 슈트라우스의 오페라 〈장미의 기사Der Rosenkavalier〉다. 윈터슨은 이 오페라에서 가장 유명한 최후의 삼중창에서 이 책의 구조적 모델을 따 왔다고 밝혔다. 마리아 테레지아 시대의 화려하고 퇴폐적인 상류사회의 분위기를 잘 보여주는 〈장미의 기사〉는 연상의 귀족부인이 내연의 관계를 맺고 있는 17세의 젊은 미남귀족의 연애를 도와주는 이야기로서, 전통적으로 미남귀족 옥타비안 역을 메조소프라노 여성이 맡는다. 삼중창을 부르는 주연 세 명이 모두 여성이고 그중에 남자 역할을 하는 여성도 있는 셈이다. 두 명의 여자주인공과 성적 정체성이 불분명한 한 인물-카스트라토-을 주인공으로 내세운 소설의 구조는 이 삼중창과 긴밀히 연결되어 있다. 특히 사랑하는 이를 보내주는 귀족부인 마르샬란의 기품과 지혜가 돋보이는 이 삼중창의 가사는 이 소설을 읽고 나면 틀림없이 새로운 의미를 띠게 될 것이다.

마르샬란:

이 세상에서 수많은 법칙들은 다른 사람들 말을 들으면 이해하기 힘들지. 그러나 상처를 받으면 모두 믿게 되지만 어떻게 그렇게 되는지는 모르는구나. 그는 행복을 얻게 될 거야. 남자들은 모든 걸 다 안다고 생각하니까, 다들 그렇듯. 하지만 뭐 그러라지.

조피: 예배하는 사람처럼, 가장 성스러운 생각이 내 영혼을 채우네요. 그런데 가장 불경한 생각도 나를 사로잡아요. 나는 혼란에 빠져요. 지금 무슨 감정을 느끼는지 모르겠어요.

3. 세 번째 키워드: 사포

사포는 이 소설에서 가장 알쏭달쏭한 인물이다. 오로지 단단하게 캐릭터가 구축된 인물만 역전이 가능하다. 이 소설에서 피카소와 헨델은 전복된다. 하지만 사포는 사포다.[101]

하지만 사포는… 누구인가?

이 질문은 아주 중요하다. 우리는 사포를 모르기 때문이다.

---

101) 지넷 윈터슨 본인이 스스로 '사포는 사포일 뿐'이라고 말한 바 있다.

2011년 사포 전집을 번역한 윌리엄 반스톤은 사포가 "서구 세계에서 최초로 들려온 개인 여성의 직접적 발화"라고 말했다. 하지만 지금 우리에게 남아 있는 사포의 직접적 발화는 참혹하게 박살난 파편에 불과하다.

기독교와 천주교는 집요하게 사포의 책들을 불태우고 박해했다. 사포의 책들을 소장하고 있었다고 전해지는 알렉산드리아의 유명한 도서관에서도 섹션 전체가 철저히 파괴되었다. 수백 편이 넘는다고 전해진 시들 중 전문이 남아 있는 건 남자들(오비디우스와 핀다로스)의 책에 인용된 단 두 편에 불과하다. 다만 북아프리카에서 미라를 싼 붕대에 적힌 구절구절의 편린이 발견되었다. 말 그대로 죽음에서 부활한 셈이다. 그러나 전문을 복원할 수 있는 시는 한 편도 없었다. 따라서 수백 수천 편에 달했다고 전해지는 사포의 시는 남자들이 (아마도 의도적으로 골라) 인용한 단 두 편을 제외하면 모두 조각으로만 남아 있다. 가장 유명한 구절은 에로스를 표현한 "Optais amme" 즉, "당신은 우리를 불태워요."다.

사포의 삶에 대해서도 그 어떤 정확한 정보는 남아 있지 않다. 후대의 남성 역사가들과 비평가들의 상충된 진술과 의

도적 음해로 얼룩진 모호한 그림자뿐이다. 아름다웠는지 추했는지, 가족사는 어떠했는지 아무도 모른다. 클레이스라는 딸을 두었다는 이야기도 있고 뱃사공에게 반해 절벽에서 몸을 던져 자살했다는 이야기도 있지만 모두 신빙성이 의심스러운, 전설에 가까운 이야기들뿐이다.

그러나 바로 이런 파편화와 신화화의 과정을 겪으며 사포는 그리스 시인들 중에서 가장 현대적인 시인이 되었다. 호메로스나 오비디우스와 달리 사포의 시는 언제나 1인칭으로 자신이 바라보는 주관적 세계를 그렸다. 별과 과수원, 사랑의 괴로움과 기쁨, 죽음과 삶의 사이클, 친구들과의 수다. 철저하게 사적인 시각, 의미의 조각, 편린, 구성된 허위의 역사, 본의 아니게 극도의 미니멀리즘을 표방하게 된 사포의 시는 포스트모던하다.

사포의 재평가는 최근의 일이다. 이 책이 출간된 20세기 후반만 해도 '사포'는 곧 (음탕하고 도착적인) '섹스'였다. 원전이 없는 작가인 사포는 프랑켄슈타인의 이름을 대신 갖게 된 괴물처럼 레즈비언의 괴물 같은 이미지를 신화적으로 대체했다. 변태적 성애에 대한 막연한 공포의 대상이자 아이들을 잡아먹는 괴물로서 학교나 도서관에서 추방당했다. 21세기에 들어서서 문학비평계에서 젠더와 퀴어의 이슈가 본격적으로 부각되면서 비로소 사포의 재평가가 이루어진다.

윈터슨이 내세우는 사포는 〈장미의 기사〉의 마르샬란처럼 문제를 해결하고 세계를 봉합하는 신화적 목소리다. 수많은 남자들이 거짓말로 재구성한 수많은 상충되는 이야기들 속에서 파편으로만 반짝이며 빛나는 진리다. 바로 이 소설처럼.

지닛 윈터슨은 이번에도 한 발 빨랐다. 사포 전집이 (파편적으로나마) 영어로 번역되어 소개된 것이 2011년의 일이다. 윈터슨이 1994년에 시도한 작업을 제대로 평가받을 수 있는 환경이 이제야 조성되었다고 해야 옳겠다.

***

시처럼 환상처럼 몽롱하게 흘러가는 여정을 따라 가서 마지막 자리에 섰을 때 여러 주제들을 다루고 바라보는 윈터슨의 시각에 동조할 수도, 안 할 수도 있다. 하지만 적어도 그 과정에서 우리 시대 가장 중요한 화두들과 얽히는 삶의 여러 형태들을 조금은 별스러운 빛깔과 각도의 조명으로 비추어 볼 수 있었다면, 이 책이 말하고자 한 본연의 목적을 달성한 게 아닐까.

이 책의 번역을 마치며, 아름답지만 어지러운 이 언어의 미궁을 헤맨 경험이 마치 기나긴 장편의 시를 읽는 체험에 가까웠기를 바란다. 그래서 명확한 결론에 다다르거나 '의미'를 찾기 보다는 정처 없이 걷는 산책과 같은 독서였기를 바란다. 그 산책길에 모자란 번역이 독자 여러분의 발부리에 채이지만 않았기를 바란다.

2018년 10월

김선형

예술과 거짓말

첫판 1쇄 펴낸날 2018년 11월 9일

지은이 | 지넷 윈터슨
옮긴이 | 김선형
펴낸이 | 박남희

종이 | 화인페이퍼
인쇄·제본 | 한영문화사

펴낸곳 | (주)뮤진트리
출판등록 | 2007년 11월 28일 제2015-000059호
주소 | 서울시 마포구 토정로 135 (상수동) M빌딩
전화 | (02)2676-7117 팩스 | (02)2676-5261
전자우편 | geist6@hanmail.net
홈페이지 | www.mujintree.com

ⓒ 뮤진트리, 2018

ISBN 979-11-6111-023-3 03840

* 책값은 뒤표지에 있습니다.